重要!
ココ!
あせらない!
さりげなく
男鍋からの卒業!!

恋するウサギの育て方

榛名 悠

幻冬舎ルチル文庫

CONTENTS ✦目次✦ 恋するウサギの育て方

✦カバーデザイン＝久保宏夏（omochi design）
✦ブックデザイン＝まるか工房

イラスト・陵クミコ✦

恋するウサギの育て方

ぶわりと体が宙に浮いた。

ぐるんと視界が回って、目の端を青が高速で駆け抜けてゆく。

——綺麗《きれい》な青だな……。

それが、日々濃さを増してゆく初夏の空だと気づいた瞬間、ドンと背中に突き刺さるような衝撃が走った。

肺がぐうっと圧迫されて、一瞬、息が止まる。

急激に襲った胸の苦しみに耐えるため、無様にも四肢を地面に投げ出すしかなかった。しばらく動くこともできず、茫然《ぼうぜん》と空を見つめる。

投げ飛ばされた。

この決して低いとはいえない百七十八センチの、適度に筋肉もついている男の体が。いとも簡単に投げ飛ばされたのだ——あのほそっこい女みたいな顔をしたヤローに。

金太郎とスモウをとって負けた熊はこんな気分だったのだろうか。

「おっ、俺を、いつまでもチビで弱い男のままだと、思うなよ！」

呆気《あっけ》に取られて見上げる頭上から、すっと影が引いた。

それまで庇《ひさし》代わりになっていたものがなくなったせいで、直射日光をまともに食らう。

眩《まぶ》しさに目を眇《すが》めた矢先、パタパタパタパタと走り去っていく足音。

待て。悶《もだ》えながら肘《ひじ》を立てる。おいコラ逃げるな、止まれ。体を起こして振り返る。

「いち——げほげほげほっ」

叫ぼうと息を吸い込んだ途端、盛大に咳《せ》き込んだ。一気に大量の空気が流れ込んで肺がびっくりしたのか、咳《せき》が止まらない。背中を丸めて、再び地面に倒れ込む。

その間に、相手は脱兎《だっと》の如《ごと》く走り去っていく。

ぴょんぴょんと逃げ足の早い男はあっという間に見えなくなってしまった。

「くそっ、あのヤロぅげほげほげほはっ」

涙目になりながら芝の敷き詰められた地面を思いっきり拳《こぶし》で叩《たた》く。

毎回毎回、人の顔を見ればあからさまに逃げ出しやがって。

ぶちりと握り締めた手の中で不吉な音が鳴った。怒りに任せて引き千切った芝が風に流れて飛んでいく。

絶対につかまえてやる——稲葉雄大《いなばゆうだい》は心に決めた。

それまで、かわいいウサギちゃんはせいぜいぴょんぴょんと逃げ回るがいい。

そっちがその気ならこっちも地の果てまで追いかけてやろうではないか。

待っていろよ、一宮圭史《いちのみやけいし》！

■1■

脱兎の如く、という言い方がある。

「あ」

「あ」

文字通り『逃げていく兎』の意だが、そいつは目が合った瞬間、くるりと踵《きびす》を返したかと思うとすぐさま猛ダッシュで逃げ出した。

「ちょ、おい！」

雄大は咄嗟《とっさ》に呼び止めたが、無駄だった。相手はすでに中庭を抜けて、ただいま三号館前を闇雲《やみくも》に猛ダッシュ中。周辺を歩く学生が風のように駆け抜けてゆく彼を何事かと振り返っている。ぴょんぴょんと揺れて跳ねる白いフードがどことなく白ウサギを連想させた。

雄大はぽかんと立ち尽くす。

そういえば、初対面の印象も小動物みたいな奴だった。人の顔色を窺《うかが》っては腹が立つほどびくびくと怯《おび》えてみせて、大きな目をきょときょとと忙しく泳がせていたかつての同級生。

明らかに目が合った。むこうも雄大を見て一瞬息を飲むような仕草をしてみせたから、そこにいるのが誰なのか気づいたはずだ。

にもかかわらず——というか、それだからというべきか。奴は人の顔を見た途端、即行で逃げ出したのである。

あまりにも露骨な態度に唖然《あぜん》と佇《たたず》む雄大は、だがしかし、なぜだかふいに笑いが込み上げてきた。

あの頃と比べたら少しは背が伸びただろうか。それでも十分小柄で線の細い女顔。ちょっとつつけば肋骨《ろっこつ》の一本や二本は軽くポキッといってしまいそうな頼りない体つきは、あまり成長していないように思える。半袖パーカーからひょろりと伸びた腕はモヤシのよう。初夏の爽《さわ》やかな陽光を浴びて、男とは思えないキメ細かな白い肌がきらきらと光っていた。

まさか、こんなところで再会するとは思わなかった。

雄大は無意識に笑みを深めた。胸の底から何か得体の知れないものがむくむくと湧《わ》きあがってくるのを感じる。久々にわくわくという感情を覚えた。

決していい思い出とはいえない。だが、忘れようにも忘れられない。現に今、雄大の脳裏には当時の記憶がまざまざと蘇《よみがえ》りつつある。

彼の存在を初めて認識したのは、今から約二年前——高校二年のことである。

稲葉雄大といえば、当時通っていた私立高校ではちょっとした有名人だった。

曰《いわ》く、来るもの拒まず去るもの追わずの色男。

自分が女好きのするルックスをしていることは、小学生の中学年辺りから薄々勘付いていた。バレンタインチョコの数も毎年クラスの男子の中では断トツだったし、四年生の時、運動会の最中に体育館裏でしたファーストキスの相手は校内一美人だと評判の六年生だった。

声変わりも終わって身長が急激に伸び始めた中学二年の夏、五歳年上の女性と初体験。以後、相手のいない時期を探すのが難しいくらい、とっかえひっかえのプレイボーイ生活を送ってきた。

太くも細くもなく整える必要のないきりっとした印象の眉と、すっと筋の通った鼻。形のいい薄めの唇。

全体的に整った和風の顔立ちをしているので、それに合わせて少し長めに切り揃《そろ》えた髪はカラーリングなしの天然色。生まれつきの張りのある黒髪が、色気づいて茶髪が増え始める思春期の周囲と比べると、かえって清潔さと大人っぽさを際立たせるらしい。

きつい切れ長の目は一見冷淡で近寄りがたい印象を与えがちだと知っているので、雄大は普段からよく笑うように心がけている。笑うと目尻が下がって、一気に親しみやすい印象になる。そのギャップがいいのだと、当時周りにいた女の子たちにはよく言われた。クールに見えて、実は笑うとカワイイ。『カワイイ』は年頃の男にとって褒め言葉とは言えないが、ニコニコ笑っていると、砂糖に蟻《あり》が群がるように女の子が寄ってくる。女の子は好きなので、せっかくの武器を使わない手はなかった。

目標の百八十センチまでは残念ながらあと二センチ足りないが、平均値を軽く上回る身長と、それに見合ったすらりと手足の長い肉体。

運動神経なら学年でもトップクラス、勉強もそこそこできて、人望もある。

昔から女にモテる一方で、男友達も多かった。愛想もよく要領を心得ている生来の人懐こい性格のおかげだと自負している。同性から遠巻きにされることはなく、雄大の周りには常に人がいた。少々飽きっぽいところもあるけれど、そこはご愛嬌だろう。女の子たちもそんな性格を承知した上で、懲りずに次々とアプローチをかけてきた。中学高校と、同級生に留《とど》まらず先輩後輩、毎朝同じ電車に乗り合わせる中学生や合コンで知り合った他校生、ファミレスやカラオケ店のアルバイト店員まで。まあ我ながらよくもてた。

その代わり、付き合った相手とは、大抵最後はフラれて終わる。

雄大は今まで誓って浮気をしたことはないが、彼女たちはそれだけでは満足できなかったらしい。去り際、みんな口を揃えてこう言うのだ。私のこと、本気で好きじゃないでしょ。

雄大の恋愛モットーは、来るもの拒まず去るもの追わず。

なあなあの恋愛観。それで今まで上手《うま》くやってきた。一人去ったら、順番待ちの列から次の子を迎えるだけだ。並ぶ女子の顔ぶれも、周囲の評価を知っていてそれなりに自信のある子ばかり。

その列に狂いが生じたのは、高校二年の秋口のことだった。

今思い出しても寒気がする。雄大は人生で初めて、男から愛の告白をされたのだ。

——好きです。付き合って下さい！

しかも相手は自分よりも一回りは体格のいい、ガッチリムッチリの体育会系。学生服が筋肉でムキムキに盛り上がっている。触ったらジョリッと音がしそうな角刈り頭を下げて、「お願いしまっス！」とゴツイ手を差し出された時は、さすがに卒倒しそうになった。

雄大は当然ながら丁重にお断りをした。

ニキビ面の彼は、オレンジ色の夕陽《ゆうひ》を背景に分厚い肩をしょんぼりと下げていた。見覚えがあるかと思えば、最近よく廊下で擦れ違う三年生だった。この時期、文化祭が近いせいもあって二年の校舎に三年がよく出入りしていた。だから気にも留めなかった。

今ならすべてに納得がいく。彼の目当ては自分だったのだろう。面倒事は御免なので雄大は筋肉ダルマに愛想よく振る舞うフリをしながら、内心では白けた気分で蔑《さげす》んでいた。こいつの頭の中で、自分は一体どんな扱いを受けていたのだろう。同じ男だからこそ、暴走する思考回路が容易に想像できてしまい、ゾッとする。

さっさと話を終えて、踵を返した次の瞬間だった。

歩こうとした雄大は、机から飛び出した椅子に足を引っ掛けて派手に蹴躓《けつまず》いてしまった。ちょうど一つ先の机が目に入り、しがみつくようにしてうつぶせに乗り上げる。床に転がることは免れたが、無様な恰好《かっこう》には変わりなかった。

すぐさま「大丈夫か」と筋肉ダルマがドスドス駆け寄って来た。

大丈夫だと答えたが、奴は迷惑なことに体を起こす雄大に手を貸してきた。

あの時、意地でも奴の手を払いのけていればよかったと、今でも後悔している。

礼を言おうとして、雄大は筋肉ダルマの様子がおかしいことに気がついた。フシュー、フシュー、と獣臭い荒い鼻息が横顔に吹きかかる。

雄大はぎょっとして、反射的に一歩後退《あとじさ》った。と同時に、変なスイッチの入った筋肉ダルマが「イナバ！」と叫んで、いきなり抱きついてくる。物凄《ものすご》い力で机の上に押し倒された。

いよいよまずい。貞操の危機だ。雄大は必死に抵抗したが、何せ相手は夏までラグビー部でならしていた筋肉ダルマだ。鋼《はがね》のような胸板に丸太のような腕で押さえ込まれては、ひとたまりもなかった。どうにか隙《すき》ができないものかと、思いつく限りの悪態をついて散々罵倒したものの、興奮状態の男相手には無駄だった。ギラついた目で雄大を見下ろし、ごくりと喉《のど》を鳴らす様子に恐怖を覚える。くそっ、このヘンタイめ。下肢にガチガチに硬くなったモノをごりごりと押し付けられて、本気で吐きそうになった。やばい、食われる——。

天の助けのように、頭上でガタンッと物音がしたのは、その時だった。

一瞬、びくりと硬直する。さすがの筋肉ダルマも動きを止めた。

先に我に返ったのは雄大だった。思いっきり筋肉ダルマの股間を蹴り上げた。

声にならない悲鳴を上げて頽《くずお》れる奴を横目に、急いで机から飛び下りる。怒りをぶちまけるように罵りながら、雄大は一目散に教室から逃げ出した。

「――――！」

廊下に飛び出した途端、何かに蹴躓いてリノリウムの床に派手に倒れ込んだ。

「……ってェ」雄大は打ち付けた膝《ひざ》と肩をさすりながら、急いで体を起こす。「誰だよ、こんな通り道に荷物を置いたヤツは」

年季の入った木製の引き戸を睨《にら》み付ける。すると、なぜかそこにしゃがみ込んでいた男子生徒と目が合った。

「ひっ」としゃっくりみたいな声を上げた彼が、雄大を怯えた目つきで見ていた。

男同士の修羅場を偶然目撃した天の助け――実際は、びっくりした拍子に引き戸にぶつかっただけらしいが――の彼を連れて、雄大はひとまず空き教室に避難した。

悶絶していた筋肉ダルマが早くも復活しそうな気配を見せたので、慌てて逃げたのだ。

駆け込んだ教室は段ボールで溢《あふ》れ返っていた。机の上に箱が積み重なり、壁にはハリコや入場門用に準備された竹材や木材が立てかけてある。文化祭用の臨時物置部屋だ。

雄大は息を潜めて廊下を覗《のぞ》いた。

放課後もだいぶ過ぎた校舎はシンと静まり返っている。筋肉ダルマが追いかけてこないのを確認して、ようやくほっと胸を撫《な》で下ろした。

「あ、あの、稲葉……くん」

いきなり名前を呼ばれて、雄大はぎょっとした。

振り返ると、おどおどと落ち着きのない大きな目が雄大を見つめてくる。「あ、あの、手」と困ったみたいに言われて、自分がまだ彼の手を握り締めていたことに気がついた。「あー、悪い」と慌ててパッと離す。偶然とはいえ、雄大にとって誰にも知られたくない現場を目撃してしまった男。これからこいつに口止めをしなくてはいけないと考えて、うんざりする。

「つーか、何で俺の名前知ってんの。お前、二年？　同じクラスになったことあったっけ？」

「クラスは違うけど」彼はかぶりを振って答えた。「稲葉くん、有名人だから」

「ふーん、あっそ。えっとお前……」

雄大の思考を先回りして読んだのか、彼が自ら「一宮です」と名乗った。

「ああそう、一宮」

改めて見ると、一宮は色白で細面《ほそおもて》の整った顔立ちをしていた。全体的な印象は地味でおとなしそうで雄大とは真逆、集団の中では埋もれて目立たないタイプ。軽く脅せば言う事を聞きそうだと思って、少し安心する。よく見ると、くっきりとした二重の目は大きく、同じ男とは思えないほど睫毛《まつげ》が長い。自分と同じ男子用制服のおかげでかろうじて判別がつくものの、これが私服なら性別を勘違いしてしまいそうだった。

頼りない項《うなじ》を隠している髪の毛は色素が薄めで、さらさらと指通りがよさそうだ。こいつは夏休みに一体何をしていたのだろうと疑問に思うほど、耳までがつやつやと白かった。

本当に女みたいな奴だな――雄大はつい無遠慮にじろじろと一宮を観察してしまう。居心地悪そうにする彼は、そわそわと辺りに視線を泳がせていた。

あの血迷った筋肉ダルマもこういう子に告白するならまだ理解もできるというのに。

そんなことを考えている最中、ふとなぜだか唐突に、まったく別の先輩との会話を思い出した。そういえば、親しくしている彼が最近やたらと口にしていた名前は何だったっけ……。

——二年にケイちゃんってカワイイ子がいてさ。色が白くて、華奢《きゃしゃ》な感じの……。

「一宮ってさ、もしかして名前はケイちゃん？」

それまでどこか不安そうにしていた一宮が、途端にムッと表情を変えた。

「……圭史です」と硬い声で言う。

「あ、ケイシっていうんだ？　へえ、カッコイイ名前だな」

見た目によらず、と雄大は心の中で付け加える。当たりだ、こいつが『ケイちゃん』だ。どうりで同級生の女子をあたっても、先輩お気に入りの『ケイちゃん』は見つからないわけだ。なぜなら女子ではなく男子生徒だったというオチ。女子の中にも『ケイちゃん』と呼べる生徒は二人ほどいるにはいたのだが、残念ながら二人とも先輩の趣味に首を傾《かし》げるしかない容姿をしていた。彼女たちと比べたら、いくら男でも一宮の方が断然しっくりとくる。

とはいえ、雄大は呆《あき》れた。共学なのに、なぜこんなにそっちの趣味のヤローが多いんだ。

「あ、あの」一宮が突然思いついたように自分の鞄《かばん》をあさって、おずおずと雄大に何かを差し出してきた。「これ、よかったら使って」

「は？　何……絆創膏《ばんそうこう》？」

唐突すぎてまったく意味がわからない。雄大は一宮の謎の行動に首をひねる。なぜか目元を赤らめた彼は、「あの、ここ」と戸惑いがちに自分の鎖骨辺りを指差して、言った。

「こ、ここのところに、その、あ、赤い痕《あと》が、ついていて……あと、歯形も、一緒に……」

「――――！」

雄大は咄嗟にシャツの襟元を掻《か》き合わせた。そうして、いつの間にかボタンが二つほどなくなっていることに気づく。くそっ、あの筋肉ダルマめ！　羞恥と怒りに胃の底から沸騰するみたいな熱が膨れ上がる。同時に吐き気まで込み上げてきた。ふざけんなよ、歯形だと？　あの時、微《かす》かに感じた引き攣《つ》れるような痛みはこれだったのか。あの生臭い分厚い唇に自分の肌が吸われていたことを考えるだけで震えが走った。気持ち悪い――雄大は己の鎖骨を力いっぱいゴシゴシと擦《こす》る。

「あっ、そんなに擦ったら傷がつくから」一宮が慌ててもう一枚、新しい絆創膏を差し出してきた。「一枚じゃ隠れないかもしれないから、あの、よかったらこれも使って……」

「バカにしてんのかよ！」

雄大はカッとして、思わず一宮の手を叩き落した。

「お前、見てたんだろ？　俺があの筋肉ダルマに押し倒されてるとこ」

一瞬目を丸くした一宮が、「俺は、あの、その」とおどおどしだす。

「みっともないって、本音は心の中で笑ってんだろ。いい笑いのネタだよな。さっそく誰かに話すか？　それともネットに書き込むか？」

「そ、そんなことは」一宮が青褪《あおざ》めた顔を必死に横に振って、言った。「俺、言わないから。絶対に、誰にも言わないから、安心してくれ」

最後にへらりとぎこちなく笑ってみせる。その人を見下したような作り笑いを見た瞬間、雄大の怒りが一気に爆発した。

「──お前！」雄大は一宮の胸倉を摑《つか》むと、力任せに壁に押さえつけて怒鳴り散らした。「バカにするのもいい加減にしろよ、ふざけんなよ！」

「ごっ、ごめん」

「あ？　何がごめんだ？　理由もわからねえくせに適当に謝ってんじゃねえよ」

ゴンッ、と思いっきり壁を拳で殴りつけた。蒼白の一宮がびくっと身を竦《すく》める。

「ホント、イライラする奴だな。女みたいな顔して、クネクネしやがって」

頭の隅っこでは、これは完全に八つ当たりに過ぎないと自分でもわかっていた。一宮に悪気はなく、ただ雄大に気を遣ってくれただけなのもわかっていた。だが、どうしても苛々《いらいら》と迫《せ》り上がってくる感情が抑えきれない。

「お前さ、そうやって俺のこと笑ってるけど、自分も狙われてるって知らねえの？」

「え？」と一宮が苦しそうな顔をこちらに向けた。

「それとも、もうヤラレちゃってたりするのか？」雄大は壁に両手をつき、囲い込んだ一宮の顔を覗き込むようにして言った。「お前、かわいい顔してるもんなあ。ホント、女みてえ」

一宮がカッと頬《ほお》を赤らめた。ぷるぷると震えながら、怒ったような声で「お、俺は、男だ」と反論してくる。またそれが雄大の癇《かん》に障った。一方で、嗜虐心《しぎゃくしん》が盛大にくすぐられる。

「じゃあ、確かめてみるか」

雄大は一宮の腰に巻きついているベルトに手をかけると、素早く外しにかかった。いきなりのことに、一宮が「えっ、何で」と狼狽《うろた》える。その隙にベルトのみならずズボンのファスナーまで一気に外してやった。

「ほっせェ腰。これで男とかないわ。女より細いんじゃねーの？　なあ、ケイちゃん？」

ハッと鼻で笑うと、一宮がずり落ちそうなズボンを懸命に押さえながら雄大を睨みつけてくる。「な、何でこんなことをするんだよ」と涙目で言われた。

「うるせーよ」

雄大は構わずベルトを強引に引き抜く。必死に取り返そうとする一宮の腕を難なく捕らえると、彼の顔の両側に乱暴に押さえつけた。一宮がうーうーと唸《うな》りながら暴れる。これで抵抗しているつもりだろうか。笑ってしまうくらいひ弱だった。

「弱っ。お前さ、本当に逃げる気あんのかよ。それともこれがお前のいつもの作戦？　誘ってんの？　ビクビク怯えたフリして、タチ悪りィったらねえな」

「は、離せよ！」と一宮が叫ぶ。涙を浮かべながらもきつく睨み上げてくるその顔を見た途端、なぜだか雄大は強烈な喉の渇きを覚えた。思わずごくりと喉を鳴らす。

「——何なら、ご希望にこたえてやろうか？　男なんてごめんだけど、お前の顔ならまあアリかもな。いつもやってるみたいに俺にもサービスしてくれよ。なあ、ケイちゃん」

雄大はニヤリと笑って、一宮の小さな尻をするんと一撫でしてやった。一宮がびくりと震え上がる。悲鳴を堪《こら》えて必死に雄大を睨みつけてくる様子に、どういうわけか妙にそそられた。冗談のつもりだったが、これなら本気でいけるかもと思ってしまう。

「一つ、いいことを教えてやる。お前みたいなヤツがそんな目で睨んでも、相手を悦《よろこ》ばせるだけだぞ。ま、それが計算通りっていうなら、すげえけどな」

「い、稲葉く、やめ…っ、やだ、やめろっ」

雄大は一気に一宮のズボンを下げにかかった。強引に下着ごと全部ずり下ろす。

体毛の薄い滑《なめ》らかな白い太腿《ふともも》が現れた瞬間、思わずヒューと口笛を鳴らしてしまった。男の体に不覚にもどきりとした自分を誤魔化すためだった。本格的にヤバイ。

顔を真っ赤にした一宮が露出した下半身を隠そうと懸命にシャツの裾を引っ張っている。

だから、そういう仕草が男の嗜虐心を一層煽《あお》るのだと言っているのに。

雄大はシャツを引っ張る一宮の手を払いのけると、左腕で彼を押さえつけるように頸動《けいどう》脈《みゃく》をぐっと圧迫した。苦しげに喘《あえ》ぐ一宮を更に辱《はずかし》めるような言葉を口にしながら、大きめのシャツの裾をたくし上げる。「ケイちゃんのここはどんな形をしているのかなー……うおっ」

いきなり一宮が真下から思い切り蹴り上げてきた。雄大はすんでのところでそれを避ける。

「あっぶねーな、おい！　お前、何すんだイタタタタッ！」

下に気を取られていると、今度は上でがぶりと手を噛《か》みつかれた。悲鳴を上げた雄大が咄嗟に拳を振り下ろすと、勘を働かせた一宮がそれを紙一重でかわす。空振りしたその隙に、一宮は机の下を潜《くぐ》って逃げ出した。「おい、待て！」雄大が追いかけようとした直後、一足先に向こう側に這《は》い出た一宮が、積み上げられた段ボール箱を押し倒してきた。

マジでか⁉

ほぼ同時に、ガラガラガラッと背後で別の音が鳴り響く。

ハッと振り返ると、壁に立てかけてあった角材が一斉に倒れ掛かってくるところだった。


――ケイちゃん、転校したんだってな。

その情報を雄大が先輩から聞いたのは、あれから一週間が経《た》った後のことだった。

初耳の話に内心びっくりしていた。顔を見かけないとは思っていたが、こうもあっけなくいなくなってしまうとは予想外だった。

一瞬、自分のせいかと疑う。しかし、一宮の転校はもともと決まっていたことらしい。中途半端な時期だが、親の仕事の都合だそうだ。

当初は今日まで登校予定のはずだったが、体調を崩して一週間欠席をした後、そのまま引っ越して行ったという。屋上でしょんぼりと項垂《うなだ》れた先輩がさみしそうに語ってくれた。

体調不良の原因はやはり自分だろうか。気弱そうな奴だった。単なる悪ふざけも通じないような、ひどく繊細で傷つきやすいタイプの面倒くさい同級生——雄大は眉上の新しい傷痕に触れて、少しだけ罪悪感に駆られる。だがその半面、一宮がいなくなってくれてほっとしているのも事実だった。今のところ周囲におかしな噂が流れた気配はないし、今後も校内で一宮の姿を見かけるたびにいちいち警戒する必要はないのだ。正直な話、いいタイミングで転校してくれたと思う。願ったり叶《かな》ったりだ。

雄大の残りの高校生活は何事もなかったかのように、相変わらず賑《にぎ》やかに楽しく過ぎていった。一ヶ月後には一宮のことなどもうすっかり忘れていた。

それがまさか、二年近くも経ってから、同じ大学の構内で再会するとは。

こういうのも縁というのだろうか。

妙な縁もあったものである。

■2■

「おーい、稲葉」

二時間目の授業を終えて大講義室を出ると、背後から呼び止められた。

振り返ると岡野《おかの》が手を上げて駆け寄ってくる。入学式の時、隣同士に座ったのをきっかけにつるむようになった奴だ。お互い県外出身者、一人暮らしをしているという点でも気が合った。まだ知り合って二ヶ月ほどだが、陽気なお祭り男なので一緒にいると楽しい。

「何だよ、いたのかよ。来ねえから休みかと思った。席、取ってたのに」

「ああ、悪い。寝坊して、ちょっと遅れて教室に入ったから。後ろの席にいたんだ」

「メール送ったんだけど」

「マジで？　ごめん、寝てて気づかなかった」

岡野が「寝坊したくせに、まだ寝る気かよ」と呆れたように言った。

「腹減った。朝飯食う時間なかったし」

「広川《ひろかわ》さんたちが先に食堂に行って席を取ってくれてるってさ。あ、そうそう」岡野が声を潜めて告げてきた。「この前言ってた合コンの話。あれ、今度の土曜に決定な」

「土曜？」

「何だよ、用でもあんの？　もしかしてバイトか」

「いや、それは大丈夫だけど」

「よし、決まり！」岡野が上機嫌でスキップしだす。「稲葉が来ないと盛り上がらないしさ。幹事のユイちゃんが絶対にお前を連れて来いって言うし。でもま、カワイイ子揃えてくれたらしいから、俺たちのためにもひとつ頼む……ってお前、その鼻の傷どうしたの？」

岡野が今気づいたというふうに、雄大の顔を覗き込んで指差してきた。

「ああ、これ？」雄大は自分の鼻の頭に軽く触れる。「今朝《けさ》、鏡を見たらこうなっててさ」

鼻に対して垂直に横に一本、薄《う》っすらと赤く浮き上がったかさぶたの痕。

岡野がにやにやと笑って揶揄《からか》ってくる。「何だよ、女か？」

「そんなんじゃねーよ」

「ま、刺されないように気をつけろよ。この色男」

「だから違うって」

雄大は苦笑しながら内心でため息をつく。女だったらそんなヘマしねーよ。

傷をつけた相手は男だ。それも自分より小柄で線の細い永遠の少年みたいな同級生。

何でもない顔で笑っているが、実のところ、服を脱いだ雄大の体は青痣《あおあざ》だらけだった。

一昨日、地面に叩きつけられた背中の痛みがまだ消えない。この一週間、雄大は毎日ヤツを見つけては追い掛け回し、取っ組み合ったあげく、柔道部に負けないくらい投げ飛ばされてきた。

雄大は、けっしてマゾヒストというわけではない。

ただ、相手が人の顔を見れば露骨に避けて逃げようとするので、ついつい追いかけてしまうのだ。もうほとんど意地だった。どうにか捕まえて自分と向き合わせたいと思う。

嫌われているのは重々承知の上だった。それでも自分でも気づかないうちに目を皿のようにして学生の群の中を探し、見つけると走って追いかけてしまう。理由は自分でもよくわからない。体が勝手に動くのだ。

一宮と再会した時、なぜだか妙に心が高揚してしまった。

きちんと彼と話してみたいと思った。構内で一宮を見かけてからというもの、雄大はさっそく彼の捜索に全力を尽くした。大学に入って知り合った友人知人に片っ端から電話をかけて聞き込みをし、ついにヤツが社会学部に在籍していることをつきとめたのである。

雄大と一宮の追いかけっこが始まったのはその日からだ。

初日は名前を呼んだ途端、すぐさま回れ右をして逃げられた。捕獲失敗。

その翌日。遠目に姿を確認し、今度は慎重に背後から近付いて肩を叩いたら、振り向き様での肘鉄から大外刈りを食らわされた。失敗。

そのまた翌日。昨日のあれはこっちが油断していただけだ。まぐれに違いない——そう高を括《くく》って懲りずに近付いた瞬間、見事な背負い投げを決められてしまった。三連敗。

——いっ、いい加減しつこいぞ！　もう、俺に構わないでくれ！

ぷるぷると声を震わせて何を偉そうなこと言ってるんだと思いつつ、雄大は這いつくばった地面から彼を見上げていた。とりあえず起こしてくれと手を伸ばすと、一宮はまるでバイ菌を見るみたいな目をしてさっと体を避けた。この仕打ちは一体どういうことだろう。まさかこれが、あの高校時代の一件に対する復讐とでも言うつもりだろうか。二年近くもかけてひそかに体を鍛え上げて？　いやいや、さすがに大学で再会するとは向こうも予想外だったに違いない。しかしそれにしてもと雄大は唸った。外見はさほど変わっていないように思えるのに、腕力は当時と比べて桁違《けたちが》い。武術でも習い始めたのだろうか。雄大の一瞬の隙をついて、素人とは思えない技を鮮やかに決めてくる。そして極めつけはこの捨て台詞《ぜりふ》。

——おっ、俺を、いつまでもチビで弱い男のままだと、思うなよ！

結局、その日も一宮は雄大を置き去りにして、一人どこかに走り去って行ったのだった。

そんなやり取りが毎日構内のどこかで行われること、一週間余り。

構うなと言われたら余計に構いたくなる。それが人情というものだと雄大は考える。

「……いい加減、おとなしく捕まってくれねえかな」

隣でまだ合コンについて語っていた岡野が「え？　何？」と訊《き》き返してきた。

「いや、何でもない」

「そ？　あ、電話だ。おっと、広川さん」

岡野が「もしもし?」とスマートフォンを耳に当てる。隣で雄大はあくびを嚙み殺す。目の前をパタパタと白いフードが走り抜けていったのは、その時だった。

——一宮?

「岡野、悪い」雄大は通話中の彼に早口で伝えた。「先に食堂に行って、みんなとメシ食っててくれ。俺、ちょっと用を思い出したから行くわ」

「は? え、おい」

ぽかんとする岡野を残して、雄大はすぐさま後を追いかけた。

一瞬だったが、今の白フードはアイツに間違いない。よほどお気に入りなのだろう、この一週間で少なくとも三回はあのパーカーを羽織っている姿を雄大は目にしている。

ちょうど昼休憩に入ったばかりで、辺りは講義棟から出てきた学生で溢れ返っていた。専門科目が増える二年次以降と比べて、一年次の時間割りは半分以上が一般教養科目で埋まってしまう。学部共通のそれらの講義は、他学部の学生と顔を合わせる貴重な機会だ。もしかしたら雄大が気づかなかっただけで、一宮と同じ講義を受けていた可能性もある。今度調べてみようと思いつつ、人込みを掻き分けながら周囲に目を凝らす。

直進する雄大を邪魔するみたいに次々と人が横切って行った。お喋《しゃべ》りやケータイに夢中でとろとろと牛歩並みに遅い彼らにいい加減キレそうになる。

鬱陶《うっとう》しいほどの人の波の向こう側で、しぶきのように弾む白フードが見えた。

「いち……」

名前を呼ぼうとして、寸前で思い留まった。雄大にも学習能力というものがある。気づかれたらまた走って逃げられるのがオチだ。

一宮は数メートル先を呑気《のんき》に歩いていた。こんなに込んでいなければすぐにでも追いつける距離だ。食堂とは反対方向に進んで行くようだが、一体どこに向かっているのだろう。

とその時、「イナバくんじゃん」と舌足らずな声に呼び止められて、雄大はぎょっとした。

一瞬、一宮に気づかれたかとひやひやする。幸いにも彼の耳までは届かなかったらしく、白フードは振り返ることなく歩を進めていた。ほっと胸を撫で下ろす。

「何やってんのー?」と、派手なメイクと服装の女子が寄ってくる。見覚えのある顔だが、誰だっただろうか。そのうち似たような恰好の女子四人に囲まれた。「あ、イナバくんだー」「ホントだ、久しぶり。新歓コンパ以来?」「ねー、今度一緒に遊びに行こーよー」

「あー、ごめん」雄大はにっこりと笑顔を作って、彼女たちを適当にあしらった。「今ちょっと急いでるんだわ。またね」

えー、と唇を尖《とが》らせる四人を残して、雄大は急いで一宮の後を追う。今は女の子よりもこっちの方が大事だ。

しばらく行くと、だいぶひとけが引いてきた。

一宮の姿が全身確認できるようになる。

トレードマークの白パーカーに、下は定番のベージュのクロップドパンツとスニーカー。半分むき出しの脹脛《ふくらはぎ》は相変わらず白く、つるつるしている。きゅっと引き締まった足首に思わず目が引き寄せられた。健康的に浮き出たアキレス腱。靴下から覗いている丸いくるぶしが小さい。

あれくらいの細さなら余裕で摑めそうなのに、しかし一宮がそうはさせてくれない。運動オンチと見せかけて、実は驚くほど足が速い。雄大も同年代では速い方だが、一宮はおそらくそれ以上。つくづく期待を裏切る男だ。

図書館の前を過ぎたところだった。

尾行は順調で、このまま距離を詰めていけば捕らえられそうだと期待に胸を膨らませる。いきなり一宮がくるりと振り返ったのは、まさにそんな時だった。

「あ」

思わず声を上げたのは雄大。目の合った一宮は声も出ないほど驚いたようだった。一瞬のうちに踵を返し、次にはもうスタートを切っていた。

「待て！　おい、一宮！」

呼んで立ち止まってくれるような相手でないことは百も承知だった。案の定、一宮は振り返る素振《そぶ》りすらみせずに一心不乱に走り去ってゆく。逃げ足の速さはアスリート並みだ。

「くそっ、あともうちょっとだったのに！　あそこで振り返るかよ」

雄大は悔しさに舌打ちをする。いつもの追いかけっこの始まりだ。

広大な敷地を有する四年制総合大学だが、まだ入学して三ヶ月も経たない一年生が行動する範囲は限られている。一宮の後ろ姿だけを見つめて追いかけていると、いつのまにか赤レンガ敷きの通路を走っていた。周囲は雑木林。こんな場所があったのかと内心驚く。

前方の一宮はまったく気にするふうもなく慣れた足取りで走り続ける。くねくねと曲線を描く遊歩道は、初夏のみずみずしい緑が邪魔をして、時々視界から一宮の姿が消え失《う》せた。雄大は慌ててスピードを上げて、白パーカーを視界に捉えるとほっと胸を撫で下ろす。遊歩道を抜け、いくつかの建物を通り過ぎた頃、ようやく一宮がちらと振り返った。

運がいいことに、少し斜面になっているこの場所はイチョウ並木だ。雄大は反射的に樹木の陰に身を隠した。一宮がきょろきょろと辺りの様子を窺っている。雄大を撒《ま》いたと思い込んだのだろう、安堵《あんど》したように大きく息をつく姿が見て取れた。

すっかり油断した一宮は、呑気にTシャツの首もとを引っ張りパタパタと風を送り込んでいる。六月とはいえ気温は二十五度を超える夏日だ。よくもまああれだけ全力疾走できるものだと、雄大は呆れを通り越して尊敬してしまう。付き合わされるこっちは堪《たま》ったものじゃない。一宮を見失うことなくひたすら追いかけた自分を褒めてやりたかった。

一度足を止めると、汗が滝のように流れだした。雄大はカーディガンを脱ぎ、タンクトップ姿になって一宮の動向を木の陰から見守る。

てくてくと呑気に歩く一宮は、すぐ先の四階建ての建物に入っていった。

雄大もすぐさま後を追う。

建物に入ってすぐ、ここが何なのかを知った。壁一面の掲示板に手作り感満載の勧誘チラシが所狭しと貼ってあったからだ。

「へえ、サークル棟ってこんなところにあったんだな」

その中のいくつかは、雄大も入学手続きや入学式当日に半ば強引に押し付けられた物だ。雄大自身はどれもさほど興味を惹かれず、結局チラシはゴミ箱行きになったが、一宮はどこかのサークルに所属しているのだろうか。

雄大はこめかみから伝い落ちる汗を拭《ぬぐ》いながら、掲示板にざっと目を走らせる。

「しっかし、あっちぃな。ここ、自販機ないのかよ。喉が渇いて死にそーなんだけど」

ぶつぶつとひとりごちながら、折れ曲がった廊下の先を覗き込む。突き当たりに設置してある数台の自動販売機を見つけて、雄大はほっと息をついた。

「あいつ、水分補給とかしないのかよ。どっかその辺で倒れてんじゃねえの？」

雄大は歩きながら、トートバッグの中をあさってブランド物の財布を取り出す。入学祝いにイトコから貰《もら》った物だった。

自動販売機コーナーはL字形の廊下の更に奥まで続いていた。カップ麺やレトルト食品まで売っている。飲料水は手前の三台。

すっきりとした後味のスポーツ飲料水に決めて、財布を開けようとした時だった。

ちゃりーん、と小銭が床に落ちる音が鳴り響く。

思わず手元を見たが、しかしまだ財布は開けていない。小銭の持ち主は自分ではない。

ころころころ、と足元に転がってきた百円玉を拾い上げようとして——雄大は固まった。

「……お前、そんなところで何やってんの？」

自販機列の向かいの壁際、四つん這いになった一宮がこの世の終わりのような顔をしてこちらを見ていた。

「ああ、そっか」雄大は百円玉をつまんで、にやりと笑って言った。「これ、お前のか。そうだよなあ、あれだけ走ればさすがのお前でも喉が渇くよなあ。どうした？　いつまで犬のマネなんかしてんだよ。ほら、百円玉。いらねえの？」

「——！」

次の瞬間、一宮がバッタみたいにぴょーんと飛び跳ねるようにして立ち上がった。

逃がすものか——雄大は咄嗟に壁に手をつき、一宮の行く手を阻《はば》む。懲りずに走り出そうとした一宮はいきなり目の前に伸びてきた腕に驚いた様子で、慌てて大きく飛び退《の》いた。

二メートルほどの距離をおいて、互いに睨み合う。

「……どいてくれ」と一宮が低めた声で言った。

「嫌だね」

途端に一宮がキッと眦《まなじり》を決して「も、もういい加減にしてくれよ、俺の何がそんなに気に入らないんだ！」と声を震わせて叫んだ。

「俺は、何も喋ってない！　あれから誰にも会わずに転校したんだ。転校先でも稲葉くんの話題なんか一度も出したことない。信じてくれよ」

「は？」雄大は思わず目をぱちくりとさせた。「何の話だよ」

「だ、だから、高校の時、そ、その、俺が稲葉くんの秘密を偶然知ってしまって」

「秘密？」

「その、だから稲葉くんが、男の先輩と、そういう仲だったってこと……ひっ」

「おい、ちょっと待てよ」

雄大は一気に一宮との距離を詰めて、胸倉を摑むと言った。

「お前、本気でそんな気色悪いことを今まで信じてたのかよ。俺が？　あの筋肉ダルマと？　ふざけんな！」

「だ、だって、稲葉くん、本当は女だけじゃなくて男も好きなんだろ」一宮がビクビクと震えながら、恐ろしいことを言ってのけた。「稲葉くんが隠していた秘密を、俺が偶然知ってしまったから、だから口封じに――俺にまであんなこと、しようとしたんだろ！」

雄大は絶句した。

「俺は、稲葉くんのことは本当に誰にも喋ってない。これからも言うつもりはないから」一宮が懸命に告げてくる。「だから、もう俺のことを追いかけ回すのはやめてくれ!」

細身の体を無理やりねじるようにして、一宮は雄大の手から逃れた。もうほとんど力を入れてなかったので、簡単に外れる。拍子抜けしたのか、一宮が訝《いぶか》しむような目で見てきた。

「とにかく、俺はもう、稲葉くんとはかかわりたくないから」一宮がすっと目を逸《そ》らして言った。「あの時のことは、もう思い出したくないんだ。稲葉くんの性癖にもまったく興味はないし、俺の口から漏れることはないから。だから、安心してくれていいよ。それじゃ」

「違っ、誤解だ!」雄大は慌てて一宮の腕を摑んで引き止めた。

「は、離せよ、もう話は終わっただろ」

「バカ、終わってねェよ! 冗談じゃねえぞ、そんな恐ろしい誤解をされたままで放っておけるか。お前、一体あの時何を見てたんだよ。あの状況で、どうやったらそんな解釈に辿《たど》りつくわけ? いいか、はっきり言っておくぞ。俺は男なんて……」

「あれ、一宮?」

のんびりとした別の声が割り込んできたのはその時だった。

ハッと弾《はじ》かれたように振り返ると、自動販売機の前にひょろりと痩《や》せた男が立っていた。

誰だこいつ——雄大は棒切れのような男を不躾《ぶしつけ》に睨み付ける。男が「え? え?」と戸惑うように首を竦めてみせる。と次の瞬間、一宮が「会長!」と叫んだ。

「は? かいちょ——痛ってェ!」

一宮がダン、と雄大の足を踏み付けて、「会長！」とその男の胸に飛び込んでいくみたいにして駆け寄ったのだ。

「お、おうっ、どうした」

会長と呼ばれた冴えないそいつは、おろおろと狼狽えながらも、尋常じゃない様子の一宮を受け止める。頼りない体では勢いを完全に殺しきれず、二人して壁に激突していた。

雄大が呆気にとられていると、恐る恐るといったふうに一宮が振り向いた。

目が合う。が、一秒もたたずにぷいっとそっぽを向かれた。

雄大はムカッとする。納得いかない。この態度の差はどういうことだ。

「おい、一宮」と雄大は低く呼びかけた。

途端にびくっと肩を撥《は》ね上げた一宮が、焦ったみたいにひょろ男を促す。

「会長、行きましょう」

挙動不審の会長が、「え？　いいの？」と雄大と一宮を交互に見てくる。

「いいんです。行きましょう」

「いいわけねえだろ。こっちの話がまだ終わってない」

キッと振り返った一宮が、「俺は、約束は破らない」ときっぱりと言った。「だからそっちも、俺のことはもうこれ以上気にしないでくれ。迷惑だ」

これには雄大も少なからずショックを受けて、思わずぐっと押し黙ってしまう。シンと沈黙が落ちた。

「い、一宮？」となぜか会長がおろおろと慌て始めた。「そこまで言わなくても。友達だろ」

一宮がかぶりを振り、「違います」と冷ややかに答える。会長という盾があるせいか、いつになく強気だった。

「もう関係ないんで、早く部室に行きましょう。他の先輩たちが待ってますよ」

一宮が会長を促した。会長がチラチラと雄大を気にかけながら、「そうだな」と申し訳なさそうに踵を返す。次の瞬間、「ちょっと待て！」と雄大は咄嗟に会長の左手を摑んでいた。

ぐっと引っ張られてがくんとバランスを崩した会長が「ええ？」と虚を衝《つ》かれたような顔をして振り返った。先を歩いていた一宮も異変に気づいて立ち止まる。

「会長、大丈夫ですか！　やめろよ、手を離せ！　この人まで巻き込むなんて卑怯だ！」

「うるせえな、お前は黙ってろ。俺は会長に用があるんだよ」

「俺？」と困惑気味の会長の肩にぽんと手を乗せて、雄大はチラと一宮を見やった。ハラハラと不安そうな一宮の様子を目にして、少しだけ溜飲《りゅういん》が下がる。もう関係ないだと？　ふざけるな。一方的に話を打ち切りやがって、俺から逃げられると思うなよ。雄大は何か言いたげな一宮を無視して会長と向き合うと、にっこりと満面の笑みを浮かべて言った。

「今日から俺もそのサークルに入会します。よろしく、カイチョー」

その場の勢いというのは、恐ろしいものだ。

「えー、というわけで」

黒縁眼鏡の男がホワイトボードにやたらと上手いイラストを描き込みながら、言った。

「この雑誌によると、女性と手をつなぐ場合、男の手が進行方向にあるようにつないでほしいという意見の方が多数を占めているそうです。約八割」

「進行方向ってどういうこと？」と、ブタのぬいぐるみ――ではなく、まるまるとふくよかな男が唐揚げをつまみながら訊《たず》ねる。

「いわゆる『恋人つなぎ』ってヤツですよ。こうやって指をからめるヤツ。後ろから掬《すく》うように女子の手を取るよりも、前からこう摑んで、引っ張ってほしい……って感じですかね」

「おー、なるほど」

雄大以外の五人が揃って感嘆の声を上げた。

一宮にいたっては、部室に入るやいなや研究ノートなるものを取り出して、先ほどからどうでもいい情報をせっせと書き取っている。

【手をつなぐ時は前から！　後ろからは×】

仲良くお手てをつないだ男女のイラストまでが、ホワイトボードのそれとそっくりだ。無駄に器用。【恋人つなぎ】と丁寧に赤ペンで書き添えた。

「……アホくさ」

独りごちて、雄大は早くも後悔しはじめていた。

一つ椅子を空けて隣に座った一宮が、またせっせとペンを走らせている。

【タイミングが大事！　空振りしてもあせらない！】

これだけ見れば野球やソフトボールの心得かと勘違いしそうになるが、この部室にはバットもボールも存在しない。あるのは狭い部屋の半分以上を占める長机とホワイトボード、なぜか裸に赤いレインコートを纏《まと》ったマネキン。

ここは異文化交流研究会――通称、イブケンの部室である。

文字通り、『異なる文化圏の人々との交流を通し、知識や理解を深め合うこと』を目的としたサークルである。がしかし、注意すべき点はここで言う『異なる文化圏』というのが、一体何を指すかということだ。

『異文化交流』と聞けば、普通は外国人とのやりとりを想像するだろう。かくいう雄大もそうだった。この大学は諸外国からの留学生を多く受け入れていて、構内でもたびたび見かける。へえ、一宮って英語とか喋れちゃったりするの？　もしかして金髪美女とオトモダチになれちゃったりするんじゃないの？　――そんなふうに淡い期待を胸に抱いたものだった。

しかし、会長に連れられて部室に入った途端、雄大は一気に夢から醒《さ》めた気分になった。

そこにいたのは金髪美女でもオリエンタル美女でもなく、人相の悪いヒゲ面と、神経質そうなメガネ、ぶーちゃん、以上。全員純日本製の小汚い野郎三人衆だったからである。

がっかりだ。

更に問題はここからだった。

サークルの活動目的に掲げられた『異なる文化圏』とは、あくまでも『自分たちとは異なる文化圏で生きる人々』という意味に他ならない。つまり、ここの連中の場合、それはおもに『女性』を指すということだ。

要はこのイブケン、女性に免疫のない男どもが集まって、どうやったら女の子と親しくなれるのかをとことん研究する同好会なのである。

そして一番の謎が、そんな不毛な活動を日々行っているメンバーの中に、なぜか一宮がいることだった。

成り行きとはいえ、雄大までもが仲間入りを果たし、会員は現在六名。

気づけば毎日部室に通い、先輩たちの無意味に熱い討論を聞いて無駄な数時間を過ごしている。花の大学生活、本当にこれでいいのだろうか――雄大は今、完全に迷走していた。

そもそも雄大がこんな怪しいサークルに入会したきっかけは、今日も隣でせっせとノートを書いている一宮である。

ここにいれば一宮ともっと話ができると期待したのに、実際はまったく距離が縮まらず、途方に暮れる毎日だ。雄大との間に必ず置かれるパイプ椅子一つ分。この誰も座っていない椅子の存在が、そのまま一宮との距離だ。間を詰めると嫌がられるので、渋々従っている。

もう一週間は経つのに、一宮はまだ雄大のサークル加入に納得がいかないようだった。

長机の上には雄大との間にペンケースが置かれ、ここからこっちには入ってくるなと小学生のように境界線が引かれている。話しかけても五回に四回は無視される。答えてくれる貴重な一回も、「ああ」とか「たぶん」とか、そんな素っ気ないものばかりだ。一緒に帰ろうとすると、必ずといっていいほど撒かれた。とにかく警戒心が半端ない。

結局、あの恐ろしい誤解は解けたのかそれともまだ疑われたままなのか、それすらもわからない状態だ。一宮は口封じだと思い込んでいたようだが、ほとんど雄大の八つ当たりでしかなかった当時の一件も、この際きちんと謝りたい。しかし、一宮が徹底して雄大を拒絶するので、会話もままならないのが現状だった。

部室では先輩の目があるせいか我慢しているようだが、二人きりになると露骨に敵意をぶつけてくる。一歩近付けばアスリート並みの脚力で逃げられるので、取りつく島もない。これが毎日続くとなると、さすがの雄大もかなり傷ついていた。心が地味に痛い。

相手に嫌われている以上、こちらも無理に接触する必要はないのではないか。

そんなことをふと思ってみる。しかしなぜだかサークルを退会する気にはなれなかった。

どうして一宮にこれほど執着するのか、その理由が自分でもよくわからない。

ひょっとしたらこの理解不能な執着心の正体を探るために、自分はここにいるのかもしれない。——と、都合のいい大義名分を掲げて、今日も雄大は部室に居座っている。

一宮は相変わらずつれない。雄大の心のＨＰが減り続ける一方だ。ウサギは寂しいとどうにかなってしまうというけれど、こっちのウサギは精神攻撃が得意なようで、雄大の心がポキッと折れてしまうのを今か今かと心待ちにしているかのようだった。

一宮は隣で雄大があくびをしようが伸びをしようが、まるっきり興味を持とうとしない。散々無視を決め込まれて、正直寂しいのは雄大の方だった。

少しぐらいこっちを向いてはくれないだろうか——そんなことを考えながら、雄大はそっと、一宮のペンケースに指先を触れさせてみる。余計な装飾のないシンプルさが売りの日用品ブランド物。一宮らしいと思いながら、指先でツンツンとグレーのそれをつついた。

軽く触っただけなのに、中でカチャカチャン、と筆記用具がぶつかり合う音が鳴った。

「！」

弾かれたように首を捻《ひね》った一宮が、キッと雄大を睨みつけてきた。

「あ、いや」雄大は慌てて言い訳をする。「ちょっと、指がぶつかっちゃって」

「…………」

一宮が黙って、ペンケースを二センチほど自分の方に引き寄せた。無言のまま、再びノートにシャーペンを走らせる。何だよ、それだけかよ——雄大はムッとして、以前から思っていたことを突っかかるような物言いで訊ねた。

「なあ、お前が毎日一生懸命書いてるそれ。そのノートって、意味あるの？」

一宮がぴくっと手を止めた。横目にジロッと睨んでくる。

「こんなことやってたって、女の子と手をつなげるわけじゃないだろ？　それよりもさ、外に出て、適当にナンパした方が建設的なんじゃないの？」

「……文句があるなら、やめればいいだろ」

非常にトゲのある言い方だったが、一宮がこんなに長く言葉を返してくれたのは久しぶりだった。内容はともかく、まともに会話が成立したことに悦びを感じる。

「文句じゃないって、一つの提案。お前だってそのノートが一冊埋まったら、かわいい女の子が現れて自分のカノジョになってくれる——なんて、夢みたいなこと考えてないだろ？」

一宮はうっすら目元を朱色に染めると、慌てて腕でノートを隠そうとした。

部室の壁には、目立つ場所に達筆でしたためた『今年の目標』なるものが掲げてある。曰く、『今年こそ彼女と二人きりで過ごすクリスマス！　男鍋からの卒業！』

この先輩たちならわかる。しかしお世辞にも男らしいワイルド系とは言えないが、いまどきのかわいらしいアイドル顔である一宮は、それなりに需要がありそうなものだ。

その気になれば彼女くらいすぐにできるだろうに——雄大はいまいち一宮の選択が理解で

きなくて心の中で首を捻った。むしろこのサークルに足を引っ張られているようにすら思えてならない。

「本気で女の子と仲良くなりたいなら、座学ばっかりじゃなくてフィールドワークも取り入れた方がいいんじゃないか」

「それは、そっちの仕事だろ」一宮がトゲを大量に含んだ声で低く言った。「卑怯な手を使って、先輩たちに取り入ったくせに」

「……いや、取り入ったっていうのは、それはちょっと人聞きの悪い」

「でも事実だろ」

「……まあ、ちょっとした取引っていうか、どうしてもこのサークルに入りたかったし」

実は雄大は一度、会長からやんわりとサークル加入を断られているのだ。

部室に招かれたところまではよかったが、雄大に椅子を勧めて、さて、とのんびりと切り出した会長はこう言った。

——君みたいな人は、うちにはむいてないと思うんだよね。

そうして、君にぴったりのサークルがあるよと、どこかから拾ってきたらしいイベント系サークルのチラシを差し出してきたのである。季節のイベントにかこつけて、要はみんなでわいわい騒ごうというういわゆる飲み会サークルだ。

会長はにっこりと人畜無害そうな笑顔で、こっちの方が楽しいと思うよ、と言った。女の子もいっぱいいるし、うちは男ばかりだから。あんな顔してるけど、一宮も男だからね。

最後は声を潜めて釘を刺されて、ようやく自分は警戒されているのだと気づいた。こそこそとムサイ連中が一宮を自分たちの背後に隠す様子が視界の端に入る。

まさか、一宮のストーカーだとでも疑われているのだろうか。大声で否定したかったが、しかしまったく違うとも言えない自分のこれまでの行いを思い返して、言葉に詰まる。

そこで、どうにか会長とその仲間たちの誤解を解き、入会の許可を得たいと頭を働かせた雄大は、彼らにある取引を持ちかけたのだ。

――みなさん、合コンをしましょう！

――女の子の知り合いはたくさんいるんで、セッティングしますよ。どうせなら実践を積んで経験値を上げていきましょう。そのために俺をじゃんじゃん利用して下さい！

「稲葉があんなことを言うから、先輩たちはすっかりその気になっているんだ」

一宮がぶすっとあからさまに不愉快そうな顔で言った。

「いいことじゃないか。先輩たちもやる気になってるならさ」

「今になって女の子が集まりませんでした、なんてことは絶対にやめろよ」

横目に睨みをきかせてくる。

今日の一宮はよく喋る――雄大は心中でにんまりとしながら、パイプ椅子の背にもたれかかった。いつの間にか『稲葉くん』が『稲葉』になっていることに悦びを隠し切れない。雄大が思っているよりも、案外と二人の距離は縮まっているのではないか。

「そっちの方は心配しなくても大丈夫。たぶん、今日か明日あたりに電話がかかってくるはずだから。お前も来週の日曜は空けとけよ」

「は？」一宮が目をぱちくりさせたかと思うと、慌てて首を横に振った。「お、俺はいい！」

「何でだよ。全員参加だろ？」

「そ、そんなの聞いてない。先輩たちだけでいいだろ」

「こっちは男六人って言ってあるんだぞ。女の子側にもそのつもりで集めてもらってるし」

一宮が真面目《まじめ》な顔をして、「電話して、五人に変更してもらってくれ」と頼んでくる。

「俺はまだ勉強がたりないから、今回は行けない」

「勉強？」

首を傾げる雄大を無視して、一宮は再びペンを走らせ始めた。ホワイトボードの前では、懲りずに男四人による不毛な討論が繰り広げられている。一宮がどうでもいい会話を律儀に書き写す。

こんな調子ではダメだ。一宮がダメになってしまう。

「いやいや、あんなもんはその場の雰囲気と経験だって」

雄大は思わず忙しく動く一宮の手を摑んで、ノートから強引に引き剝《は》がした。「いいか？完璧に予習したって、恋愛なんてものは思い通りに進まないのが当たり前なんだよ。ロボット相手ならともかく、女だぞ？　男からしたら何を考えているのかまったく予測不可能な未知の生命体。ハプニングの連続だっつーの」

「そ、そうなのか？」と、珍しく一宮が食いついてきた。

よし摑んだ、と雄大は心中でぐっと拳を握って、「そうそう」と大仰に頷《うなず》く。「こういうのはさ、やっぱり慣れなんだよ。お前も恋愛に限らず経験はあるだろ。人と人とのコミュニケーションなんて、理詰めで何とかなるようなもんじゃない」

「た、確かに」

「特に恋愛に限って言えば、考えるよりもまずは行動あるのみ。実際に会って、話してみなきゃ何にも始まらないんだ。お前だって、彼女が欲しいからここにいるんだろ？」

うっと押し黙った一宮が、途端に目元をさっと赤く染めた。もじもじと体を左右に揺らしながら、「ほ、欲しいよ」と蚊《か》の鳴くような声で言う。本当に同い年かと、見ているこっちが恥ずかしくなるくらいの初々しさだった。

「だったらさ、そんなもんばっかり書いてないで……」

雄大はさりげなく横からノートを奪おうとした途端、ゴンッ、と手の甲を拳で潰《つぶ》された。

「痛ってェな！　おい、いきなり何すんだよ」

「そっちこそ何のつもりだよ。勝手に人の物に触るな」

一宮が素早く大切なノートを胸元に抱き寄せる。更にペンケースをぐいっと押しやって、境界線を強調してきた。一気に三十センチほど雄大の陣地が狭まった。雄大はやれやれと嘆息する。少しは気を許してくれたかと思えば、すぐにまた元通りだ。

「……ったく、かわいくねえな」

何気なくぼやいた、その直後だった。がたん、と大きな音を立てて椅子を撥《は》ね除けた一宮が、突然立ち上がったのだ。驚いた雄大は頬杖をついたまま何事かと隣を見上げ、そして次の瞬間、物凄い剣幕で怒鳴られた。

「当たり前だ！　男の俺がかわいいわけないだろ！　ふざけたことを言うな！」

部室内が一瞬、シンと静まり返った。

「い、一宮？」ぎょっと振り返った会長が、おずおずと訊ねた。「ど、どうした？」

会長の明らかに気を遣った声に、一宮がハッと我に返ったようにパチパチと瞬《しばた》いた。すぐさま状況を把握したのだろう、見る間に顔をゆでダコよろしく真っ赤に染め上げる。

あたふたとし始めた一宮が、唐突に「お、俺、帰ります」と言い出した。

「え？　おい、一宮」

雄大は慌てて立ち上がったが、一宮はまるで早送りを見せられているような素早い動きで帰り支度を整えると、

「お疲れさまでした」

ぺこりと先輩たちに会釈して、風のように走って部室を出て行ってしまった。

バタンとドアが閉まる。一呼吸分の沈黙を挟んだ後、先輩四人の突き刺さるような視線が一斉に雄大に集中した。

「えーっと、何があったのかな？」と、まず会長が口火を切った。穏やかな口調は変わりないが、どこか責めるような冷たさを含んでいた。

雄大は焦って首を横に振って返す。

「いや、何って別に。俺は、普通に話してただけなんだけど」

「普通？」メガネがブリッジを押し上げながら言った。「一宮の叫びから察するに、稲葉が口を滑らせて例の禁句を言ってしまったのでは？」

「同意見だね」と会長が神妙な面持ちでうんうんと頷く。ヒゲとぶーちゃんも「あちゃー、やっちゃったかー」と己の額をペンッと叩いて嘆いている。

「禁句？」

雄大はわけがわからないまま顔をしかめた。一人だけ事態が掴めなくて苛々する。

「稲葉」会長が訊いてきた。「さっき、一宮に向かって『かわいい』って言わなかったか？」

雄大はしばし考えて、答える。

「……かわいくねえとは言ったけど」

途端に、四人が揃って「ああー、それだ！」と騒いだ。

「それってて？　何だよ、ちゃんと教えて下さいよ。まったく意味がわかんねェんだけど」

ムッとして訊き返すと、会長が真面目な顔に戻して言った。

「一宮はね、自分の容姿にコンプレックスを持っていて、他人から『かわいい』って言われるのが一番嫌なんだよ」

「コンプレックス？」

「以前、好きな子に『自分よりかわいい男子は無理』って笑われて、振られたことがあるんだそうだ」

「別の女子には『一宮くんってー、女の子よりも男の子と付き合ってる方がしっくりくるんだけど！』って揶揄われたらしいからな」

「それって、一宮にホモになれって言ってるのと同じことですからね」

「思春期のツライ思い出だな。かわいく生まれたばっかりに」

先輩たちが口々に話すのを、雄大は何とも言えない気持ちで聞いていた。「しかも」と会長が声を潜めて続ける。

「高校時代、実際に男に襲われかけたことがあるそうなんだ」

「えっ？」

雄大は弾かれたみたいに首を捻って、会長の顔を凝視した。いきなり顔色を変えた雄大をどう見たのか、会長が「あ、もちろん未遂だったんだけどね」と慌てて付け加える。

「それ以来、『かわいい』は一宮のトラウマを発動する禁句になってしまったというわけだ」

「お前もここのメンバーなんだから覚えておけよ。今度からは気をつけろ」とヒゲ。

メガネとぶーちゃんにも目線で釘を刺される。

「相当ショックだっただろうからなあ」

「まあ、いきなり男に押し倒されたら、そりゃショックだろ」

「女の子も苦手だって言ってたけど、それ以上に大柄な男が苦手らしい。クラブ勧誘の時にアメフトの奴らに囲まれて、マネージャーにならないかって熱心に誘われたんだったよな」

その時、偶然通りかかった会長が困っていた一宮に救いの手を差し伸べたのだという。

「たまたま目が合ったんだよ」と会長は懐かしそうに目を細めて当時のことを語った。

「今にも泣きそうな顔をして震えていたから、こっちも放っておけなくってね。たまたまあそこの部長と知り合いだったから、掛け合ってうちに譲ってもらったんだ」

「そうそう、ここに会長と一緒に現れた時の一宮はすごく思い詰めたような顔をしてさ」

ぶーちゃんがポテトチップスの袋に手を突っ込みながら、思い出したみたいに言った。

「俺たちあいつに、『俺、自分ではよくわからないんですけど、体から何か男の人に好かれるような変な物質が出てるんでしょうか』って、真面目に相談されたんだよな」

「あれにはどう答えていいのか困ったなあ。笑いも一切なく真剣なだけに」

「まあ、本人にとっては深刻な悩みだろうからねえ」と会長が同情めいた口調で言った。

「例の男に襲われかけた事件の後、一宮は自分の身は自分で守るために護身術を習い始めたんだそうだよ。そういえば、稲葉は同じ高校出身なんだろ？　一宮は当時からそんなに男にもててたの？」

雄大はぎくりとした。

「さあ……高校の頃は、アイツのことはあまり知らなかったし」

「ま、そうだろうな。見た目からしてタイプが違うもんな、お前ら」とヒゲが納得する。

「それに、途中で転校したんですよ、アイツ。だから、俺もまさか同じ大学にいるとは思わなくて」

「へえ、そうなのか。だとしたら、襲われたっていうのは、転校先でのことだったのかもな」

会長がしんみりとそう言った途端、雄大の胸に激しい罪悪感が込み上げてきた。動揺して居ても立ってもいられなくなる。ふと、視界の端に長机の上のペンケースが入った。一宮の忘れ物だ。

雄大は咄嗟にそれを掴むと、「すみません、俺も今日はこれで帰ります」と告げて、一目散に部室を飛び出した。

足が縺《もつ》れそうになりながら雄大が急いでサークル棟から外に出た時には、もう辺りに一宮の姿はなかった。来た道を辿って、遊歩道を全力疾走する。

傾き始めた西日を反射して、ひとけのないレンガ道はオレンジ色に輝いていた。

二つ目のゆるやかなカーブを曲がったところだった。前方にそれらしい人影を発見する。

「一宮！」

見慣れた後ろ姿が、びくりとその場に立ち止まった。声だけで追いかけてきたのが誰なのかわかったのだろう。渋々といったふうに、一宮が振り返った。

そのまま逃げ出さず立ち止まってくれたことに、雄大はほっと安堵する。

歩きながら素早く呼吸を整える。二人の距離が二メートルを切りそうになって初めて、一宮が一歩後退する仕草をみせた。

ここが雄大の近付けるボーダーラインらしい。

「あのさ、一宮」

その場で一旦歩を止めて、雄大は目の前の彼に話しかけた。「一宮。あの、俺さ」しかし、いざ向かい合うと、どう切り出せばいいのかわからなくなった。

当時のことは何を話しても全部言い訳にしか聞こえないような気がして、雄大は口ごもってしまう。もちろん、今でも謝れるものならちゃんと一宮と向き合って謝りたいと思っている。だが正直言って、そこまで一宮の心を深く傷つけていたとは思いもしなかったのだ。

未遂だし、そもそも触れてすらいない。ちょこっと下着をずりおろしただけ。反対に自分はあの時、一宮がメチャクチャに段ボールを崩しまくったせいで、左眉に消えない傷を負った。それで痛み分けだと、雄大は勝手に自分の中で解決してしまっていたのだと思う。

雄大にとっては単なる思春期の悪ふざけに過ぎないことも、やられた一宮からしてみればトラウマになってしまうくらいの大事件だったのだと、今更のように事の重大さに気がついた。一宮に申し訳なく思う一方で、そんなことをしてしまった幼稚で愚かな自分が情けなくて、無性に恥ずかしくなる。謝るといっても、一体どう謝れば許してもらえるのだろうか。

一宮は大柄な男が苦手なのだと先輩が言っていた。それはやはり雄大の影響なのかもしれない。アメフト部と比べたら随分と細身だが、当時の体形で言うと雄大も小柄な一宮にとっては十分大柄な男だったと思う。加えて、非力な彼を易々《やすやす》と押さえ込むだけの力があった。

あれは単なるウサ晴らしに過ぎなかった——そんな本音を、今この場で自分を恨みがましく睨みつけている相手に、口が裂けても言えるわけがない。

「これ、部室に忘れてたぞ」

雄大は、手に握り締めていたペンケースをおもむろに差し出すのが精いっぱいだった。

「え?」と一宮が、拍子抜けしたみたいにきょとんとしてみせる。

「あ……ごめん。わ、わざわざ、どうも」

置いといてくれてもよかったのにと、一宮は気まずそうにおずおずとそれを受け取った。

まともに目も合わせてくれない彼の態度に、燻《くすぶ》っていた罪悪感が一気に迫り上がってくる。

両腿の横に下ろした手を無意識に握り締め、雄大は思い切って告げた。

「あと、ごめんな」

ペンケースを鞄にしまっていた彼が、「え？」と顔を上げた。

「高校の頃のこと」雄大は正直に自分の今の気持ちを伝える。「一宮は何も悪くないのに、俺の都合で一方的にお前に嫌がらせをした。あの時のことは、本当に悪かったと思ってる。今更遅いけど、謝らせてくれ。本当にごめん」

深く頭を下げると、はっと一宮が息を吸い込む気配がした。

「……まさかそれ」

「え？」

「先輩たちに喋ってないよな？」

思わず顔を上げると、一宮が青褪めた顔で雄大を見ていた。

雄大は慌ててかぶりを振る。「言ってない、そんなこと言うわけないだろ」

いくらなんでも犯罪だ。それを自ら話して聞かせるほど馬鹿じゃない。

一宮がほうっと心の底から安堵したような息をついた。

しかしすぐに、二人の間に気まずい沈黙が横たわる。

「こ、この傷」雄大は咄嗟に前髪を掻き上げて言った。「わかるか？　左眉の端っこのところなんだけど」

額を全開にした雄大を、一宮が怪訝《けげん》そうに見やって首をかしげてみせる。雄大は指で自分の左眉頭より僅《わず》かに外側の箇所を示した。指で触っても違和感がある。そこだけ眉毛が生えていないのだ。

「あの後、倒れ掛かってきた角材で切ったんだ。ほらあの部屋、文化祭用にいろんな物が置いてあっただろ？　三針だったかな。傷自体はたいしたことなかったんだけど、額だったから出血がけっこう酷《ひど》くてさ。ぽたぽた垂れてくるし、自分でもびっくりして」

「何が言いたいんだよ」

「は？」

「その傷を負ったのは、俺のせいだって言いたいのか」

一宮にきつく睨まれて、雄大は思わず押し黙ってしまった。

「いや、違うって。そういうことじゃなくて、その、俺が言いたかったのは……」

「自業自得じゃないか！」一宮が物凄い剣幕で雄大の語尾を奪う。「だいたい、稲葉があんなことをしなかったら、怪我《けが》を負うこともなかったんだ。そうだろ？　ちゃんと話せば済むことなのに、俺だって最初から誰にも何も喋るつもりはなかった。口止めとか、そんなことしなくたって俺は絶対に何も……なのにっ！　全部稲葉のせいだ、あの後からなんだぞ！」

勢いに気圧《けお》されて絶句する雄大を、まるで親の仇のように睨み付けて、まくし立てる。

「女子から——男子にまで、本人を目の前にして『かわいい』だの『女の子みたい』だの、露骨に言われ続けた俺の気持ちがわかるか？　転校先では男から変な手紙まで貰った。呼び出されて『好きだ』とか『付き合ってくれ』とか言われるし、電車に乗れば男なのに痴漢に遭うし、ありったけの勇気を出して初めて告白した女の子には『自分よりかわいい男の子と並んで歩きたくない』って振られるし。文化祭では何でかその子の推薦で女装までさせられたんだ。好きな子に『ムカツクくらい女装が似合うよね』って皮肉られながらバシャバシャ写メ撮られる気持ち、わかるか？　文芸部には俺が主人公の漫画まで描かれてた。俺が男を好きになるって話。冗談じゃないよ！　それまであんなこと一切なかったのに、稲葉が俺におかしなことをしようとしてから、俺の人生、何かが狂っちゃったんだよ！」

そこまで一気に叫んだ一宮は、はあはあと肩で呼吸を繰り返していた。

「ごめん」と雄大は謝る。「まさか転校先でそんなことになってたとは、思わなかったから」

「……っ」

一瞬面食らったような顔をした一宮が、何か物言いたげに唇を嚙み締めた。気まずそうに視線を逸らす。

雄大を責めたところで、こんなのはただの八つ当たりに過ぎないと、本人もわかっているのだろうと思った。実際、当時も実害がなかっただけで、一宮は転校前から一部の男子に目をつけられていたのだし、彼の外見が転校の前後で著しく変化したわけでもない。いきなり容姿をいじられ始めたというのは、彼を取り巻く環境が変わったせいだろう。人間関係が変われば、おのずとコミュニケーション方法だって変わってくる。初恋の彼女のことは確かに災難だったと同情はするが、それもただ一宮に見る目がなかっただけのことだ。

「……もう、いいよ」

ふいに一宮が疲れ果てた声でぼそっと呟《つぶや》いた。

「それって、俺のことを許してくれるのか」

「許すっていうか、もういい。これ以上、話したくない」

彼らしくない投げやりな言葉に、雄大は戸惑った。

「え？　い、一宮？」

思わず一歩踏み出すと、途端にすっと彼に一歩引かれる。距離は一向に縮まらぬまま、一宮がふと口を開いた。それまでとは打って変わって落ち着いた柔らかい声音で告げてくる。

「俺も、稲葉のその傷のことは悪かったと思っているから。当たり所が悪かったら、もっと大怪我を負っていたかもしれなかったんだろ？　俺が言うのもなんだけど、その程度で済んでよかったとほっとしてる。痕が残ってしまったのは、それは本当に、ごめん」

雄大は慌ててぶんぶんと首を横に振った。

「こんなの、どうってことないって。女じゃないんだしさ。俺こそ、いろいろとごめんな」

「いや」と一宮もかぶりを振る。これは何だかいい方向に話が進みそうではないか——雄大は思わず内心で悦んだ。今ならお互いに上手く歩み寄れるのではないかと密かに期待する。

「あの、じゃあさ。これからは俺たち、友達としてちゃんと付き合っていけるよな」

「友達？」

「そう」と雄大は頷く。「せっかく一緒のサークルに入会した仲間なんだし、同じ一年同士、仲良くやろうぜ。できればもうちょっとこう、先輩たちと同じくらいには俺にも気を許して欲しいしさ。もちろん、気に入らないところがあればどんどん言ってくれて構わないから。俺も直すように努力するし」

「だったら、サークルを退会して欲しい」

「は？」

雄大は笑顔のまま首を傾げた。聞き違いだろうか。しかし、一宮はくすりともせずに至極真面目な顔をして、「サークルを退会してくれ」と繰り返した。

「そ」雄大は唖然として、首を横に振りながら答えた。「それは嫌だ」

「何でだよ。気に入らないところは直すって言っただろ」

「いや、そうだけど。でもあれはそういう意味じゃなくってさ」

一宮が無言で睨んでくる。怯《ひる》んだ雄大に向けて「だいたい」と吐き捨てるように言った。

「あそこは稲葉みたいなヤツがいる場所じゃないんだよ。稲葉は何の努力をしなくても女の子がうじゃうじゃ寄ってくるじゃないか」

「それは……」雄大は言葉を詰まらせる。事実なので、下手に謙遜するわけにもいかない。

「俺には男しか寄ってこなかった。女の子はみんな俺のことを男として意識してくれないんだ。かわいいかわいいって、俺だって男だぞ？　稲葉みたいに『かっこいい』って言ってもらいたいんだよ！」

「い、一宮もカッコイイって。ほら、アイドル顔だしさ。年下とか年上にモテそうじゃん」

「ヘタな慰め方するなよ！　俺なんか全然モテないよ、バカにしてるのか！」

一宮がキレだしたので、雄大は慌てて「してない、してないって」と否定した。興奮した一宮は、しかし急に声音《こわね》を落として、ぽつりと言った。

「でも、会長が言ってくれたんだ。男はギャップだって」

「は？　会長？」

「だから今、俺は内面からも男らしくなるように勉強している最中なんだよ。それなのに、稲葉は俺の邪魔ばかりしてくる。稲葉は一体、何の目的でうちのサークルに入ったんだ？」

真っ向から問われて、雄大は返答に困った。

しいていえばお前だと、口には出さずに心で思う。そもそも一宮がいなければ、雄大だってあんな怪しいマイナーサークルに入会する予定はなかったのだ。ではなぜ一宮なのかと訊かれれば、その答えはいまだに謎である。雄大が知りたいくらいだ。

「どうせ、何にもないんだろ」一宮がほらみろという顔で言った。「稲葉みたいなヤツは、どうせ俺たちみたいな非モテ男を天辺《てっぺん》から見下ろして、にやにやバカにして楽しんでいるだけなんだ」

「……どんだけ卑屈なんだよ。そんなわけないだろ。そこまでヒマじゃねえっつーの」

「暇だろ？　毎日俺のことを追い掛け回しておいて。どうせあれも、必死に逃げる俺を笑っておもしろがってたんだろ。これじゃ、何のために護身術を身につけたのかわからない。稲葉を楽しませるためじゃないのに」

　こっちだって、毎回投げ飛ばされて悦んでいる変態扱いされて不本意だ。

「稲葉、退会してくれ」

「嫌だね」

「退会しろよ」

「嫌だ、絶対にやめねーぞ」

　一宮が悔しそうに唇を嚙み締める。いつの間にかレンガ道に落ちた影が長く延びていた。菫色《すみれいろ》の頭上から、カラスの鳴き声が聞こえてくる。

「稲葉には女の子との付き合い方の研究なんて必要ないだろ。選び放題で悩みなんてないくせに。こっちは切実なんだ。興味本位で居座られたら迷惑なんだよ。どうせそのうち飽きるんだから、今のうちに出て行ってくれ」

「勝手に決めるなよ」

「どうしてもサークルに入りたいっていうなら、イベント系のサークルに入ればいいよ。あと二ヶ月もすれば夏休みだし、そうしたらそっちの方が絶対稲葉にとっても楽しいと思う」

「俺がどのサークルに入るかなんて、俺の勝手だろ。お前に指図される覚えはない」

「能天気なリア充が混ざるのは迷惑だって言ってるんだよ」

「お前こそ俺のことをバカにしてるだろ。あのな、俺にだって誰にも言えない悩みってもんがあるんだよ。お前らと一緒だっつーの、ちゃんと恋愛がしたいんだよ俺は！」

売り言葉に買い言葉という言い方がある。

雄大は最後まで叫び終えてから、すぐさましまったと後悔した。

「え？」と一宮が眉をひそめる。雄大は心中で頭を抱えながら、けれども一宮に疑うような目つきでじっと見つめられると、咄嗟に口が勝手に動いた。

「だからさ、俺にも本気で好きな相手ができたんだよ」

言いながら、雄大はごくりと生唾を飲み込んだ。追い詰められると、人間は時に自分でも思ってもみない嘘が口から飛び出るものだと、初めて知った。

一瞬沈黙があって、一宮が「本気って、どういう意味だ？」と訝しむように訊いてきた。

「俺が覚えている限りでも、稲葉が付き合っていた女子の名前を十人は聞いたのに」

痛いところをつかれて、雄大はうっと思わず胸を押さえる。「あれは何ていうか、俺もガキだったから、付き合うってことをそんなに深く考えたことなくてさ。中学高校の男子なんてみんなそういうもんだろ？　たまたま上手く需要と供給が嚙み合ったっていうか……」

「需要と供給？」と一宮がきょとんと小首を傾げてみせる。男のくせにと思いつつも、そんなかわいらしい仕草が妙にはまっていて、雄大は不覚にも初心《うぶ》な一宮相手にどきりと胸を撥ね上げてしまった。

「……いや、何でもない。とにかく、そういうのはもう終わりにしようと思ってさ。最近、その……すごく、気になっている人がいて。こんな気持ちになったのは初めてでさ、自分でもどうしていいのかわからないんだよ」

口から出まかせの言葉に、根は素直な一宮が驚いたように大きな目をぱちくりとさせた。

「そうなのか？」

「うん」と雄大は頷く。心中ではもうどうにでもなれという気分だった。

「その人の前でだけはどうしても緊張して、いつもの調子で振る舞えないんだ」

「稲葉でもそんなことがあるのか」

一宮はすっかり信じ込んでいるようだった。雄大の胸に新たな罪悪感がまた積み重なる。

「自分でも驚いてる。本当に人を好きになったら、こんなに情けなくなっちゃうんだな」

「そうか。……うん、俺も覚えがあるから、そういうのはちょっとわかる。俺の場合は、普段から女子の前では緊張しちゃうんだけど。でも、好きな子の前では特に緊張してさ」

一宮の思い出話を聞きながら、雄大はどこか白けた気分で思った。ああ、例の一宮に女装をさせて罵ったという女か。

「女の子の前で上手く喋れないって騒いでるお前や先輩たちを見てたらさ、ああ、こういうことなんだなって、何だかすごく共感できたっていうか。妙に親近感が湧いちゃってさ。けど、こういう話を俺の周りのヤツらにしたら、絶対にバカにされそうだし」

「ああ、そうか。そうだよな。稲葉の友達って、みんな稲葉みたいに自信満々な集団だもんな。人の気持ちがわからないっていうか」

先ほどから、ちょこちょこと一宮の口から引っ掛かるワードが飛び出してくるのが気になったが――それも次の一言ですべて帳消しになった。

「稲葉も大変なんだな」

雄大は思わず笑ってしまいそうになる口元の筋肉を懸命に押さえ込む。相手の同情を誘い込んだらもうこっちのものだ。

「本当は俺さ、ずっとこういう相談のできる相手がほしいなって思ってたんだ。こんな話をしたのは一宮が初めてだよ。今日、こうやって一宮と話ができて嬉《うれ》しい」

一瞬、一宮が面食らったような顔をしてみせた。

「で、でも俺なんか、そういう経験がほとんどないし。稲葉が望むような相談相手にはなれないと思う」

「そんなことないって。話を聞いてくれるだけでいいんだ。自分の中だけで悶々《もんもん》と抱え込むのはストレスが溜《た》まるばっかりでさ。今も、一宮に話せたことでちょっとすっきりした。あのさ、これからも相談にのってくれないかな」

一宮が戸惑うように視線を揺らす。雄大は心の中でにんまりとほくそ笑みながら、最後の一押しを口にした。「その代わり、お前の恋愛には俺が協力するからさ」

「本当か？」と一宮が雄大と目線を合わせてくる。

「ああ、もちろん。俺はほら、特定の相手がいるけど、お前はまだ決まった相手がいないんだろ？　できたら知らせろよ、相談にのるからさ」

一宮の雄大を見る目が明らかに変わった。ぐっと距離が縮まった手ごたえを感じ取る。

「まずは、今度の合コンに参加しろよ。ノートはしまってさ。こういうのは実践を積んで学んでいくもんだから。俺も一緒に行くし、何かあったら助けてやるから安心しろ」

「……うん、わかった」

一宮が珍しく素直に頷いた。思わず手を伸ばしてその小ぶりの頭をよしよしと撫でてやりたくなって、雄大は慌てて自分の理性を叱咤《しった》する。危ない危ない危ない。

しかし何だろう、このじわじわと胸の底から湧き上がってくるような得体の知れない高揚感は。ずっと牙を剝くだけだったペットが、初めて自分から歩み寄って来てくれたみたいな幸福感。

「一つ、訊いてもいいか？」

一宮がそわそわと落ち着きのない素振りで雄大を見てきた。

「ん？　何だよ」

「稲葉の好きな相手って」一宮がもじもじとしながら酷く言い辛《づら》そうに訊ねてくる。「もしかして、お、男なのか?」

「は?」

「もちろん誰にも言わないし、俺も偏見はないから、安心してくれ。でも、心の準備というか……念のため、俺の頭が混乱しないためにも、はっきり聞いておいた方がいいと思って」

ショックだった。やはりまだ一宮は雄大のことをバイセクシャルだと疑っていたのだ。

「……女だよ」

「あ、そうなのか」となぜか一宮が拍子抜けしたように言った。まるで男相手の方がよかったみたいな言い方だ。こいつは雄大のことを面白がっているのだろうか。

「……そうだよ、女だ」

「稲葉? 何? ごめん、よく聞こえなかっ……」

「女、女、女、女! 俺はいたってノーマル、ドノーマルに決まってんだろ! お前、いい加減にしろよ? 俺が男もイケるとか二度と言うな、冗談じゃねえっつーの! いいか、よく聞け! 俺はな、生まれてから今までずーっと女が大大大好きなんだああ——っ!」

夕暮れの空に絶叫が響き渡る。

ばさばさばさっと周辺の木々からカラスが一斉に飛び立った。

「——い、稲葉、ごめん。何か俺、ごめん」

さっと雄大から目線を逸らした一宮の心が、再び物凄い勢いで離れていくのを感じた。

■4■

稲葉雄大の考えていることがよくわからない。

一宮圭史は指定席に座り、せっせとノートを取るフリをしながらチラと右側を盗み見た。

一つ席を空けてその隣、雄大は売店で購入したコーヒー飲料を飲んでいる。いつものように頬杖をつき、気だるそうにホワイトボード前の様子を眺めながら、ストローをちゅうちゅう。長机を挟んだ向かい側では通常通り先輩四人が恋愛仮想談議を繰り広げていた。今日の議題は『どうやったらスムーズに女の子の連絡先をゲットできるか』。

一宮はペンを動かす手を止めて、ふと鞄にしまったままの携帯電話のことを考える。

昨日、一宮は成り行きで雄大の携帯番号とメールアドレスをゲットしてしまった。

ゲットという言い方は何だかこちらが積極的に知りたがっていたように聞こえて適切ではない気がするけれど、要は雄大に言われるままに交換してしまったのである。

大学に入って、一宮のケータイの電話帳は新規登録が何件か増えた。同じ学部の友人数名と、サークルの先輩たち。それでも周囲と比べたら登録数は圧倒的に少ないと思う。自分から電話することはほとんどないし、メールも必要最小限。一週間の着信履歴をすべて家族が占めることもたびたびだ。身内の次に電話がかかってくる回数が多いのが会長。同じ社会学部の先輩ということもあって、講義の選択や時間割りの埋め方をはじめいろいろと教えてもらっている。他の先輩たちも人見知りの一宮によくしてくれるし、正直な話、同期生よりも先輩たちと過ごす時間の方が充実していた。

一宮から『サークル唯一の一年生』の肩書きを奪ったのは、雄大だった。

別にその地位に固執していたわけじゃない。仲間が増えるのは一宮だって嬉しいのだ。しかし、相手による。

雄大は女の子によくモテる。いわゆるイケメンというやつだ。

高校時代からそうだった。女子だけでなく男子にもいろんな意味でモテていた。いつも人の輪の中心にいたし、地味でおとなしい一宮とは真逆のタイプだった。女子との付き合いに飽きて、とうとう男にまで手を出した——という噂は、どうやら一宮の勘違いだったようだが、そういう噂があってもまったく違和感がないような、下世話な言い方をすると下半身がゆるそうな印象だった。非モテ男のやっかみも多分に含まれている。

イブケンにはどう考えても不要な存在だったし、先輩たちを『合コン』という欲望にまみれた餌をばら撒いて買収したやり口も気に入らなかった。過去に一宮相手にしでかした例の出来事も心底恨んでいたし、再会してからというもの、理由もわからず毎日追い掛け回してくる執拗《しつよう》さが怖かったし、とにかく一日も早くこのサークルから退会しろと日々お月様に願ってやまなかった。一宮は雄大が大嫌いだった。

そんなチャラくてズルイ彼が、生まれて初めて本気の恋をしたと言う。

その告白を聞いた時、一宮はあまりにも意外すぎて言葉を失ってしまったくらいだ。

雄大は、特定の相手を前にすると普段の自分らしく振る舞えないのだと言った。緊張して上手く喋れなくなるらしい。

あれだけ女子をとっかえひっかえしていたモテ男が、そんなガラにもない恋話を一宮にだけ特別に打ち明けてきたのである。

我ながらゲンキンな話だが、あの一瞬で雄大の印象がガラリと一変したのは事実だった。ピラミッドの頂点で胡坐《あぐら》をかき、底辺で足掻《あが》く奥手な自分たちを指差しながら大笑いしていそうだと勝手に心の中で軽蔑していたのだ。しかし彼も人並みに悩みを抱えていることを知った途端、急に親近感が湧いてきた。神様は案外公平なのかもしれない。あんな何でも手にしてそうなモテ男にも思い通りにならないことがあるのだ。それが、恋というものらしい。

一宮はシャーペンを紙面に走らせながら、もう一度チラと横目に右隣を盗み見た。

雄大は相変わらずストローをちゅうちゅうしている。先輩たちが持ち込んだ雑誌をぺらぺらと捲《めく》っていた。イベントやデートスポットを紹介する情報雑誌。片想い中の彼女を誘おうと何か計画を立てているのかもしれない。

ふいに雄大がこちらを向いた。

「何？」

「え」一宮はぎょっとして、あたふたとしながら咄嗟に言った。「そ、それ、好きなのか」

「これ？」と雄大が飲んでいたコーヒー飲料の容器を掲げてみせる。

「んー、そういえば最近こればっか飲んでるな。何となくハマっちゃってさ」

「な、なんか意外だと思って」

「そっか？」

雄大が不思議そうに容器を見つめる。コンビニでもよく目にするキャラメルマキアート。

「何となく、ブラックとか飲んでるイメージだったから。甘いの好きなのか」

「へえ、俺ってそんな感じなの？　俺、結構甘い方が好きだけど。一宮も甘いの好きそうだな。コーヒーじゃなくてカフェオレとか？」

「何でわかるんだ」

一宮は目を丸くした。一瞬黙り込んだ雄大が、「あれ、当たった？」とおかしそうに笑う。

「俺、ブラックコーヒーは苦手なんだよ。紅茶もストレートはあまり。一宮は飲めるの？」

「ううん、俺もどっちもダメなんだ。甘いのが好きだ。そっか、俺たち一緒だな」

嬉しくなってついついテンションが上がってしまった。家族からはお子様舌と言われて揶揄われるのが嫌だったが、雄大も同じだと知ると男の甘党の地位までが上がったように思えてくる。雄大もくしゃりと目尻を下げて「仲間だな」と嬉しそうに笑っていた。真顔だと冷淡な印象のある整った顔立ちが、笑うと途端に人懐っこくなる。こういう表情の変化もモテる要素の一つだろうと思った。

女子の前ではガチガチに緊張してしまい笑顔もまともに作れない一宮は、今後彼の仕草の一つ一つを学んで見習うべきだろう。

うっかり雄大の笑顔に感心していた一宮だったが、そこでハッと我に返った。昨日の今日で、自分の態度は少々馴れ馴れしかったかもしれない。あれだけ雄大のことを拒絶していたのに、いきなりころっと変わるのも変ではないか。図々《ずうずう》しいと思われたかも――一宮は慌ててシャーペンを握り直すと、ノートに視線を戻した。

「今日も何をそんなに熱心に書いてんだ？」

雄大がストローに軽く歯を立てながら、ぐっと伸び上がるようにして覗き込んできた。

びくっとした一宮は、「や、やめろよ、こっちに来るな」と急いでペンケースでバリケードを作る。見えない壁に阻まれた雄大が、うっとパブロフの犬よろしくそこから先は体をはみ出さないようにして渋々と体勢を戻した。「チェッ、やっと境界線がなくなったと思ったのに」

拗《す》ねたみたいにパイプ椅子をギコギコと鳴らし始めた雄大を横目に窺いながら、一宮は少しやりすぎたかと反省する。距離の取り方が難しい。

その時、長机の脇に置いてあったスマートフォンがメールの着信音を鳴らした。

雄大が「お、来た来た」と慣れた手つきで操作しながら言った。

「合コンの女子メンバーが集まったらしいっスよ」

「何⁉」と、それまで議論を交わしていた先輩たちが一斉に振り返った。

「昨日伝えた通り、今度の日曜で決定です。時間は六時半か七時でいいですか？　店はもうちょっと待って下さい。いくつか候補があるんで、決まったらまた知らせます」

「でかした稲葉！」と大喜びの先輩たちが小躍りし始めた。

「一宮」雄大がメールを素早く返信して、言った。「お前もちゃんと来いよ。約束だからな」

「う、うん」

早くも心臓がドキドキしてきた。大学に入学して三ヶ月弱、学部の女子ともほとんど喋ったことがない一宮だが、こんなので大丈夫だろうか。

「あの、稲葉」

「うん？」

「その、俺、こういうのは初めてのことだから、いろいろと稲葉に迷惑をかけるかもしれないけど。でも頑張るから、よろしく頼む」

「……おう」

なぜか面食らったような顔をした雄大が、慌てたように「任せとけ」とこくこく頷いた。

○

合コン当日。日曜、午後六時二十分。

雄大は腕時計を確認して、視線を持ち上げた。

「全員揃ってますね？」

駅のコンコースに、兵隊よろしくびしっと横一列に並ぶ男五人衆。傍を行き交う人たちが怪しい集団に容赦なく不審な目を投げかけてくる。この状況を心の底から恥ずかしいと思っているのは、おそらく雄大だけだろう。他の連中はそれどころではないに違いなかった。

右端にいる会長が代表して点呼を取った。

「無事、揃いましたデス！」となぜか踵《かかと》を鳴らし雄大に向かって敬礼。周囲の突き刺さるような視線が痛い。

いつもは温和でマイペースな彼も、今日ばかりはテンションがおかしくなっていた。散髪に行ったばかりの頭部が張り切りすぎて変に浮いている。どこの美容院に行ったのだろうか。額から上だけなら一見いまどきの男性アイドル風。ただし顔つきが完全に昭和なので、軽薄な茶髪とのちぐはぐ感がなんとも言えず残念だ。七三の方がまだマシだと思う。

海苔《のり》を貼りつけたみたいなぺったり七三になっているのは、ヒゲである。中途半端な長さの髪を一つに括《くく》り、トレードマークの不精ヒゲをそれらしく整えて登場したのは合格。それ以外は落第点。ぶーちゃんは高級ブランド店で大枚をはたいたと主張する蝶ネクタイをして七五三みたいになっているし、メガネは何を血迷ったのかサングラスをかけて現れた。自分を知らないというのは恐ろしい。これで完璧だと思い込んでいるところがますます恐ろしい。

明日からの活動はまずファッションチェックだなと若干の責任を感じながら、雄大は最後に一番左端でそわそわと落ち着きのない様子の一宮を見た。

白のTシャツにグレーのノースリーブパーカーとベージュのクロップドパンツ、ネイビーのスニーカー。普段とあまり変わり映えしないが、まあ無難にまとまっている。長めの前髪が少々鬱陶《うっとう》しい以外は、夏っぽいコーディネートで、彼らの中では唯一の及第点だ。

それにしてもこいつは本当にパーカーが好きだなと思っていると、一宮と目が合った。

雄大がじっと見つめていたからだろう。一宮は自分の服装に不安を感じたようだった。首元や胸元をしきりに触りながら、おろおろと視線で問いかけてくる。

彼はもともと人見知りが激しく、なかなか他人に気を許さない警戒心の強い性格だ。しかし一度打ち解けてしまうと、素直で一生懸命で純情ないいヤツだった。

やはり、雄大が自ら弱みを曝《さら》け出したのがよかったのだろう――すべて捏造《ねつぞう》だけど。

バレたら激怒するだろうなと思う。一本背負いくらいでは済まないだろう。今度こそ嫌われて、もう二度と口をきいてもらえなくなるかもしれない。

しかし、それはバレたらの話だ。要はバレなければいいのだ。嘘のおかげで雄大は一歩前進したのだし、一宮との関係性もゆっくりとだが着実によくなってきている実感があった。

一宮は学部外にほとんど知り合いがいないと言っていた。だから、雄大と部室以外の構内で顔を合わせることにいまだ慣れないのだと。

雄大の周囲にはどちらかというと派手で人目を引くタイプの男女が集まっている。一宮を見かけて雄大が声をかけると、必然的に周りの連中の視線も集めることになる。それが苦手なのだと一宮本人に言われるまで、雄大は気にかけたこともなかった。むしろ、そういう時の一宮はちょっと困ったような顔をしながら、恥ずかしそうに少しだけ手を上げてみせて、すぐに去って行ってしまう。その仕草が妙に雄大のツボにはまって、構内ではいつも一宮センサーを働かせていたくらいだ。

禁句だが、あえてそれを形容するなら、かわいいのだ。

雄大以外の奴らには相変わらずびくびくと挙動不審なところも、ひそかに優越感に浸れて悪くない。自分だけに笑いかけてくれた時は、心を開いてくれているのがわかって、本当に嬉しかった。口調はまだ少し素っ気ないが、小作りのかわいらしい顔は好み。正直、これで性別が女だったらな——と詮ないことを思ってしまうのも、一度や二度ではなかった。こんなことをうっかり口にしてしまえば、それこそ一宮に嫌われかねない。

雄大は脱線しかけた自分の思考を叱咤する。一宮は男だ。それは揺るがない現実で、これからも変わることはない。そして、雄大は女の子が好きだった。

一宮はいよいよ焦ったように自分の薄い体をぺたぺたと撫で回していた。雄大からのリアクションがなかなか返ってこないので、不安が頂点に達したようだ。

雄大は慌てて一宮に声をかけた。

「お前は大丈夫だ。問題ないから、ちょっと落ち着け」

一宮がようやくほっとしたように肩の力を抜いた。顔はまだ強張《こわば》ったままだ。

雄大はもう一度腕時計を確認してから、五人の顔を順に見回した。

「それじゃ、行きましょうか」

「お、おう」と上擦った声を上げた五人が、一斉に右向け右をしたかと思うと、まるで示し合わせたみたいに右手と右足を同時に動かし始めた。

「ちょっと待て、ストップストップ！」雄大は慌てて五人を止めた。「落ち着いてくださいって。今から緊張してどうするんですか」

「お、おう」

「普通に歩いて下さいよ。まだここ駅ですよ？　それに集団登校じゃないんだから俺の後ろに一列に並ばないで下さい。恥ずかしいでしょうが」

「おっ、おう」

言った途端、今度は雄大を中心に横一列に広がろうとする。さすがにぎょっとして、雄大は一旦集合をかけた。五人を通路脇に押しやって、緊張しきっている彼らを懸命に励ましどうにか落ち着かせる。困った連中を引き連れて構内を抜けた時には、もう六時半をまわっていた。

女の子たちとの待ち合わせは六時四十五分。

まずい。雄大の予定ではもうとっくに到着して、軽く注意点をおさらいしながら女の子を待っているはずだったのに。

「遅刻なんかしたら印象サイアクですよ。何ちんたらやってんスか先輩、走って下さい」

人込みに紛れて流されそうになっている一宮の腕を摑み、雄大は連中を促した。

「え？　走るの？」と青褪めたぶーちゃんが早くも息を切らしている。

「遅刻厳禁ですからね。死ぬ気で走って下さいよ。女の子に嫌われたくないでしょ？」

「おっ、おう！」

恥ずかしげもなく拳を突き上げた五人が、先頭に立つ雄大の後からついてくる。

六人は休日で込み合う繁華街を文字通り死ぬ気で駆け抜けた。


イブケンメンバーは雄大を除いて、基本はインドア派の集まりだ。見た目に反して運動神経のいい一宮を除く先輩連中は、五十メートルも走ってないうちからへばっていた。

一年生二人で情けないにもほどがある運動不足の四人を励ましながら、ようやく六人揃ってゴールする。ぎりぎりだったが、待ち合わせ時刻には間に合った。

まだ女の子たちが到着していないことにほっと胸を撫で下ろす。しかし彼女たちが現れたのはそれから更に五分以上が経過してからだった。つまり、女子側が五分遅刻したのだ。

連絡も寄越さず、「ごめーん」とへらへら笑ってのんびり歩きながら登場した女性陣の様子に、雄大は内心腹が立ったが、まあ今回は大目に見ようと考え直す。おかげで、さっきまで魂が半分口から抜けかけていた先輩たちにも生気が戻っていた。同時に緊張まで完全復活してしまった彼らは、店に入り、席に着いただけですでにカチンコチンになっていた。

「それじゃ、まずは乾杯しますか」

会長に音頭を取らせる予定が、虚《うつ》ろな目で無理だと断られる。仕方なく一番年下の雄大が代役を務めることにした。

「みなさんグラスは持ちました？　それでは、楽しい夜になりますように――乾杯！」

乾杯！　と一斉にグラスを掲げる。相手側の女の子たちはノリのいい子ばかりで、気後れする男どもとも気軽にグラスを合わせてくれていた。ありがたいことだ。

それに比べて――雄大は石化している男連中を呆れた眼差《まなざ》しで見やった。情けない。まだ一口も飲んでないくせに、全員乾杯しただけで尋常じゃないほど顔を真っ赤に染めている。

男連中がぎくしゃくしているうちに、頼んだ料理が次々と運ばれてきた。

ここはタイ、ベトナム料理を中心としたアジアン居酒屋だ。内装も凝っていて、掘り炬燵《ごたつ》式の広い個室もある。以前利用したことがあったのを思い出して雄大が予約したのである。

「ここの料理、安いけど全部おいしいよ。みんなアジア料理が好きだって聞いたからさ。飲み物もグラスが空いたら言ってね。どんどん注文するから」

「はーい、ありがとう」と女の子たちの元気のいい声が返ってくる。

雄大が何をしなくても、彼女たちは率先して料理をサーブし始めた。こういう場に慣れているのだろう。女子大生たちはトングを器用に操り、生春巻きや春雨のサラダなどを手際よく小皿に取り分けて端から順に配っている。「どうぞ」とにっこり笑顔付きだ。

顔を真っ赤にした男どもは差し出された取り皿を前に、感動に打ち震えていた。うっすら涙ぐんでさえいる会長を見ると、哀れすぎてこっちが泣きたくなる。

一通り自己紹介をすませた後、女の子たちから話題を振る形で会話は進んでいった。雄大も積極的に参加し、すぐに黙り込んでしまう先輩たちをさりげなくフォローする。

合コンでこんなに気を遣ったのが初めてなら、幹事を引き受けたのも初めてだった。今までは大半が参加してくれと頼まれて出かける立場だったから、主催者側がこんなに疲れるものだとは思いもしなかった。今回の場合は特に、男性陣の面子《メンツ》に大きな問題があるせいだ。

開始からしばらくの間は、一つの話題を全員で盛り上げていたが、そのうち話が趣味や学部のことに移ると、自然と数人のまとまりに分かれ始めた。女の子の方から積極的に席を移動する様子も見られる。こんなに女の子たちに気を遣わせているのだから、あんたらも頑張れよと雄大は内心でエールを送った。気持ちが伝わったのか、男連中にもぎこちないながらも必死に会話をつなげようとする努力が徐々に見え始める。一宮も女の子とツーショットになって、何やら懸命に頷きながら相槌《あいづち》を打っていた。

「幹事、お疲れ様」

ふいに頭上に影が差した。

「ああ」雄大は隣に腰を下ろした彼女を見て、にっこりと笑う。「坂下《さかした》さん」

女の子側の幹事だ。以前、岡野主催の合コンで知り合った子で、ノリが良かったのを思い出して今回の件を頼んだのだった。

「坂下さんもお疲れ」雄大は頼んだばかりの自分のグラスを持って言った。「今日は本当にありがとう、六人も集めてもらっちゃって」

「いえいえ」と笑いながらかぶりを振る彼女と、改めてグラスを合わせる。

「ようやく稲葉くんから連絡が来たかと思ったら、合コンのお誘いだったんでびっくりしたよー。でも、注文がおもしろくて笑っちゃった」

「ごめんごめん。こっちはこういう場が初めてのヤツらばっかりだからさ。ほら、初参戦がトラウマになっちゃったら困るでしょ。そういうのを理解した上で盛り上げてくれる女の子が来てくれたら助かるなって思って。そしたら坂下さんを思い出してさ」

中には顔を合わせた瞬間に相手を値踏みして、露骨に態度に出す女もいる。ただでさえ女性慣れしていない連中に、最初からそういう女をぶつけるわけにはいかない。幹事を引き受けたからには、雄大にも彼らにとって楽しい初陣にしてやりたいという思いがあった。

その点、坂下が集めてくれた女の子たちは、みんな明るく話し上手聞き上手な子たちばかりで助かった。おまけにそこそこかわいい子が揃っている。岡野主催の前回は派手めな子が多かったが、今回はこちらの意図を汲《く》んで坂下が上手くチョイスしてくれたようだ。

「デブ専、ヒゲ専、メガネにモヤシモエの女の子がいないか――なんて、今までで一番メンバー集めに悩んだわ。でもデブ専とヒゲ専の子は見つけたんだよ。みんな結構ノリ気でね、他の子たちともさっき『こういうのもたまには新鮮で楽しいね』って話してたんだ」

「へえ、そうなんだ？」

「うん。だってみんな顔を真っ赤にしてかわいいんだもん。何か癒されるじゃない」

癒し？　雄大は内心で盛大に首を傾げた。あの連中のどこにそんな大そうなものがあるのだろうか。女の子の癒しポイントがまったくわからない。

「こっちは、あの人たちが何かしでかさないかハラハラしてるんだけどね」

「稲葉くんとはどういうつながりなの？　この前の男の子たちとは全然タイプが違うよね」

友達？　と訊かれて、雄大はしばし返答に迷った。

「……いや、サークルの先輩と同級生」

「ふうん、何のサークルなの？」

坂下がぐっと体を寄せてきた。彼女が愛用している香水だろう、ふわんとフルーツ系の甘ったるい匂いが強くなる。寄り添うように片方の肩を下げてみせるのはわざとなのか、サマーニットの胸元から豊満な谷間が覗いている。少なくともDカップ以上。雄大の位置からだと赤いレースのランジェリーまでがばっちり見えてしまう。

清楚な外見とは反対に、脱いだら案外大胆そうだ。

まあ、そういう女性は、多くの男性がそうであるように雄大も嫌いじゃない。むしろ好きだ。顔もまあまあ好み。計算かもしれないが、隙を見せる彼女も満更でもないのだろう。

「坂下さんは？　何かサークルに入ってるの？」

「私は一応、テニスサークルに入ってるんだけど。月二でテニスして、ほとんど飲み会がメインかな。外部の人もいるから、稲葉くんも今度来てみない？　あー、でも稲葉くんみたいなカッコイイ人が来たら大騒ぎになるかも。かわいい女の子がいっぱいいるからなー」

「坂下さんもかわいいじゃない」

えっ、と彼女が大きな目を瞬かせた。付けマツゲがばさばさと動く。これを取ったらどんな顔になるのだろうかとじっと見つめていると、坂下がぽっと目元に朱を散らして俯《うつむ》いた。

「や、やだなあ、稲葉くん」と華奢な肩で軽く小突かれる。胸の谷間がぷるんと揺れた。

幸い今の雄大はフリーだ。久しぶりにお持ち帰りしたい気分に駆られる。

今日は珍しくよく働いた。他の連中もそれぞれ楽しんでいるみたいだし、自分にもこれくらいの役得があっていいだろう——と思っていると、ふいに視線を感じた。

マシュマロみたいな胸元から視線を引き上げる。

次の瞬間、ぱちっと目の合った一宮が、わたわたと慌てたように顔を逸らした。

「…………」

全部見られていたらしい。

見てはいけないものを見てしまったという顔をした一宮の、一瞬感じたどこか責めるようなあの眼差し。彼の気持ちを代弁すると、おそらくこういうことだろう。——稲葉には好きな相手がいるはずなのに、他の女の子とあんなにイチャイチャしちゃっていいのか？

いちいち思考回路がかわいいなと思うと同時に、ふいにスコップを抱えた白ウサギが脳裏に浮かんだ。白ウサギに扮した一宮が、せっせとスコップを動かして雄大との間に心の溝を掘り進めている。これはよくない。せっかく純情青年の印象を植え付けたのに、このままだとまたチャラ男に降格してしまう。

一宮がテーブルのグラスを掴み、ぐびぐびと空けている様子が視界に入った。ごぼっとむせて、隣にいた女の子に「大丈夫？」とおしぼりで拭《ふ》いてもらっている。「すみません、すみません」と顔を真っ赤にしながら、ぺこぺこ謝る一宮。

「どうかしたの、稲葉くん？」

「んー……いや」

雄大は一気に白けてしまった。もうマシュマロおっぱいに擦り寄られても何も感じない。

テーブルの対角線上では、ぺこぺこする一宮がツボに入ったのか、女の子が楽しそうに笑っている。なぜか一宮のもち肌にぺたぺたと触りながら、「つるつるー」とはしゃいでいた。耐性のない女子の手で無遠慮に触られまくっている一宮は、今にも目を回しそうだ。

「ちょっとごめん。むこうで呼んでるから俺、行ってくるわ」

「え、稲葉くん？」

くっついていた坂下の肩をさりげなく押し返して、雄大はグラスを持って立ち上がる。

「何やってんの？」

大股で座敷を移動すると、強引に二人の間に割って入った。

「あ、稲葉くんだ」ネコ眼が印象的な彼女が笑って言った。「今ね、一宮くんがこれ飲んでこぼしちゃったから、拭いてあげてたところなの」

ねー、と彼女が一宮の頬をつつきながら笑う。「は、はい。す、すみません」としつこくぺこぺこと謝り続ける一宮は、顔を熟したリンゴみたいに染めてもういっぱいいっぱいだ。

「そういえば、さっきむせてたな。つーかこれお前、酒じゃね？　バカ、飲んだのかよ」

ウーロン茶かと思ったら、どうやらウーロンハイのようだ。彼女が「あ、そういえば私がさっき頼んだヤツかも」と言った。一宮の真っ赤な顔は照れだけではなかったらしい。

「ごめんね、こいつが迷惑かけて。そっちはかからなかった？　おしぼりもっと貰おうか」

「ううん、私は大丈夫だよ。ありがとう」

「一宮は？　他に濡《ぬ》れてるところはないか？」

「あ、うん。だ、大丈夫……あ、稲葉」

たった今気づいたかのように、一宮が雄大を見た。ぼんやりとしていて、焦点が合っているのかも怪しい。一宮がふらふらとグラスに手を伸ばして、再び呷《あお》ろうとする。雄大は慌てて「もうやめとけ」と取り上げた。一宮が「あ」と名残惜しそうに遠ざかってゆくグラスを見つめている。

「ねえねえ」と彼女が弾んだ声で言った。「一宮くんって、すっごい肌キレイなの！　稲葉くんも触ってみてよ、もちもちほっぺ。気持ちいいよー」

そんなことはあんたに言われなくても知っている。と雄大は心の中で思いながら「へえ、そうなんだ」と笑って返した。この一ヶ月の間、一番多く一宮の顔を間近に眺めてきたのは雄大だと自負している。きめ細かい肌はファンデーションを塗りたくっている女とは比べものにならないくらいにつるつるぴかぴか。太陽の光に透けてきらきらと金色に輝く産毛と、何も塗らなくてもつやつやと柔らかそうな透明感のある肌。以前に一度、頬にくっついていた消しゴムのカスを取ってやったことがあるので、肌触りのよさも検証済みだ。とても同年代の男の肌とは思えなかった。

しかし、この場でそんなことを主張して彼女と張り合うわけにもいかない。

「どれどれ」と雄大は彼女に促されるまま、人差し指でつんつんと一宮の頬をつついた。

「おお、ホントだ。もち肌だな、一宮」

「でしょでしょ！」となぜか彼女が興奮する。

弾力のある肌の吸い付くような感触が気に入って、雄大は思わず指を三本に増やしてすりすりと頬を撫で回していると、

「あ、あんまり、触るなよ」

一宮が戸惑うように顔を引いた。本気で困っているようだったので、雄大は慌てて手を引っ込める。飲み会慣れしていない一宮に、ノリを求めてはいけない。

「ね、気持ちいいでしょ？」と右隣に座っていた彼女が、雄大の顔を覗き込むようにして言ってきた。「色も白いし、本当に女の子みたいでカワイイよねー」

その何気ない一言に、左隣の一宮がびくんと体を揺らすのがわかった。

「羨《うらや》ましいなー、こんなつるつる肌。一宮くん、毎日どんなお手入れしてるの？」

教えてよー、と悪気のない彼女は雄大越しに手を伸ばし、更に一宮の顔を触りたがる。一宮がびくっと一瞬、怯えたような目でちらと雄大を見てきた。にやにやと楽しそうな彼女は間に座る雄大の膝に軽く手をついて、横から体を乗り出してくる。香水とアルコールの混ざった匂いが雄大の鼻腔をついた。

「そんなに違うの？」雄大は咄嗟に体勢を入れ替えて、彼女の進路を塞《ふさ》ぎながらにっこりと笑った。「せっかくだから肌触り、本物の女の子と比べてみてもいい？」

「え？」と彼女が一瞬きょとんとする。雄大が手を近づけようとした次の瞬間、「ちょっ、ヤダ⁉」といきなり彼女は叫んで、座布団の上を滑るようにして飛び退いた。

素早く雄大と距離を取り、「や、ヤダなあ、やめてよムリムリ！　ダメだってば。それって稲葉くん、セクハラだよー！」彼女は両腕で顔の前にバッテンを作ってみせる。そうして、タイミングよくラストオーダーを取りに来た店員に「はいはーい！　私、ウーロン茶」と言いながら向こう側に行ってしまった。

「どっちがセクハラだよ」

雄大はフンと鼻を鳴らすと、隣の一宮に「あんまり気にするなよ」と声をかけた。煎餅座布団の上でなぜか正座をしている一宮は、しょんぼりと俯いていた。

「あんなの褒め言葉として受け取っとけって。いまどき男のスキンケアは当たり前なんだからさ。天然でそれなら俺だって羨ましいよ。ガサガサ肌はチューする時に嫌がられるぞ」

「そ、そうなのか」とへこんでいた一宮が顔を上げる。

「そうそう。男もいろいろと気を遣ってなんぼ。何もしてない方が珍しいんじゃね？」

「そういうもんなのか。稲葉も何かしてるのか？」

「俺もニキビに悩んだ時期があったよ。洗顔とか保湿とかいろいろ試したし、痕が残ると嫌だから。けど、男性用コスメ代もバカにならなくてさ。お前はニキビと無縁っぽいな」

「うん。あまり気にしたことがない」

「いいなー。俺なんか冬は乾燥するし、ヒゲ剃《そ》り負けもあるし」

「俺は、ヒゲは何日かに一回剃るぐらいかな」

「え、お前もヒゲがはえるの?」

思わず驚くと、一宮がムッとしたように「はえるよ」と言った。

「今日もちゃんと剃ってきたつもりだったんだけど、この辺に剃り残しがあったみたいだ」

ここ、と一宮が口の右端を指し示す。どれどれと剝きタマゴのようなつるんとした顔に目を近づけると、確かにちょこんと毛が数本生えていた。といっても、産毛程度のものだ。少少毛深い女性なら、このくらいは余裕ではえている。針金みたいな男の黒いヒゲを想像していた雄大は、あまりのかわいさに思わず噴き出しそうになった。

「……うん。生えてるな」

「だろ? 恥ずかしいからあまりじろじろ見ないでくれ」

一宮が手で口元を覆って懸命に隠そうとする。

恥ずかしがるポイントが違うだろ——雄大はしきりに口元を気にする彼を見ながら、どうしようもなくにやにやと込み上げてくる笑いを堪えるのに必死だった。彼女のことを非難しておいてなんだが、今にも緩んだ口から例の禁句が飛び出てしまいそうだ。本人は真剣に悩んでいるところがますますかわいい。

こいつはもうあれだ。性別関係なく、その稀少な生態を観察して愛でる、『イチノミヤ』

という一個体のイキモノなのだ。『かわいい』はむしろ褒め言葉。想像の斜め上をいく言動は、もはや称賛に値する。『かわいい』が正しい。ゆえに『イチノミヤ』は『かわいい』。

緩んだ顔を誤魔化すためにグラスを傾けていると、ふいに一宮が言った。

「ありがとう、稲葉」

「ん？」

「さっき、助けてくれただろ？」一宮がどこか自己嫌悪に陥るみたいに沈んだ声で言った。

「いくら女の子でも、あまりべたべたと触られるのは嫌だったんだ。でも、俺一人だったら上手くかわせなかったと思うし。だからさ」

ちらと上目遣いに見て、「稲葉が来てくれて助かった」と言われた途端、雄大の心臓は自分でも驚くぐらいに高鳴った。

咄嗟に胸元を押さえる——何だったのだろう、今のは？

「稲葉がモテるのも、何だか分かる気がする」

「は？　な、何だよ、急に」

雄大にしては珍しく相手の話のテンポが摑めず、焦ってしどろもどろになる。こんなにわたわたするのも久しぶりのことで、イチノミヤ、恐ろしいヤツめと思っていると、また急に一宮が「俺にはやっぱり、まだ合コンはハードルが高かったのかもしれない」と落ち込みはじめた。こいつの頭の中は宇宙並みに謎が広がっている。

「稲葉は女の子と気軽に喋れていいな」

「俺の場合はまあ……好きなヤツ以外なら、割と平気だから」

大きな目をぱちくりとさせた一宮が「あ、そうか」と納得したように頷く。

「その代わり、好きな相手の前だと俺もお前と一緒。緊張して上手く喋れないし、冗談も言えないし、つまんない男になるよ。お前はまだいいじゃん、どの女の子に対してもそうなんだからさ。俺みたいに特定の相手に対してだけダメダメだと、ヘタすりゃすぐにバレるぞ」

雄大はもっともらしく話しながら、お前は一体どこの詐欺師だと心の中で自嘲した。

「そうか、稲葉にもいろいろと悩みがあるんだな」

一宮が同情してくれる。そうして、すぐにしゃきっと背筋を伸ばすと、「でも俺、稲葉が俺にそういう話をしてくれるのがちょっと嬉しいんだ」と言った。

「今まで偏見を持っていてごめんな。俺、あんまり役には立たないだろうけど、俺に協力できることがあるなら何でも言ってくれ。俺、稲葉の恋を応援してるから」

途端、雄大は込み上げてきた罪悪感に胸をきつく締め付けられた。

「……お、おう。ありがと」

すっかり元気を取り戻した一宮が、皿に残っていた枝豆を見つけて一つつまんだ。はい、と機嫌よく皿を差し出されて、雄大も一つつまむ。

「俺がこんなこと言うのも変だけど。稲葉、お互い頑張ろうな」

照れ臭そうに言って、一宮が枝豆に吸い付いた。

皮から豆を口に含んで、ぺろりと舌で唇を舐《な》める。濡れた赤い口元がもぐもぐと動く。

その仕草が妙に艶《なまめ》かしく映って、急激な喉の渇きを覚えた雄大はわけもわからず焦った。

■5■

昨日の合コン中、雄大と一宮がお互いに励まし合っていた傍《かたわ》らで、とんでもない事件が起きていたらしい。

「彼女ができたあァア⁉」

その日、イブケンの狭い部室に激震が走った。

テーブルを叩いて一斉に立ち上がった男五人は、唖然と報告者を凝視する。雄大は思わず隣の一宮を見た。一宮も初耳だったらしく、あんぐりと口を大きく開けて驚いている。

「おい、嘘はやめろ」ヒゲが真剣な眼差しで低く問い質《ただ》した。「正直に言ってくれ。今のはボクの妄想の中のお話です、すみませんでした――ってな！」

お前の彼女はイチコだろ、イチコに謝れ、と激怒したヒゲが部屋隅のマネキンを引き摺り出してきた。今日のイチコちゃんはきわどいビキニ姿。一週間前から夏仕様のこの恰好だ。メガネがネット通販で購入した白フリルのビキニがＦＲＰ樹脂の肌を申し訳程度に隠している。しかしイチコちゃんはとても色白なので、遠目に見ると素っ裸に見えてしまうのが難点だった。部室が三階だからいいものの、外から見られたら大騒ぎになるところだ。

「落ち着いてくれ、みんな」

ざわつく中、興奮状態の神経を逆なでするようなのんびりとした声が言った。

案の定、「これが落ち着いていられるか！」と血管がブチ切れそうになりながら、パイプ椅子を持ち上げるヒゲ。雄大は慌てて横からまあまあと取り押さえる。

「止めんなや、稲葉！　一発でいい、アイツを殴らせてくれ」

「そんなもんで殴ったら即病院送りっスよ。とりあえず話を聞きましょうよ。ね、会長」

渦中の人物——会長は長机の上で指を組み、神妙な面持ちでこくりと頷いた。

「彼女といっても、まだデートの約束をしただけだから。美咲《みさき》ちゃんと」

「み、ミサキちゃんだあ⁉」

ヒゲの怒りが収まらない。美咲とは、確かおっとりとしたかわいらしい子だった。そして悲しいことに、ヒゲのお気に入りだったはずだ。

「やっぱり殴らせてくれ！」

再び椅子を掴んだヒゲを雄大が羽交い絞めにするその横で、突如ぶーちゃんとメガネが頭を掻き毟《むし》りながら発狂しだした。収拾がつかない。突然の事態にギョッとした一宮がおろおろと右往左往して椅子を蹴り倒す。弁慶の泣き所を押さえて一人静かに身悶えていた。

「ちょっと、みんな落ち着けって」雄大は声を張り上げる。「冷静に考えろよ、イブケンにとってもめでたい話だろ。会長のことをみんなで応援してやるべきじゃないのか」

そもそも彼女を作るのがこのサークルの最終目標だったはずだ。雄大は壁にべたべたと貼り付けてある『サークルからの卒業』『たとえ卒業しても僕たちは君を恨まない！』という文字を顎《あご》でしゃくって言った。「仲間の幸せを素直に喜べよ」

「……わかってるさ」

ヒゲが急に糸が切れた人形みたいにがくんとその場に膝をついて、項垂れた。「そんなことは、俺たちだってわかってんだよ」

「先輩」と雄大も片膝をついて、ヒゲの肩にそっと手を置いた。ヒゲと会長は同期だ。この部室でともに過ごした時間は一番長い。

「俺だってお前に幸せになってもらいたい。心から祝福したい。けどな」

ヒゲがゆっくりと顔を上げた。

「お前、『ボクはみんなを送り出す義務があるから、最後までここの住人だ』とかなんとかカッコイイこと言って、つい二日前、俺らを号泣させたんじゃなかったんかい！　あの言葉は全部嘘か！」

叫びながら会長に飛びかかる。あまりの素早さに、雄大も反応しきれなかった。

「お前が先に抜けてどうすンじゃ！　ニタニタ勝ち誇りやがって腹立つ！　俺たちのピュアな涙を返さんかい、この裏切り者」

「たまただよ、たまたま」ヒゲに胸倉を激しく揺さぶられながら、会長が余裕の笑みで答える。「乙女座は昨日の占いで一位だったんだ。たぶんそのおかげだ」

「タマタマ、ウルセー！　このムッツリモヤシが！」

「下品なことは言うもんじゃない。女の子に嫌われるよ」

「何だその余裕は、このヤロー調子に乗りやがって」ヒゲが唾を飛ばして喚《わめ》く。「その髪型も全然似合ってねーんだよ！　アイドル気取りですかコンチクショーめ」

「おいおい、あんまり触らないでくれよ。今朝も一時間かけてセットしてきたんだから」

「おい一宮、今すぐそこのバケツに水を汲んでこい！」

「ちょ、ちょっと二人とも」雄大は慌てて二人の仲裁に割って入った。「いい加減、落ち着けって。一宮もいちいち本気に取るな。お前こそ落ち着け、とりあえずバケツを置けよ」

わたわたとスチールロッカーをあさっていた一宮が、ハッと手を止めた。

我に返ったぶーちゃんとメガネも手伝って、ヒゲを会長から引き剝がす。

パトカーに乗せられる前の犯罪者よろしく、両脇を固められたヒゲがやりきれないといったふうにかぶりを振った。

「お前、変わったな。以前のお前はそんな目をして笑うヤツじゃなかった。なあ、目を覚ませ。考えてもみろよ、あんなカワイイ子がお前みたいなヤツを好きになるわけがないだろ、どうせ騙《だま》されているんだよ」

「心配かけてすまない。だが、彼女を悪く言わないでくれ」会長がフッと微笑《ほほえ》む。「こんな幸せはもう二度と訪れないかもしれない。今の俺は夢を見ているみたいなんだ」

「夢に決まってんだろボケ！」

大声で悪態をついたヒゲが、いきなり雄大の足元で膝をついた。左脹脛にすがり付き、「稲葉ああ！」と情けない声を上げる。

「うおっ、な、何スか」

「稲葉、頼む」ヒゲが汚い面で懇願してくる。「どうかもう一度、合コンのチャンスを！」

「は？」

一瞬顔を見合わせたぶーちゃんとメガネまでが、ヒゲに倣ってその場に膝をつく。

「稲葉様、どうか我々にも希望をお与え下さい！」「希望を！」

土下座。いつの間にか一宮まで加わって、「き、希望を！」と一番後ろで土下座。

くらっと眩暈《めまい》がした。馬鹿ばっかりだ。しかし、ここで逃げたら負けなのだろう。

「……わかりました」

雄大はにっこりと生温かい微笑みを浮かべる。彼らに顔を上げるよう告げて、言った。「売店のアイスを捧げなさい。ハーゲンダッツ一人につき一個で手を打ちましょう」

うわあああ、と歓声が上がる。男前です稲葉様！　稲葉様バンザイ！

すっかり教祖様だ。新興宗教とは時にこんなふうにして生まれるものなのかもしれない。

呆れていると、先輩たちと一緒になって大喜びしている一宮の姿が視界の端に入った。

途端に、雄大の胸に微かなざわつきが生じる。なぜか無性にムカムカしてきて——だがどうして自分がこんな気持ちになるのか、この時はまだ理解が追いついていなかった。

翌日、雄大が部室のドアを開けると、保健体育の授業が行われていた。

「女のあれをこれして、これこれこうすればいいのでは？」

「なるほどなるほど！　ここをこんな感じにこうですか」

というような一部卑猥《ひわい》な表現が混じった会話が大声で飛び交い、廊下を歩いていた女子にまるで雄大が猥褻物《わいせつぶつ》みたいな目で睨まれる。

慌ててドアを閉めた。

「おい、これは何なんだよ一体」

雄大はパイプ椅子を引いて座り、隣の一宮に訊ねた。もう椅子一つ分空けなくても、何も文句は言われない。

「会長の初デートに向けての予習だって」

勉強熱心な一宮は今日もせっせとシャーペンを走らせながら答えた。ホワイトボードに描かれた卑猥なイラストまで丁寧に写し取っていて、雄大をぎょっとさせる。こいつはこの図の意味がわかっているのだろうか。雄大の不安をよそに、一宮は研究ノートに新たな一文を書き加える。【相手の反応を確かめながら徐々に触る】

「……初デートでいきなり何をやらかすつもりだよ」

雄大は呆れ返った。いつも通りに熱い議論を繰り広げている四人を見やり、あれと思う。

「先輩たち、仲直りしたんだな」

「ああ、うん。そうみたいだな」一宮がようやく手を止めて、嬉しそうに言った。「俺が来た時には、もうこんな感じだったんだ。会長が上手くいったら、やっぱり俺たちにも励みになるし。みんなで応援しないと」

「ま、そうだな。上手くいくといいけど」

何だかんだ言って、初合コンでデートの約束まで取り付けた会長は素直に凄いと思う。一般的に言っても、なかなかそこまでスムーズにはいかないものだ。ましてや自己紹介も満足にできなかった男が成功したとあって、彼こそ教祖様と呼ばれてもおかしくなかった。

とはいえ、これはちょっと先走りすぎである。

「とりあえず」と雄大は机の隅に重ねてあった情報誌を引き寄せて、言った。

「そっち方面よりも、まずはどこに行くかを話し合った方がいいんじゃないの？　おいしいレストランとか、あと当日の服装とか。いきなりホテルとかありえないだろ」

一宮がハッとノートから顔を上げて、目から鱗《うろこ》が落ちたみたいな顔で雄大を見てきた。

「お前がもし女だったらさ、初めてのデートでラブホに連れ込まれて嬉しいか？」

「……それはちょっと、嫌だな」

「だろ？　キスすらしたことないくせに、いきなりエッチについての知識を大量に詰め込んでどうするんだよ。当日はそのことで頭がいっぱいになって、結局相手にドン引きされてサヨナラってのがオチだぞ」

「うっ。……そ、そうだよな。初めてのデートなんだし」

「そうそう。まずはどこに行くか決めるべきだろ。ちゃんと美咲ちゃんを楽しませてあげないと、すぐに飽きられてポイされるぞ。最初が肝心」

「う、うん」と一宮が頷きながら、なぜか雄大の言葉をノートに写し始める。

「あとは、会長のあの髪型をどうにかしないとな。セットの仕方も間違ってるだろ、ヅラ被《かぶ》ってるみたいになってんだけど。仕方ねえな、知り合いに美容師がいるから頼んでみるか」

「あ、あの、稲葉」

「ん？」

見ると、一宮がなぜか顔を真っ赤にしてもじもじしている。

「い、稲葉はその、……よな？」

「え？」雄大は顔を一宮の方へと寄せた。「ごめん、聞こえなかった。何？」

「そ、その、しし、したこと、あるんだよな？」

言って、一宮がますます赤面する。耳まで真っ赤だ。

普段ならどうということのない猥談も、ウブな一宮のせいで何だか途轍《とてつ》もなく恥ずかしいものに聞こえてしまって参った。尻の辺りがもぞもぞとむず痒《がゆ》くなってくる。

「……まあ、一応それなりに」と雄大は平静を装いながら、曖昧《あいまい》に濁した。

「そ、そうだよな。稲葉、彼女たくさんいたし」

その言い方だと相当な遊び人みたいに聞こえるが、雄大は過去に二股《ふたまた》や浮気の類《たぐい》は誓って一度もしたことがない。それだけは胸を張って言える。

一層もじもじしながら、一宮が「さ、最近も、したのか?」と訊いてきた。

「いや、今は誰とも付き合ってないし」

「あ、そうか」と一宮がどこかほっとしたように言った。「稲葉、ちゃんと好きな子がいるんだもんな」

「うん、まあ」

先日の合コンであわよくばと期待してしまったことは、胸にしまっておく。

ホワイトボードでは三等分に区切って、『相手が処女の場合、非処女の場合、玄人《くろうと》の場合』とそれぞれの注意点が書き連ねてある。どのエロ雑誌情報なのか知らないが、パターン化されていてどれもあまり実践で役立ちそうになかった。

今回の相手に玄人情報が必要ならそれはそれで問題だろうと思っていると、一宮が潜めた声で「あのさ」と思い切ったように訊いてきた。

「稲葉は、は……はは、初めての時って、どどどんな感じだった?」

その質問を受けた瞬間、なぜだか雄大の胸にすうっと隙間風のようなものが吹き抜けた。

「……興味津々だな」

「えっ？　そ、そりゃ、後学のために」と頬を染めた一宮がごにょごにょと言い訳をする。

雄大は妙に白けた気分になった。ついつい、意地の悪いことを言ってしまう。

「へえ。一宮、そんなに女の体に触ってみたい？　お前でもあれこれしてみたいのか」

一瞬きょとんとした一宮が、途端にカアッと火を噴いたみたいに真っ赤になった。

「そ、それは、その、だって……俺もその、男だし。興味は、ある」

蚊の鳴くような声が返ってくる。

「まあ、そうだよな。それが普通だもんな」

頭ではわかっているのに、なぜか先ほどから胸の中にもやもやと渦巻く正体不明のそれが一向に晴れない。一宮が女性とのセックスに人並みに興味を持っていることが、殊《こと》の外《ほか》ショックだった。

そのうち一宮にも彼女ができる日がくるだろう。そうなれば、いずれ一宮はその子とセックスをする。ふと雄大は疑問を抱いた。こいつが、女相手に本当にできるのだろうか。

一宮が女を抱くイメージがまったく湧かない。

その代わり、なぜか男に組み敷かれている一宮の姿は容易に想像できてしまって、雄大は焦った。脳裏に浮かんだ映像に、我知らずごくりと喉が鳴る。組み敷いているのは自分だった。一宮が自分の下でいやらしく喘いでいる——妄想が、雄大の下半身を直撃した。

「稲葉、どうかしたのか?」

ハッと、瞬時に雄大は現実に引き戻された。

茫然となる。――何だ? 今の妄想は。

自分が恐ろしくなった。さすがにリアルすぎて笑えない。

「稲葉?」

「えっ? ――……あ、悪い。ちょっと、考え事をしていて」

俯いていた顔を撥ね上げると、一宮が心配そうな顔をして雄大を見つめていた。

「何か、悩み事でもあるのか?」

「あ、いや。そんなんじゃなくって……一宮、何か舐めてる?」

ふわんと、酷く甘ったるい匂いが鼻先をくすぐった。香水や整髪剤とは違う、どこか懐かしい匂いが一宮から漂ってくる。

「ああ、うん」一宮が飴の包み紙を見せてきた。「これを食べてるけど」

ママの味で有名なそれ。ああ、そうだ。これはミルクの匂いだと、唐突に気づかされた。

包み紙を凝視したまま黙り込んでしまった雄大を、一宮が小首を傾げて見つめてくる。

甘い香りがする口元に思わず目が吸い寄せられた。飴と一緒に唇まで舐めたのだろう。濡れて赤味が増したそこを見た瞬間、心臓が大きく高鳴りだして、何ともいたたまれない気分になる。

一宮が「稲葉」と神妙な面持ちで訊ねてきた。

「もしかして、例の彼女のことを考えてたんじゃないのか?」

一瞬、彼の言う『例の彼女』が誰を指すのかピンとこなかった。

「ああ、うん」雄大は大仰に頷いて答えた。「実はそうなんだ。よく、わかったな」

「やっぱり」と一宮が僅かに表情を弛《ゆる》ませる。

「何かあったのか?」

「いや、逆になさすぎて。最近、なかなか会えなくてさ。どうしているのかなと思って」

一体、自分は誰の話をしているのだろうか。雄大は心の中で嘲《あざけ》り、勝手に動く己の口に感心すらしてしまう。

「なかなか会えない人なのか」

「うん。働いてるから忙しいんだよ。俺たちみたいな学生とは違うし」

「社会人だったのか」一宮がびっくりしたみたいに言った。「そうか。俺、てっきり同じ大学の人かと思ってた」

適当に作った架空の人物設定が、徐々に綿密になっていくのがおかしかった。

一宮が嬉しそうに「稲葉から、あれ以来初めて彼女の話を聞いた気がする」と言った。

「相談したいって言いながら、なかなか具体的な話はしてくれないから。やっぱり俺じゃ力不足なんだろうなって思ってたんだ」

「……そんなことないよ。こんな話、一宮にしか喋れないし」

「そっか、そうだよな」一宮の声が元気になる。「会長もだけど、稲葉とその人が上手くいくといいな」

一宮がにっこりと笑った。

それは一宮が初めて雄大に向けた笑顔だった。

その瞬間、心臓が底から強く突き上げられたみたいに大きく跳ね上がる。

尋常ではない鼓動の速さ。雄大は思わず自分の胸を強く押さえた。胸がこんな、呼吸もままならないほど痛いくらいに高鳴るものだとは、初めて知った。苦しくて苦しくて、どうしようもないくらいに切ない。

雄大は一宮を見つめた。

「ん？」と彼が屈託のない笑顔で小首を傾げる。

——ああ、落ちた。

恋はするものではなく落ちるものだと、誰かが言っていた。その意味がようやくわかった気がする。本当だ、落ちるってこういうことなのか。高いところから落とした小石が奇跡のように小さな穴にぴったり嵌《は》まるみたいに、すとんと理解した。

そうか、俺は一宮のことが好きなのだ。

■6■

「あ」

知った顔を見つけて、一宮は思わず声を上げた。

課題で出されたレポートの資料集めをして、図書館を出たところだった。ちょうど雄大が一人で講義棟の前を歩いていたのだ。

そろそろ四時間目が終わる頃。今日は一宮も雄大も五時間目の授業は選択していない。以前、時間割りを見せ合ったことがあるので、それは間違いないはずだ。

だとすると、これからサークル棟に向かうのだろう。

一宮は売店に寄って消しゴムを買う予定だったが、買い物は後回しでもいいかと考える。まだ欠片《かけら》がペンケースに残っているし、消しゴムぐらいなら帰り道のコンビニでも買える。せっかくなので、このまま雄大と一緒に部室に向かおう。

「い……」

稲葉、と声をかけようとして、一宮は寸前で続く言葉を飲み込んだ。

思わず目を瞠《みは》る。雄大の隣には女の子がいたのだ。建物の陰に隠れて見えなかった。

すらりと背の高い、モデル体形の女の子だった。ミニスカートから伸びる長い足を惜しげもなく晒《さら》している。背中まで伸ばしたマロンブラウンの髪の毛をくるくると巻いて、まるでお人形さんのようだ。

二人は仲良さそうに喋りながら歩いていた。

雄大が一宮に気づく気配はなさそうだ。仕方ない。一緒に部室に行くのは諦《あきら》めよう。

ふと、あの女性は誰なんだろうと思った。同じ学部の女友達だろうか。いつも雄大がつるんでいるグループには見かけない顔だ。

彼女がじゃれるようにして雄大の腕に自分の腕を絡ませた。雄大は一瞬、呆れるような素振りで彼女を見たが、無理矢理腕を引き抜くことはしない。諦めたみたいに彼女の好きなようにさせている。後ろから見るとただの仲のいい恋人同士だった。しかも高身長の美男美女カップル。まるでそこだけ雑誌のグラビアみたいで、周囲を圧倒させる迫力がある。

ぼんやりと眺めているうちに、二人は仲良く人込みに紛れてどこかに行ってしまった。

一宮はどうにも腑《ふ》に落ちなくて、何だか複雑な気分だった。雄大に女友達が多いのは知っている。しかし、あんなふうに人前で特定の女の子といちゃつくのはどうだろう。

彼には片想いをしている社会人の相手がいるのだ。

いくら大学にその彼女の目がないからといって、ああいうのはいいのだろうか。一宮の感覚では雄大の裏切り行為に見えてしまう。それとも雄大にとっては単なるスキンシップの範囲にすぎないのかもしれない。その範囲というのが一宮にはいまいちよくわからなかった。

基本的に、一宮と雄大は様々な点において価値観が異なっている。特に女性に関しての経験値は天と地ほどの差があるため、一宮が不誠実に思うことが、雄大をはじめ世間一般では特に気にするレベルに値しない程度のことなのかもしれなかった。

雄大だって、わざわざ好きな相手に嫌われるようなことはしないだろう。どのみち、幼稚園以来、女の子と手をつないだ記憶もない自分が口出しできることではない。

一宮は当初の予定通り、消しゴムを買いに学生会館に向かった。

階段を上がりながら、そういえばと思い出す。雄大を見かけたのは今日これで二度目だ。

昼間の食堂でのことだ。テーブルをまるまる一つ陣取って、男女十人ほどの賑やかなグループの中心に、彼はいた。目が合ったと思ったが、しかし雄大からは何のリアクションもなかった。どうやら勘違いだったようだ。一瞬こちらを向いたように見えた雄大は、すぐに隣を向いて、女の子と楽しそうに喋っていた。

こういうことはままあることだ。気づかなかったのなら仕方がないし、一宮も雄大が友人と一緒にいるところに、わざわざ声をかけたりはしない。自分と雄大の関係はそういうものだと思っている。あまり一宮の存在が目につくと、雄大の周囲も変に思うだろう。先輩たちにも言われたのだ。サークルがなかったら、絶対に仲良くなってない二人だよな。

「三点で五百十五円です」

売店のおばさんにおつりが出ないようにぴったり支払って、ビニール袋を受け取った。

袋をぶらぶらと揺らしながら、階段を下りる。

消しゴム、カフェラテ、キャラメルマキアート。

雄大は最近、キャラメルフレーバーにはまっているらしい。


部室のドアを開けると、先客がいた。

「………」

一宮はパタンとドアを閉じて、急いではめ込みガラスに貼り付けてある紙を確認する。

【異文化交流研究会】

「……やっぱり、ここはイブケンの部室で間違ってないよな」

どういうことだろう。一宮は混乱する頭の中を一旦整理する。

イブケンの部室に、女の子がいた。

ちらっと見てすぐにドアを閉めてしまったが、あの姿形はどう見ても女子のものだった。

自分が部室を間違えたのかと焦ったけれど、どうやら間違えているのは彼女の方らしい。

とりあえず、そのことを教えてあげるべきだろうか。どこのサークルの人だろう。右隣は超常現象研究会だし、左隣は将棋サークル。

どちらと間違えたのだろうかと真剣に考えていると、ふいにドアが内側から開いた。

「ねえキミ、ここの人？」

いきなり見ず知らずの女性に訊ねられて、びっくりした一宮は「ひえっ」とおかしな声を上げてしまった。

「ひえっ、て」彼女がぷっと噴き出した。「すごい悲鳴を上げるね。で、キミはここのサークルの人？」

一宮はこくこくと頷く。至近距離に女子が立っているだけで、もうどうしていいのかわからなくなる。咄嗟に視線を下に向けると、すらりと伸びた生足が目に飛び込んできた。見てはいけないと、慌てて顔を逸らす。息を吸い込むと花の香りのようないい匂いがして、あまり嗅《か》いでは変に思われると、急いで息を詰める。ぷるぷると小刻みに震えて焦点が定まらないし、脇汗がどばっと噴き出してくる。内心で悲鳴を上げながら両脇をきつく締めた。

「急に出て行くからどうしたのかと思ったんだけど。ごめんね、部外者がいて驚いたよね」

入って、とまるでこの部屋の住人のように、彼女がドアを大きく開けた。

「すすすみません。ののノックもせずに、と、突然ドアを開けてしまいまして。その、まだ誰もいないと思ってたんで」

「こっちこそごめんね」と彼女が笑って言った。

「実は私もここに連れてこられたんだけど、そいつはさっき電話がかかってきて、どっか行っちゃったんだよね。酷いよねぇ、呼び出しといて置き去りにするなんて。こういうこともあるから困るのにねえ」

「はあ……」

挙動不審の一宮は俯いたまま彼女に促されてパイプ椅子に座った。いつもの窓側の位置と違って、廊下側だ。そわそわとして落ち着かない。一宮の指定席には彼女が座っている。ちなみに一宮が座っているのは、いつも雄大が座る場所だ。

女子が一人いるだけで、見慣れた部室がまるで別世界のように思えてくる。

一宮の視界の端でゆったりと長い足を組み替えた彼女が、おもむろに訊いてきた。

「もしかして、会長さん？」

「え？　いえ、俺は違います。入ったばかりの、一年で」

「あ、じゃあキミがイチノミヤくんだ」

心臓がぎゅるんと引っ繰り返りそうになった。

「なっ、ななな何で、おお俺の名前……っ」

「一年は二人なんでしょ？　一人は雄大だし、だったらもう一人がイチノミヤくん」

「雄大？」

一宮はハッと伏せていた頭を持ち上げた。初めてまともに彼女の顔を見た瞬間、「あ」と指を差して叫んでしまった。

「さっき、稲葉と一緒に歩いてた……」

雄大と腕を組んで仲睦《なかむつ》まじそうにしていた美女。

少し驚いたように目を瞠ってみせた彼女が、「何だ、見てたんだ?」とにっこり笑った。

「雄大に頼まれたんだよね。会長さんの髪をどうにかしてほしいって」

「会長の、髪……あ!」

それなら一宮も心当たりがあった。確か雄大がそんなことを言っていたはずだ。

「もしかして、美容師さん……ですか」

おずおずと訊ねると、彼女は綺麗に巻いた髪を手で払って「うん」と頷いた。この大学の学生かと思ったが、そうではなかったらしい。雄大の交友関係の広さに改めて感心する。

彼女はマリと名乗った。歳は教えてもらえなかったが、一宮よりは確実に上だろう。

「せっかくお店が休みなのに、あいつがこんなところに呼び出すから台無しだよ。買い物を切り上げて来てやったっていうのにさー」

「稲葉はどこに行ったんですか」

「さあ? ノートがどうとか、コピー取らせろとかなんとか言ってたけど」

「コピー……」

講義のノートだろうか。コピー機ならこのサークル棟にも一階の入り口付近に設置してあるが、さっき一宮が通った時は誰もいなかった。友人から電話がかかってきたのなら、講義棟や学生会館まで戻ったのかもしれない。

「ここ暑いね。ムシムシする」

一宮が考えている間にも、自由気ままな彼女は「そうだ、窓を開けよう」と立ち上がり、一人で動き出した。窓を全開にする。しかしあまり風が入ってこないと文句をつけると、今度は床に置いてあった扇風機を見つけて、勝手にプラグを差し、スイッチを入れた。

「あー涼しい。今年もまた夏が来るのかと思うと嫌になるわー」

汗でべたつくー、とストライプシャツの胸元を大胆にパタパタとさせている。

「あの、もしよかったら。これ、飲みますか」

一宮は買ったばかりのカフェラテとキャラメルマキアートをテーブルの上に並べた。

マリがバッと振り返る。二つ並んだ容器を見て、「いいの？」と目を輝かせた。

「はい、どうぞ。買ったばかりなので、まだ冷たいと思います」

「やった！　じゃあ、こっちを貰ってもいい？」

マリが綺麗にネイルを施した指で選んだのは、キャラメルマキアート。

あ、それは——一宮は一瞬躊躇《ためら》ったが、今更こっちはダメですと言えるはずもない。

「……どうぞ」

「ありがとう！　これ、大好きなんだよね」

彼女は嬉々としてさっそく容器にストローを差した。しばらく無言で吸い続け、「あー、生き返るぅー」と艶《つや》やかな唇からぷはあっとストローを離す。ドン、と机に戻した容器が一瞬ビールジョッキに見えた。豪快な女性だと思う。「もう一杯！」と言い出しそうな雰囲気すらあって、女らしい見かけとは反対に随分と男っぽい性格らしい。

かっこいい人だな、と思っていると、ふいにマリが長机の上をじっと凝視し始めた。

半分以上減ったキャラメルマキアートと、まだストローも取り出していないカフェラテ。

まさか本当に「もう一杯！」と言い出すのではないかと、一宮は一瞬身構える。

「もしかして、これって雄大のだった？」

「え？」

「二つとも自分用ってことはなさそうだし。あいつもこれ、好きでしょ」

何かごめんね、と申し訳なさそうに言われて、一宮は慌ててかぶりを振った。

「ちょ、ちょうど棚の隣に並んでて、だから、ついでに買っただけで。別に、稲葉に頼まれたわけじゃないです」

「えー、でも」とマリが困ったみたいに赤い唇を尖らせる。

「本当に、気にしないで下さい。もしよかったら、こっちもどうぞ」

「いやいや、さすがにそれは。イチノミヤくんの分まで飲めないよ」

と言いつつ、「それ貸して」とマリが手を差し出してきた。一宮は言われるままにカフェラテを渡す。受け取った彼女が手馴れた様子で容器にストローを差した。

「はい、イチノミヤくんも一緒に飲もう」

マリはわざわざ一宮の手を握ってカフェラテを持たせると、にっこりと綺麗な微笑みを向けてきた。一宮は沸騰したケトルのようにシュポーッと湯気を立てて赤面してしまう。

こつん、と一宮の膝とマリの生膝が当たってしまった時には、もうパニック寸前だった。構内のどこかにいる雄大に、早く帰って来てくれと心の中で必死に助けを求める。

「イチノミヤくんって、かわいい顔してるよね」

どぎまぎする一宮をどこか楽しそうに眺めながら、マリが唐突にそんなことを言った。

「……そ、そんなことないです」

おとなしくストローを吸いながら、自然と興奮した頭から熱が引いていくのがわかった。

一宮は容姿のことを他人にあれこれ言われるのが好きではない。ただでさえこの顔のせいで、男が言われても嬉しくない形容詞を並べ立てられるのに、大抵の場合、『かわいい』の前には（女の子みたい）だとか（男のクセに）だとか、そういうバカにしたような心の声まで聞こえる気がするからだ。

だが、マリの言葉は他とはどこか違って聞こえた。

「そんなことあるよー、小顔だし。目もくっきり二重、鼻も口も小ぶりでかわいい。もっと背筋ピンと伸ばしなよ。俯いてたら損だゾ」

パンッ、と背中をはたかれる。ストローに口をつけっぱなしの一宮は軽くむせた。

「んー、今のスタイルだと重たい感じがするなあ。襟足もちょっと長いね。最近、美容院に行ったのっていつ？　は？　半年前？　ちょっとー、ダメだよそんなんじゃ。この髪の色ってもしかして天然？　いいなあこの色、羨ましい！　こんないい髪してるくせにもったいないって。この際夏だしさ、全体的にもっと短くして、思い切って眉毛も出しちゃいなよ。ほら、こんな感じに——」

何の断りもなく、いきなり彼女が一宮の前髪を搔き上げる。

「……あらやだ、ホントにかわいい顔だ。うん、好みかも」

「うわあっ」

焦った一宮は、もう少しで口に含んだカフェラテを彼女の顔面目掛けて思いっきり噴射するところだった。慌てて無理やりごくりと飲み込んで、盛大にむせ返る。

マリが「ごめんごめん」と背中をさすってくれた。

「大丈夫？　でもちょっとびっくりしたよ。イチノミヤくん、髪の毛上げると印象が変わるね。んーもったいないなー、こんなイイ顔を隠しとくのはさー。ねえ今度、うちの店に来ない？　今さ、カットモデルを募集してるんだけど」

「おい、何してんだ」

背後から低い声がした。

ハッと振り返ると、いつの間に戻ってきたのか雄大が立っている。

「あら、おかえり。早かったわねー、もうちょっとゆっくりしてくれればよかったのにー」

マリがひらひらと手を振りながら、さきほど一宮に話したのとはまったく逆のことを言った。雄大が不機嫌そうな態度で眉間《みけん》にシワを寄せる。

「その間に何するつもりだったんだよ。まったく油断も隙もねえな」

パン、とコピー用紙の束をテーブルに叩きつけた。

「講義のコピーか？」

一宮が訊ねると、「ん？」と雄大がこっちを向いた。「ああ、これ？　来週、小テストがあるんだよ。俺、先週の授業出てなかったからさ」

「へえ、大変だな」

雄大が戻ってきてくれて内心ほっとしながら、一宮はようやく落ち着いてストローに口をつける。

「さて、と。一宮行くぞ」

雄大が突然一宮の手を摑んだ。わけがわからないまま、「え？」と一宮は彼を見上げる。

「こんなところにいつまでもいたら食われちまうぞ」

雄大がじろ、と睨みつけたのはマリだ。「まあ、ひどい言われよう」と彼女がぷうっとかわいらしく頰を膨らませた。

「……よくやるな。いい年してイタイタしい」

「何よそれ！　大体プロを呼んでおいて、いつまで待たせんのよ。こっちだってヒマじゃないんだからね。ちょっとイチノミヤくん、どう思うこの男」

「えっ？　えっと、その」

「あー、真面目に答えなくていいから。ほら、行こうぜ」

雄大に強引に腕を引き上げられて、一宮は戸惑った。

「で、でも、マリさんは？」

訊ねた途端、踵を返した雄大がピタリと動きを止めた。「マリさんだァ？」と低く吐き捨てて振り返った雄大の顔が般若のように恐ろしくて、一宮は思わずぎょっとする。こんなガラの悪い彼を見るのは初めてだ。自分は何か彼を怒らせるようなことを言っただろうか。

おろおろする一宮とは反対に、マリはどこまでもマイペースでどこ吹く風だった。

「今ね、自己紹介して、イチノミヤくんにこれをごちそうになってたの。アンタのだったみたいだけど、喉が渇いて飲んじゃった」

テヘ、とマリが赤い舌を覗かせる。

「あ？　俺の？」雄大が訝しげに視線をめぐらせる。そうして机の上の容器に気づいた途端、子どものように甲高《かんだか》い声で叫んだ。「ああっ、キャラメルマキアート！」

目を丸くした彼が、物凄い勢いで一宮に訊ねてきた。

「これ！　もしかして、一宮が俺のために買ってきてくれたのか？」

「う、うん。最近ハマってるって言ってたのを思い出して。売店に寄ったから、ついでに」

一瞬、何かを堪えるように目を閉じた雄大が、悔しそうなため息をついた。がっくりと項垂れる。のろのろと手に取った空の容器を未練がましそうに振って、「くそっ」と毒づいた。

「全然残ってねーし……お前、何てことをしてくれたんだよ！」

急に水を向けられて、マリが「えー？」と艶やかな唇を尖らせる。

「だってここ、暑いんだもん。イチノミヤくんがどうぞって言ってくれたから、遠慮なくいただきました」

「いただきました、じゃねえよ！　人のもんを勝手に飲むなよ！」

「うるさいわね、下に自販機があったじゃない。飲みたきゃそこで何か買ってきなさいよ」

「ふざけんな、俺はこれが飲みたかったんだよ。返せ、今すぐ返せ！」

「吐けってか？　ホントに吐くわよ？　ゲロゲロってやっちゃうぞ？　ハッ、ねちねちねちねち、もーいーじゃないよ。鬱陶しいな、ホントちっちゃいんだから。ケチケチしちゃってさ。ケチな男は嫌われるっつーの。ねー、イチノミヤくん」

雄大が持っていた容器をパキッと握り潰した。すぐ傍に立っている一宮にも彼の苛立ちはよく伝わってきて、心の底から申し訳なく思う。こんなに怒るなんて、よっぽどキャラメルマキアートが飲みたかったのだ。やはりマリにはカフェラテの方を渡せばよかった。

一宮は自分の飲みかけに手を伸ばし、おずおずと雄大に言った。

「あの、稲葉。カフェラテならまだ残ってるから、喉が渇いてるならこっちを飲まないか？これも甘いし、案外おいしいから。あ、でも俺の飲みかけだけど」

雄大がぐるんと勢いよく首を捻って一宮を見据えてきた。

「……やっぱ嫌だよな。もう一回、売店に行ってくる。待ってて、すぐに買ってくるから」

財布の入っている鞄を掴もうとすると、「いや、いい」と雄大に止められた。握り締めていたカフェラテの容器を素早く奪われる。

「……まだ、結構残ってるけど」

「うん、ちょっとしか飲んでないから」

「もらってもいいのか？」

「いいよ」

するとどうだろう、雄大の機嫌がパァッと絵に描いたみたいに見る間に回復した。

やはり、とても喉が渇いていたのだ。

あーあ、と白けたようなため息が聞こえたのはその時だった。

長い足を組んで椅子にふんぞり返ったマリが「ごちそうさま」と、間違って苦いものを噛んだみたいな顔で言った。一宮はキャラメルマキアートの礼だと思い、「どういたしまして」とぺこりと会釈を返す。一瞬ぽかんとしたマリが、次の瞬間「ぶはっ」と噴いた。

「なにこのカワイイの！　欲しい！」

「おいバカ、触んじゃねーよ」

ハッと振り返った雄大が、慌てた素振りで一宮の襟首を掴んだ。ぐっと引っ張り、寸前で両手を伸ばして一宮を抱き締めようとしたマリから遠ざける。乱暴に引き摺られた一宮は、よろけて危うく壁に激突するところだった。

ふいに、廊下からがやがやと賑やかな声が聞こえてきた。

「ようやく来たな」と雄大がドアを見やる。

一宮も声の主に気がついた。「会長たちだ。みんな一緒かな」

「そうみたいだな。まあ、まとまって来てくれた方がこっちも好都合なんだけど」

一人この部屋に置いていくのは気の毒だし、と言いながら雄大が視線でマリを指し示す。

「こいつを呼んだのは会長のためだよ。デート、今度の日曜に決まったんだってな」

「ああ、うん。俺にも報告メールが回ってきた」

「スッゲー浮かれたメールが俺にもきた。とりあえず今日はあの髪型をどうにかしてもらおうと思ってさ。どこでやってもらったのか知らないけど、あれはさすがにマズイだろ」

二人の会話を黙って聞いていたマリが「ねえ」と、怪訝そうに口を挟んできた。

「その会長って、そんなに酷いの？」

「見りゃわかるよ」

四人の足音がすぐそこまで近付いている。雄大が「頼むぜ、プロの美容師さん」とマリに告げて、鞄を肩にかけた。

「さて、それじゃ俺たちは会長が当日着る服を見に行くぞ」

「え？　会長は今から髪を切ってもらうんじゃないのか？」

「今日は俺たちで適当に目星をつけといて、明日会長を連れて店をまわる。どうせ明日も動けるのはこの時間帯からなんだし、もうそんなに日にちがないだろ。土曜日は会長が朝から晩までバイトが入ってて、どうしても休めないって言うからさ」

雄大が不満そうにぼやく。

すごい――一宮は素直に感動していた。自分が報告メールを読んでただよかったと喜んでいる間にも、雄大は会長のために頭を働かせて、いろいろと段取りを組んでいたのだ。

以前、一宮は彼を『自分たちをただ揶揄っているだけだ』と非難してしまったことを深く反省した。一宮よりも、よっぽど雄大の方がみんなのことを考えて行動に移している。

かっこいい男だと思った。

見た目だけでなく中身もよくできていて、きっと同性にもかっこいいと思われる男というのは、彼のような人をいうのだろう。

一宮は憧れと、少しだけ羨望《せんぼう》の気持ちを抱きながら、隣に立っている雄大を見た。

彼が片想いをしている彼女にも、このかっこよさが早く伝わるといいなと思う。

■7■

一宮のことが好きだと、はっきりと自覚したその日の夜、雄大は本人には口が裂けても言えないような夢を見た。

更に下着まで汚してしまった事実は、墓場まで持って行かなければいけない。

一晩だけならまだしも、その後も続けて二度、三度。

しかも夢の中の一宮は、顔を真っ赤にして恥じらいながらも回を重ねるごとに大胆になってきている。昨夜は恍惚《こうこつ》とした表情を浮かべて、自ら雄大の上に乗ってきた。

もう俺はダメかもしれない。

さすがに本物の一宮と顔を合わせるのは気まずく、かといって、急に露骨にさけては変に思われるだろう。按配が難しかった。

一宮に嫌われたくはなかった。相手を好きだと想う自分の気持ちに気づいた以上、多くの男がそう考えるように、雄大も一宮ともっと距離を縮めていきたいと思っている。男同士という世間的に高い壁はあるが、それでも一宮を好きだという気持ちは止められなかった。さほど躊躇《ちゅうちょ》することもなく、案外すんなりと受け止めることができたのは、もしかすると自分の育った環境が関係しているのかもしれない。

だが、一宮とは例の過去の件で一度信用を失ってしまっている。更に彼の前で自分は女性が好きなのだと高らかに宣言までしてしまった。自業自得とはいえ、雄大の生まれて初めての恋は、まずは一宮に不信感を持たれないよう慎重にならざるを得なかった。

好きだけれど、無理強いはできない。今はとりあえず、毎日一宮と会えるだけで満足だ。これからゆっくりとお互いを知って、何でも話し合えるくらいに仲良くなって、できることならいつか、特別な関係になれたらいいと願っている。

しかし雄大も男なので、時には意思に反して悶々としてしまうことはあるのだ。その日も邪《よこしま》な夢を見たせいで、朝から後ろめたい気分に押し潰されそうだった。現実と夢がごっちゃになってしまいそうで、リアル一宮と接触するのが少し怖い。そんなことを考え始めていた頃、食堂で一宮を見かけた雄大は、咄嗟に初めて気づかないフリをしてしまった。

このままではいけない。こんな不自然な態度を続ければ、さすがの一宮もおかしいと気づくだろう。いつも通りのちょっと軽めの雄大に戻らなくては——と、自分に言い聞かせて部室のドアを開けたら、知人の美容師が正に今、一宮に手を出そうかというところだった。

その瞬間、思ったのだ。

あれこれ考えるのはやめだ。一宮を好きで何が悪い。慎重になりすぎた結果、鳶《とんび》に油揚げをさらわれてしまったら元も子もないではないか。要は、感情だけで突っ走って選択を誤りさえしなければいいのだ。

妙な方向に吹っ切れたせいか、連日の後ろめたさをずるずると引き摺っていた気分は随分と楽になった。

一宮が好きだ。好きだ、大好きだ。

男同士でよかったと思えるのは、食事にしろ遊びにしろ、相手を気楽に誘えるところだと思う。以前の一宮ならともかく、今の彼は友人である雄大の誘いを警戒することはない。誘えば二つ返事でのってくる。一宮にも学部内に友人はいるようだが、それぞれサークルや外部との付き合いの方が忙しいみたいだと言っていた。なので一宮が大学の外でまで会う友人は雄大だけなのだろう。その嬉しい情報だけで優越感に浸り、白飯三杯はいけそうだった。

寝ても覚めても雄大の頭の中は一宮でいっぱいだ。

よし、今日も一宮に会いに行こう――と思いながら、毎朝、アパートの部屋を出る。

こんな気持ちになるのは生まれて初めての経験だった。

恋をするってこういうことなのかと、それまでの自分が、どれだけ適当に女の子と付き合ってきたのかを思い知らされた。本当に私のことを好きなの？　とよく訊かれた。そのたびに内心うんざりしながら、好きだよと笑顔で答えていたけれど、その割には相手に執着もしなければ嫉妬もしない。どうりで、みんな愛想をつかして去っていくわけだ。

初めての片想いは意外なほど楽しかった。

一宮が雄大に心を開いてくれているのがわかる。彼が笑顔を見せる回数も増えてきて、それがまた嬉しい。一宮の取る行動の一つ一つに、雄大は想像以上の幸せを噛み締めることができた。時々、飲みかけのカフェラテをくれることもあって、そんな無防備な一宮との間接キス一つで天にも昇る心地になった。高校時代、間接キスくらいで大はしゃぎする同級生をバカにしていた自分が恥ずかしい。あれはこういうことだったのだと、遅れ馳せながら初体験した雄大は当時の同級生の気持ちに今更ながら共感した。

そんなこんなで雄大が浮かれている間に、周囲ではちょっとした奇跡が起こっていた。

会長の記念すべき人生初のデートが成功したのだ。

本人は緊張してほとんど何も覚えていないらしいが、とりあえずは美咲と次の約束まで取り付けたというのだから、大成功といえるだろう。デート後に美咲から送られてきた絵文字いっぱいのメールを見せてもらったが、彼女も初デートを満喫したらしい内容だった。

正直、ここまで上手くいくとは誰も予想していなかった。張り切って出かけて行った会長には申し訳ないが、よくて『お友達でいましょう』だと思っていたのだ。

この『会長の奇跡』の報告を受けて、雄大と一宮はハイタッチをして喜び、ヒゲとぶーちゃんとメガネはあまりの衝撃に飛び上がった後、嘆き悲しみ呪詛《じゅそ》を唱え始めた。みんな日曜の夕方だというのに、そわそわと落ち着かず、結局ヒゲの呼びかけで大学近くのファミレスに集合していたのだ。

実はこの日、雄大は岡野から合コンに誘われていた。バイト先で知り合った美人ＯＬとそのお友達らしいが、会長のことが気になっていた雄大はいまいち乗り気じゃなかった。

——最近、付き合い悪いよな。もしかして稲葉、女できた？

拗ねた口調で岡野に言われて、虚を衝かれたような気分になったのだ。自分の中で、随分とイブケンの比重が大きくなっていることに気づくと、戸惑ってしまった。最初は一宮目当てだったが、いつの間にかあの独特な個性派集団に居心地のよさを感じ始めた自分がいる。

今の雄大には一宮がいるので、わざわざ新しく女の子と知り合う場は必要なかった。

反対に、イブケンメンバーは会長の件で味を占めたのか、やけに積極的だ。もちろん一宮も次回の合コンに意欲を燃やしているが、本音を言うと、雄大は彼には参加して欲しくなかった。一宮が鼻の下を伸ばして女の子といちゃつく様子なんか見たくない。恋の応援をするとは言ったものの、一宮が気に入る女の子が一生現れなければいいと思っている。

その後も、会長の恋は上手くいっているようだった。

メンバーの知らないうちにこっそりデートを重ね、例によって例の如く、それを知った三人が藁《わら》人形の製作を開始し、一宮がおろおろして、雄大はというと、一宮がカフェラテと一緒に売店で買ってきてくれたキャラメルマキアートをちゅるちゅると飲みながら幸せに浸る——そんな光景が、ごく当たり前のようになっていた。

「会長の卒業式を行おうと思う」

若干ぐったりとした藁人形を握り締めて、ヒゲが悔しそうにそう言ったのは、そろそろ前期試験の日程が発表になる頃だった。

「もう、あいつはここの住人とはいえない。今年のクリスマスは、男鍋を囲む我々を勝ち誇った目で見下すこととなるだろう」ヒゲが昏《くら》い目をして淡々と続ける。「あの女とイチャイチャうふふしながら『あれ、キミたち今年も男ばかりで鍋するの？』と憐《あわ》れみの眼差しを我我に容赦なく投げかけるのだ。そしてこれ見よがしに女の腰を抱き、颯爽といかがわしいホテル街を突き進んだあげく夜通しくんずほぐれつ……だあああくそっ死ねばいいのに！」

残された男たちの負のオーラが渦巻き、部室はとんでもなく荒れていた。

雄大は一宮が汚染されないようにさりげなく外に連れ出し、こっちはこっちで一方的なデート気分を楽しんでいた。ヒゲたちは呪いの儀――もとい、卒業式の準備を着々と進め、肝心の会長はもう三週間近く部室に顔を出していない。彼女とラブラブらしい、と暗雲が立ち込めた部室の一角から怨念《おんねん》じみた声が聞こえてくる。

「会長、いなくなっちゃうのか」

どこか複雑そうに一宮が言った。

「何だよ、寂しい？」

「うん、まあ。俺をこのサークルに誘ってくれた人だから」一宮が少し遠い目をした後、思い直したように笑った。「でも、会長が幸せならそれが一番だよな」

しかし、会長の卒業式を執《と》り行うその忌々《いまいま》しい日は、ついぞやってこなかったのである。

「一宮！」

サークル棟に駆け込んでいく見慣れた後ろ姿を見つけて、雄大は呼び止めた。

振り返った一宮が「稲葉！」と居ても立ってもいられないというふうに駆け寄ってくる。どうせ同じ部室に向かうのだから、わざわざ引き返してこなくても。でもこういうところがかわいくてぎゅっと抱き締めてやりたい――と両手を大きく広げて待ち構えそうになって、雄大は慌てて我に返った。かぶりを振って妄想を打ち消す。

「メール、読んだか」

一宮が焦ったように言った。

雄大は頷く。あれを読んだから、一緒にいた岡野たちに適当な理由をつけて、ここまで走ってきたのだ。

送信者はヒゲだった。

メールの内容はこうだ――『シキュウブシツニコラレタシ　カイチョウヤラレタ』

何で電報調なのだと、読みづらさに苛々しながらも、嫌な予感がしてこうして駆けつけたというわけだ。

「会長に何があったんだよ」

「わからない。俺もこのメールを読んで飛んできたから」

一宮は授業中だったらしい。幸い大講義室だったので、教授の目を盗んでこっそり後方のドアから抜け出したのだと言った。真面目な一宮にしては珍しいことだ。

「ヤラレタって一体何のことだよ。ケンカか？」

「あの会長が？　……想像がつかないな、人を殴ってる会長なんて」

「いや、どっちかといえば殴られる方だろ。あっ、もしかしたら彼女と一緒の時に変なヤツらにからまれて、それで彼女を庇《かば》ってヤラレタとか」

「そっか。うん、それならありうるかも」

男らしいな、と一宮が尊敬の眼差しを浮かべる。

階段を一段飛ばしに駆け上がり、軽快な走りで一足先に部室の前に辿り着いた一宮が一つ息をついて、ドアを開けた。続いて雄大も中へ駆け込む。

「会長！」

部屋の中は異様なまでに静まり返っていた。

何とも言えない張り詰めた空気に、雄大と一宮はごくりと息を飲む。

ホワイトボードの前にヒゲが立っていた。すでにぶーちゃんとメガネも集合している。

三人が振り返り、雄大と一宮を見据えた。

そうして言葉の代わりに、揃ってかぶりを振る。

「……何があったんスか」

雄大はおずおずと訊ねた。

ヒゲが無言で顎をしゃくる。雄大と一宮は釣られるようにしてその方向を見た。

ホワイトボードの先、雑誌や漫画が積んである更にその奥。わざわざ段ボールを引き摺りだして人一人分のスペースを確保した角っこに、会長その人が膝を抱えて座っていた。

「——か、会長……？」

呼びかけても返事はない。

こちらに薄っぺらい背中を向けたまま、壁を相手に何やらぶつぶつと呟いている。

先日までの、頭の天辺から羽が生えたみたいな浮かれっぷりはもうどこにもなかった。今の彼の頭上には、そこだけ土砂降りの雨が降っているかのような、どす黒い暗雲が渦巻いている。

雄大はかける言葉もなくて、思わず一宮を見た。一宮もどうしていいのかわからないのだろう。困ったような眼差しが雄大と会長の背中を行ったり来たりしている。

「会長に何があったんですか？」

雄大は声を潜めて横のヒゲに訊ねた。どうやら怪我をしたわけではないようだ。事態は雄大たちが想像していたのよりもずっと深刻だった。

丸まった会長の背中を眺めながら、やり切れないとため息をついたヒゲが、「実はよぉ」

と重たい口調で話を切り出した。

「騙されたんだよ、会長。例のミサキちゃんに」

「騙された?」

「それ、本当ですか!」

一宮がぐっと横から身を乗り出してきた。間に雄大がいるので、一宮の上半身がぺっとりと雄大の脇腹にくっつくような恰好になる。こんな時だが、心拍数が急激に跳ね上がった。

「何度もデートして、向こうも楽しんでいたらしいし、会長はてっきり二人は付き合っているものだとばかり思い込んでいたんだが——どうやら、そうじゃなかったらしい」

「違ったんですか?」と一宮が怪訝そうに首を傾げる。

「俺もそうだと思ってたんですけど。ってゆーか、普通はそう思うでしょ」

「だろ? そうなんだよ。だからこうやって俺たちも準備をしてたのによぉ」

ヒゲが苦虫を嚙み潰したような顔をして、「あの女はよ」と言った。「会長のことをそういうふうには思ってなかったんだと。昨日は彼女の誕生日で、会長は張り切ってお高いレストランを予約して、プレゼントも準備して、薔薇《ばら》の花束なんか抱えてウキウキと会いに行ったらしいぞ。途中まではいい雰囲気だったんだよな?」

ヒゲが丸まった会長に水を向けると、彼は背中で頷いた。

「事件は——会長が彼女にプレゼントを渡し、レストランを出て、散歩がてら緑地公園の遊歩道を歩いていた時に起こった」

いきなりヒゲがバンッとホワイトボードを叩いた。見ると、そこには地図らしきものが描いてある。件《くだん》の緑地公園らしい。赤いバッテン印が事件の起こった現場だ。

「お月様の綺麗な夜だった。会話も弾み、散歩を楽しんでいた二人は、ベンチを見つけて並んで腰掛けた。辺りにひとけはない。二人を見ているのはまん丸のお月様だけだ。この瞬間、調子にのった会長はいけると確信した。あ？　何だ、一宮。何がいけるのかって？　そりゃ決まってんだろ、チューだよ。チュー、キス、接吻！　そう、このムッツリスケベは昨日、記念すべき初チューをしようと企《たくら》んでやがったんだ！」

バンバンッ、と興奮したヒゲがホワイトボードを激しく叩く。なぜか一宮がポッと顔を赤らめた。その様子をかわいいヤツめと横目に見つつ、雄大は訊ねた。「で、したんですか？」

「いや、それがな」ヒゲが落ち着きを取り戻して首を横に振った。「会長がタイミングを見計らって、よし今だと彼女に急接近したその時だった。見てしまったんだよ」

「見たって何を？」

「彼女が泣いているのを」

泣いていた？　雄大はわけがわからなくて無意識に眉根を寄せた。ヒゲの話が回りくどくて若干苛々してくる。

「会長はおろおろしながら、どうして泣いているのかと彼女に訊ねた。すると彼女は涙ながらにこう答えたんだそうだ」

――明日、大好きな彼が遠くに旅立ってしまうの。

大好きな彼とは、もちろん会長のことではない。つまりはこういう話だった。美咲には他に気になっている人がいて、その男は近々留学が決まっていた。ずっと友人として付き合ってきたものの、彼が旅立つ直前になって自分の気持ちに気づいたのだという。私が好きなのはやっぱりあの人だ、と。

「……それって、会長は二股をかけられていたってことですか」

ぽつりと一宮が呟いた。

「いや、彼女にとっては、会長は最初からお友達の一人だったんだから、二股も何もそういう意識すらないんじゃねーの？」

「稲葉の言う通りだ。会長が一方的に勘違いしていただけで、彼女の方には微塵《みじん》もその気はなかったってことだな。それなのにこのバカは、デートのたびにプレゼントを贈って、相当な額を貢いでいたらしい。なあ会長、いくらだったっけ？」

意地悪く問いかけたヒゲの言葉に、陰気な声がぼそっと答えた。「……五十万」

「五十万⁉　たった三週間で⁉」

呆れた。これはもう、ヒゲの言う通り、彼女に騙されたと考えるのが妥当だ。貢がされたあげくに、面倒になった彼女に適当な理由で言いくるめられてあっさり切られたのだろう。

一宮もぶーちゃんもメガネも、みんな唖然としている。ヒゲだけが「バカめ、だからあれほど言っただろ。あんなかわいい子がお前を選ぶなんてありえないんだって」と、しんみりと会長の背中に声をかけながらもニヤニヤ笑っていた。同志が戻ってきて嬉しそうだ。

「まあ、気づいてよかったじゃないですか」

雄大はできるだけ優しい声を取り繕って、会長に言った。「このままずるずると付き合っていたら、そのうち借金までする羽目になってたかもしれないでしょ。いい社会勉強になったと思って、もうそんな女のことなんか忘れましょうよ」

会長と美咲との接点を作ってしまったのは雄大なので、多少の責任を感じる。これをきっかけに女性不審に陥ってしまったらそれこそ大変だ。

雄大をはじめ、みんなで懸命に励ましていると、膝を抱えたままの会長がごそごそとポケットから何かを取り出した。

「……今度、ここに行く予定だったんだ。彼女が行きたいって言うから」

いきなりそれをハズレ馬券のようにパッと頭上高く放り投げる。長方形の紙片が二枚、はらはらと宙に舞った。

「生まれて初めて彼女ができて、しかもかわいくて、この子を一生守るって決めたのに」

ヒゲが静かに歩み寄り、「全部、夢だったんだ」とスンと鼻を鳴らす会長の肩を抱いた。

「やっと目が覚めたんだよ。会長、おかえり」

「みんな、今まで悪かった！　俺の居場所はやっぱりここしかないってわかったよ」

それもどうかと雄大は思ったが、みんなが目を潤ませて感動しているので、余計な口を挟むのはやめておいた。会長の初恋は無惨に散ったが、友情はますます固く結ばれた——ということで、ひとまず一件落着だ。

雄大はふと足元を見下ろす。先ほど会長が放り投げた紙片を拾い上げた。

「遊園地？」

ローカルＣＭでよく見かける遊園地の一日フリーパスポートだ。

「あ、それ」と隣から覗き込んできた一宮が、思い出したように鞄をあさりだした。

「ほら、これと一緒じゃないか？」

一宮が差し出したのは同じ遊園地のフリーパスポートだ。しかもペア。

「お前、それどうしたの？」

「近所の商店街の福引きで当たったんだ」

本当はお米が欲しかったんだけど、と一宮が残念そうに言う。

「俺が持っていても仕方ないし、よかったら会長に使ってもらおうかと思ったんだけど」

気を遣ったのか、最後は小声だった。何でそこで俺を誘わないのだと、雄大は内心がっかりする。しかしすぐに、いやまてよと思い直した。雄大から一宮を誘えばいい。

「なあ、一宮。だったらこれで一緒に……」

「ほう、四枚もタダ券があるのか」

「俺、遊園地なんて高校の修学旅行以来だ」

「俺なんか中学の修学旅行以来だぞ」

「修学旅行か……いい思い出は皆無だな」

「俺は写真係をさせられた記憶しかない」

雄大と一宮の会話はいつの間にか横入りしてきた四人に乗っ取られてしまった。ちょっと待てよと焦る雄大をよそに、一宮が思い切ったように珍しく自分の意見を述べた。

「じゃ、じゃあ、今度この券を使って、みんなで行きませんか」心なしか弾んだ声で先輩たちに提案する。「せっかくなんだし、あと二枚買い足しましょう。今後、もしかしたら俺たちも女の子と遊園地に行くかもしれないじゃないですか。その時の予行練習に！」

その後、あっという間に話は決まってしまった。

わいわいと女みたいにはしゃぐ男五人を恨みがましく睨みつけながら、雄大はがっくりと項垂れる。頭の中に描いた一宮との遊園地デートが、がらがらと音を立てて崩れていった。

■8■

一週間後からいよいよ二週間の日程で前期試験が行われる。

雄大にとって、大学に入って初めての定期考査だ。今後のことを考えて、できれば単位を一つも落とすことなく取得したい。来年、一年に混じって授業を受けるのだけはごめんだ。

それなのに、なぜ自分は岡野たちとの勉強会をキャンセルして遊園地にいるのだろう。

「先輩、過去問のコピーをくれるって約束、絶対守って下さいよ」

詰め寄ると、ヒゲが引き攣り笑いを浮かべて「わかったわかった」と一歩後退った。今日必ず持ってくると約束したくせに、奴は手ぶらで現れたのである。へらへらと笑って、どこにしまったのか忘れたと最低の言い訳をした。

「捨ててないはずだから、探せばある。明日、部屋の大掃除をするから安心しろって」

「絶対ですからね。もしなかったら、もう二度と合コンはセッティングしませんよ」

きっぱり言うと、ヒゲの横で聞いていたぶーちゃんとメガネまでがギョッとして焦り出した。

「俺たちも明日ヒマだから、掃除手伝うよ」

「お、おう、頼む。押入れのどっかにあるはずなんだけどよ」

「稲葉、『私法総論』の過去問もいるか？　去年と教授が同じだから、傾向がわかるぞ」

一学年上のメガネが猫撫で声をかけてきた。ラッキーと思いながら、雄大は「お願いします」と殊勝に頼む。ヒゲとメガネは同じ学部の先輩なので、今後もこの手を使えば専門科目の過去問は入手できる。後期の時間割りも効率よく組めそうだ。

一方、一宮は会長と学部が同じだ。さすが会長、こちらは約束どおり過去問を一宮に手渡していた。しかも自分が当時使っていた試験対策ノート付き。何とも羨ましい。

「試験のことはひとまず置いておいて。とりあえず、中に入ろうぜ」

金を出し合って不足分のフリーパスを二枚購入し、男六人で入園ゲートをくぐる。

平日の午前中なので、周りは小さな子どもを連れた家族か大学生風の集団ばかりだ。カップル、カップル、女子グループ、カップル、女子グループ、カップル。

「……何て居心地の悪い空間なんだ」

ヒゲがきょろきょろと落ち着かない素振りで吐き捨てるように言った。他の連中も同意見だと挙動不審に頷いている。

まあ、こうなるだろうと、雄大は最初から予想していた。男同士で遊びにきているのは自分たちくらいだ。しかも二十歳前後の男六人団体様。明らかに浮いている。

ぐいぐいっと横から肘で小突かれた。

ヒゲがちらちらっと雄大にアイコンタクトを送ってくる。あっちにいる女の子の集団、ちょうど六人だぞ。

雄大はうんざりとした目でヒゲを見返した。

数日前に会長があんなことになったばかりなのに、懲りない連中だ。無駄にポジティブ思考で困る。ぶーちゃんとメガネも期待に満ちた眼差しを寄越してくるし、会長と一宮までそわそわそわそわ……立ち直り早すぎないか、会長。

一宮の提案で遊園地に出かけることになったまではよかったが、雄大には一つの使命が課せられていた。

——頼む稲葉、女の子をナンパしてくれ！

見返りは一週間後に迫った前期試験の過去問題。

しかし、ずぼらなヒゲのせいで、肝心の報酬をまだ受け取っていない。前払いだと言ったのに。だいたい、先輩たちが余計な口出しをしなければ、今頃雄大は一宮と二人きりで遊園地デートを楽しんでいたかもしれないのだ。それが現実はどうだ。ムサイお邪魔虫が四匹もくっついてくるわ、一宮は一宮で雄大がナンパすること前提で、女の子との新たな出会いにほのかな期待を抱いているわ。まあ、今日も一宮は相変わらず、カラカラの砂漠の中で健気《けなげ》に咲き誇る一輪の花の如く癒しと潤いと愛しさを与えてくれるからいいけれど。

一宮が自分の知らないところで変な女の毒牙にかかるくらいなら、雄大自ら女の子に引き合わせる方がまだマシだった。その場合、こちらは全力で二人の仲を阻止するが。

――俺じゃダメか？

なんて自分に酔ったくさいセリフを、最近の雄大は本気で口走りそうになる。

一宮は女の子が好きだ。いつかはかわいい彼女を作って一緒に愛をはぐくみたいと本気で乙女のような夢を見ている。ファーストキスもまだの彼だが、きっとこの先、今は顔も知らない誰かと経験することになるだろう。雄大がどれだけ裏から手をまわしたところで、阻止するにも限界があった。恐れていたその時が訪れて、幸せそうな一宮から報告を受けた雄大は、いつものように笑っていられるだろうか。「よかったな」と、本音とは真逆の言葉をかけてやれるだろうか。

無理だな、と雄大は思った。一宮と一緒にいられるだけで幸せだと思える一方で、ひょんなことから誰かに横取りされてしまうかもしれない不安がいつもつきまとう。片想いは決して楽しいものではない。本当は辛くて苦しいものなのだと、誰が言ったのだったか。

行け、とヒゲに急《せ》かされて、雄大は渋々ターゲットの女子集団に歩み寄った。

女子大生のようだが、服装や持ち物などほどほどに流行を取り入れているものの、どこか垢抜《あかぬ》けない感じもするので、雄大と同じ一年生かもしれない。みんな足元は動きやすいスニーカー。メイクも派手すぎず、好感が持てる。

ざっと遠目にチェックすると、雄大は任務だと割り切って人好きのする笑顔を装う。少し控えめな、だが感じのいい明るい声で「こんにちは」と声をかけた。

「いきなりごめんなさい。今日は女の子六人で遊びに来たんですか？」

一斉に振り返った彼女たちは一瞬、警戒心を露《あら》わにする。しかし雄大の顔を見て、徐々に色めき立った。ナンパをするのはもちろん初めてではない。これまでの勝率も高い方だ。培った勘で、これならいけると確信する。

「大学生？　同じ同じ。実はこっちも男六人なんだよね。ちょっとした手違いで男ばっかりになっちゃって」

「あ、もしかしてさっき擦れ違ったかも」

雄大の話に、まず三人が食いついてきた。やはり遊園地で場違いな男六人の集団は目立っていたようだ。残りの三人も戸惑いながら頷いている。

「もしよかったら、一緒にまわりませんか？　男六人だと歩き辛くって。こういうとこ、あんまり来ないし。どこからまわればいいいんだか、楽しみ方がよくわかんないんだよね」

一緒に歩いてくれると嬉しいんだけど、とちょっと困ったふうに微笑んでみる。会長が入場ゲートで人数分取ってきたパンフレットをさりげなく見せて、慣れてない感を醸し出す。

女の子たちはアイコンタクトをしきりに送り合って、相談しているようだった。雄大はしばらく無言で様子を窺う。数十秒後、彼女たちの答えが出た。

雄大が約束通り女の子たちを引き連れて戻ると、目を丸くした五人が興奮気味に迎えた。

「やあやあ、さすが師匠！　失敗知らずだねえ、この色男」

「よくやった！　明日は絶対に早起きして朝から大掃除することを約束する」

本当だろうなとヒゲを睨《ね》め付ける。ふとその先を見やると、一宮と目が合った。

笑いかけようとした途端、一宮の視線がすっと雄大から逸れる。

「………」

あれ？

雄大は笑みを引っ込めて、ぱちぱちと目を瞬かせた。今、一宮の方からわざと視線を外したように見えたが、気のせいだろうか。いや、気のせいだろう。気のせいに違いない。たまたまあのタイミングで、別の対象に目線を移しただけのこと。

第一、一宮が雄大をさける理由がない。ついさっきまでいつもの調子で仲良く話していたのだ。突然のことだったので、不覚にもドギマギしてしまった。

「あの、どうかしました？　みんな、先に行っちゃいますよ」

毛先を緩く巻いた髪をポニーテールにした子が、雄大の顔を心配そうに覗き込んでいた。

「あ、ごめん」雄大は慌てて笑顔を取り繕って言った。「何でもない。俺たちも行こう」

先頭を張り切って歩いているのは会長だ。ガラスのハートは何度も修復可能らしい。ヒゲもぶーちゃんもメガネも、ぎこちないことには変わりないが、ガチガチだった初合コンの時よりも若干女慣れしているところが憎たらしかった。一宮は——一宮はどこだ。

彼は茶髪のショートヘアの子と肩を並べて歩いていた。

彼女の方が積極的に話しかけているようだが、一宮も頬を染めながら何やら一生懸命に言葉を返している。彼女がおかしそうに笑った。一宮がちょっと困ったように首を傾げてみせて、はにかむように笑う。

途端、雄大は自分の体が受けた衝撃に面食らった。背中から誰かの手を強引に捩《ね》じ込まれて、直接心臓を鷲摑《わしづか》みにされたみたいな、そんな苦しさに一瞬息が詰まる。

一宮が自分以外の誰かと肩を並べて歩いている。自分じゃない相手に笑いかけている。また心臓がぎゅっと引き絞られるみたいに息苦しくなった。

ショックだったのは、一宮の隣に女の子がいる風景が、それほど違和感なくこのデートスポットに溶け込んでいたからだ。少なくとも、雄大があの場所にいるよりよほどしっくりくる。一宮と仲良くなれば仲良くなるほど、友人として踏み越えてはいけない決定的な一線がより明確に見えてくるのが怖かった。

この先、雄大が一宮の隣にい続ければ、こんな場面に出くわす機会も度々あるだろう。初めて思い知る。同性の友人を好きになるとは、こういうことなのだ。

十二人の集団は、周囲に負けず劣らず遊園地を満喫していた。

女の子たちも気のきくいい子ばかりで、聞けば介護福祉専門学校の一年生らしい。どうりでみんなにこにこと笑顔で優しいわけだ。リハビリの一環と思われているのかもしれない。

彼女たちは学校の寮や一人暮らしをしている子ばかりのようだった。会長たちが誇らしげに教える『安くておいしいラーメン店』や『電化製品を安く買う方法』などの話題に、「へえ、そうなんだ！」「すごーい！」と丁寧に相槌を打ちながら耳を傾けている。おかげで男連中は図に乗る一方だ。

いい時間なので、そろそろ昼食をとろうと、会長が率先してパンフレットをひらいた。他のみんなも数人ずつ固まって手元のパンフレットを覗きこんでいる。全員、ここの遊園地には初めて訪れたという話だった。

実は雄大自身は四月に一度岡野たちと来ているので、あまり新鮮味はない。もちろん岡野経由で知り合った女の子数人と一緒だったため、みんなには内緒にしていた。

レストランもあるようだったが、結局、屋台でいろいろな物を買ってシェアすることに決まった。ほぼ女の子たちの意見だ。男連中は黙って従う。

パラソル付きのテーブルを三つ確保して、張り切る会長の指示で男性陣は手分けして屋台に並ぶ。付き合ってもらったので、食事はすべてこちらの奢《おご》りだ。彼女たちは「えー、いいんですか？」と遠慮がちながら奢られる気満々だったが、喜んでもらえたのがよほど嬉しかったのだろう、男たちの財布の紐《ひも》はゆるゆるだった。調子に乗って人数分以上の食べ物を買い込もうとする先輩たちを、雄大が慌てて止めてまわる。

「あのショートカットの子とずっと一緒だな」

フライドポテトが揚がるのを待ちながら、雄大は何気ないふうを装って話しかけた。メニューを見ていた一宮がぱっと顔を上げる。

「あ……うん」

「どう？」

「え、ど、どうって？」と訊き返してくる一宮の目が宙を泳ぐ。

「上手くいきそうか？」

「そっ、そんなんじゃないよ！　全然、ただ、世間話をしてるだけで」

首を横に振って懸命に否定するが、顔が赤い。ああいう子がタイプなのだろうか。雄大は苛立つ気持ちを無理やり抑え込むように、一つ深呼吸をした。落ち着けと言い聞かせる。

「女の子と長時間世間話ができるって、お前にとってはすごい進歩なんじゃないの？」

「そういえば、こんなに長く一人の女の子と話したのは初めてかもしれない」

「白川《しらかわ》さんだっけ？　かわいいじゃん、ちょっと気が強そうだけど」

「……うん。はきはきしてるって感じかな」

「しっかり者っぽいよな。まあ、一宮には……そういう子の方があってそうだけど」

思ってもいないことを言うと、一宮が軽く目を瞠り、「そ、そうかな」と照れ臭そうに笑った。その仕草から、少なくとも一宮は彼女を気に入っていることが伝わってくる。

すうっと、自分の中で何かが急激に冷めていくのがわかった。自分は今、どんな目で一宮を見ているのだろう。考えると怖くなって、咄嗟に嬉しそうな横顔から目を逸らした。

あつあつのポテトMサイズを三つとフランクフルト五本を、一宮と手分けして運ぶ。

「ま、頑張れ。応援してるからさ」

また思ってもいない言葉が勝手に口を衝いた。

一宮がきょとんとした顔で雄大を見てくる。少し躊躇うような間をあけて、「稲葉の方は」と言いかけて、なぜか途中で黙り込んでしまった。

「ん？　何だよ」

「いや、何でもない」一宮がかぶりを振った。「せっかく、稲葉がナンパしてチャンスを作ってくれたんだから。俺も、できるだけ頑張ってみようと思う」

「……そっか。頑張れ」

うん、と頷いた一宮が雄大に無邪気に笑いかけてくる。

急激な焦燥感が込み上げてきた。人の気も知らないで——雄大は、一宮の頭の上から揚げたてのほくほくポテトをバラバラと撒き散らしてやりたい衝動に駆られる。二人の仲が間違っても上手くいくことがないようにと、笑顔の裏で願ってしまう自分が嫌だった。

食事を終えた後、再びいくつかのアトラクションをまわった。

七月上旬の太陽はじりじりと容赦なく地上を照らしている。足元からもアスファルトに跳ね返った熱に挟まれて、とにかく暑い。午後になり、ますます気温が上昇してきた。

喉が渇いたという意見が女の子側から出たので、ひとまず休憩をとることになった。

彼女たちが様々な変わり種を扱ったフレーバーで人気のアイスクリーム売り場を見つける。

最初から目をつけていたのがバレバレな誘導だったが、女の子たちの他意のないスキンシップにデレデレの男性陣にはどうでもいいことだった。ヒゲが「好きなものをいくらでもごちそうするよ！」と鼻の下をでろんとチーズみたいに伸ばして調子に乗りまくっている。

だったらその金でハウスクリーニングを頼んでくれ。そしてさっさと過去問を探し出せ。

雄大は頭の中でそんなことを思いながら、一旦集団から離れた。甘ったるいアイスよりは炭酸系の飲み物が欲しかったのだ。掲げてある写真付きのメニューを端から端までじっくりと眺めている一宮に伝えて、一人別の屋台に移動する。

ジンジャーエールを購入して、歩きながらストローに口をつけた。パチパチと爽やかな炭酸が渇いた喉を潤す。

タタッと後ろから走ってきた三歳くらいの男の子が雄大を追い越して行った。「待ちなさい」と追いかける母親の声。この暑い中でも、子どもは元気だ。

こっちは何だか疲れた——雄大はストローを吸い上げながら、青い空を見上げる。

迫りくるような真っ青な夏空はあまりに眩しすぎて、僅かに目に沁《し》みた。

日陰を求めて、軒を連ねる土産物店の間の通路を歩く。

ふいに肩を叩かれたのは、その時だった。

「？」雄大は振り返って、そしてぎょっとした。そこにはこんなところで遭遇するはずのない人物が立っていたからだ。

「――な、何でお前」

「何だか見たことのある顔が歩いてるなーって思ったら、やっぱりアンタだったわ」

ニッと白い歯を覗かせて笑っていたのは、マリだった。キャミソールにショートパンツというカジュアルで露出度高めの恰好。健康的な長い足を今日も自信満々に晒している。

「お前、何やってんだよ。こんなところで」

「この近くにあるうちの支店にちょうど出張で来てたの。今、ちょっと手があいたからカットモデルを頼めそうな子を探してたら、なぜかこんなところまで」

「サボリかよ」

「これも仕事のうちですー。店長に入場券もらったから、この中のレストランでランチしながらイイコがいないかなって物色してたのよ。暇な学生が多そうだし」

マリが暑苦しそうな長い髪を手で払いながら、『暇な学生』のところで雄大をチラと見た。ほのかにいい香りをさせているのが無性に腹が立つ。

「まさか、アンタこそ一人でこんなところにいるわけじゃないわよね。男一人で遊園地なんて、どんだけサミシイ子なのよ」

「んなわけないだろ。連れがいるっつーの」

「あらデート？　今度はどんな子？　せっかくなんだから紹介してよ」

「うるせえな、そんなんじゃねーよ。もういいからお前はさっさと仕事に戻れよ」

「何よ、つれないわね」とマリが唇を尖らせてみせた。いい年してそんな子どもみたいな真似をするな。八つも年上の美容師に呆れた眼差しを向けると、マリが背伸びをするような恰好をして、おもむろに雄大の背後を覗き込んできた。

「何だよ」

「ね、今日はイチノミヤくんは一緒じゃないの？」

「は？」

雄大は思わず声を低めた。気にせずマリが上機嫌で言う。

「あの子、気に入っちゃったんだよねー。前もお願いしたんだけどさ、やっぱり彼にカットモデル頼めないかなーって思ってるんだけど……」

「ダメだ！」

咄嗟に雄大は叫んだ。マリが付けマツゲで重そうな目元をぱちくりとさせる。

「……何よ、そんな怖い顔しちゃって」

びっくりするでしょうがと、反対に雄大を睨みつけてきた。もともとそれなりに身長がある上、更にヒールの高いミュールを履いているので目線がかなり近い。迫力も倍増だった。

いつものことだが、かろうじて見上げられているものの、精神的には仁王立ちで見下ろされている気分になる。

「と、とにかく、アイツはダメだ。他をあたれよ。その辺にいっぱい歩いてるだろ」

「何でアンタが断るのよ。イチノミヤくんに聞いてみなきゃわかんないでしょ」

「聞かなくてもいい。もうアイツにかかわるな」

途端、マリがハンッと鼻を鳴らした。

「何よ、その独占欲」

首を大きく傾けたマリが目を細めて、雄大の顔を舐めるように視線を上下させる。

「ただの友達に対するものとはなーんか違う気がするんだけどなあ。ん？　あれあれェ？」

ツン、と胸元を人差し指でつつかれた。ツンツンツン、と面白がるように連打される。

「おい、やめろ」

「イチノミヤくんを紹介してよ」

「だから、ダメだって言ってるだろ」

「いいじゃない、紹介しなさい。カットモデルの件は抜きにして、気に入った」

「ふざけんな、絶対に嫌だ」

「イヤだ？　ダメじゃなくてイヤ？　どうして」

マリがじっと雄大を見つめてくる。視線から逃れることを許さない目に見透かされる。やたらと勘のいい相手が自分に何を言わせたいのかは明白だった。むしゃくしゃした気分もあいまって、押し込めていた感情を一気に吐き出したくなる。

「――っ、ああそうだよ。好きだからだよ！　好きなヤツを見世物にしたくないの。お前にアイツの髪を触らせたくないんだっつーの。何だよ、だったら何か文句あるのか！」

負けじと睨み返すと、マリがぽかんとしていた。

「……へえ、アンタのそんな顔、初めてみたかも。里紗《りさ》さんにも教えてあげよう」

「は？　おいバカ、やめろよ！　それだけは勘弁してくれ」

おもむろにスマートフォンを取り出したマリともみ合っていると、「こら、あんたがぶつかったんだからちゃんと謝りなさい！」とどこからか甲高い女性の声が聞こえてきた。続いて子どもの泣き声までしてくる。「すみません。あの、これで新しいのを買って下さい。え？でも」戸惑うような母親の声の他に、もう一人誰かいるようだったが、何を喋っているのかは聞こえなかった。代わりにスタッフのハキハキとした声が割り込んでくる。「そのままにしておいて下さい。後はこちらで片付けますので」

幸か不幸か、邪魔が入ったおかげでマリの気分もそがれたのか、おとなしくスマートフォンをバッグにしまった。

「いやー、貴重なものが見れて面白かった！　ま、アンタに免じてカットモデルの件は諦めてあげるわ。じゃ、またね。イチノミヤくんによろしく。ついでにあのモテナイサークルの子らにもよろしく言っといて。あの子たち面白いからまたいじって遊びたいなー」

「おい、余計なこと喋るなよ」

「はいはい」

ひらひらと手を振って、マリが去っていく。雄大もため息をついて、踵を返した。歩き出してすぐ、どっと疲労感に襲われる。マリに生気を吸い取られたみたいだった。

すっかり汗を掻いてしまったジンジャーエールを飲みつつ日陰の通路を抜けると、途端に真夏の陽射しが降り注いできた。目が眩《くら》みそうになる。

手で庇を作りながら歩いていると、すぐ横で清掃スタッフがモップで地面を擦っていた。先ほどの子どもの泣き声はこれだったのかと思う。アイスクリームを落としたのだろう。

清掃スタッフと擦れ違った際に、ふっとよく知っている甘くて香ばしい匂いがした。

アイスクリームのフレーバーだろうか。

記憶をくすぐられるこれは——キャラメルの匂いだ。

○

フリーパスを思う存分利用して目一杯遊び、午後五時前、ゲートを出たところでお開きとなった。このまま夕食もどうかと会長が誘ったが、女の子たちに体よく断られたのである。

一宮は同じ路線の雄大とホームに並んで帰りの電車を待っていた。しょんぼりと肩を落とす先輩たちとは、先ほど朝待ち合わせた駅で別れたところだった。

間もなくして電車が到着する。雄大と一緒に乗り込んだ。

ちょうど時間帯なのか、車内は制服姿の学生で溢れ返っていた。一宮と雄大はドア横のポールを二人で挟むようにして立つ。

女子高生の集団が、周囲の迷惑も気にせずにドッと爆発するみたいな笑い声を上げた。次の駅では別の集団が乗り込んできて、いよいよ車内アナウンスが聞き取りづらいほどに騒がしくなる。

疲れているのだろう、雄大が甲高いはしゃぎ声が癇に障るというふうに、時折眉間に皺《しわ》を寄せる様子が見て取れた。

「一宮、次の駅で降りないか」

ふいに、雄大が一宮の耳元でそう言った。一宮は雄大を見る。下車予定の駅はまだ五つほど先のはずだ。どうしたのだろう、気分でも悪くなったのだろうか。

「うん、いいよ」

雄大の体調を心配して大丈夫かと訊ねようとしたところで、電車がホームに到着する。

ドアが開き、雄大に視線で促されて一宮は先に降りた。すぐ後ろから雄大が続く。

人の乗り降りは少なく、電車が走り去るとホームはがらんとしていた。

「稲葉、大丈夫か？」

すぐに一宮は訊ねたが、しかし不思議そうな顔をした雄大に、「え、何が？」と反対に訊き返されてしまった。

「気分が悪いんじゃないのか」

「気分？　いや、別に何ともないけど」と雄大が一瞬、怪訝そうな顔をする。

「ああ、そっか。急に降りようって言ったから？　そういうつもりじゃなかったんだけど、ごめん。変に心配させちゃったな」

雄大が笑った。その顔を見て、一宮は少しほっとした。体調が悪いわけではなくて安堵したのもあるが、今日一日、あまり彼の笑顔を見ていないような気がしていたからだ。自分たちばかりが盛り上がって、彼自身はそれほど楽しくなかったのではないかとひそかに気になっていた。

それに――一宮は数時間前のことを思い出していた。見てしまったのだ。雄大がマリと会っているところを。

どうして彼女があの場所にいたのかはわからない。だが雄大は確かにマリに向けてこう言っていた。

――ああそうだよ、好きだからだよ！

あまりにびっくりして動揺した一宮は、前方から突進してくる子どもの姿に気がつかなかった。ドン、とぶつかられた拍子に、一宮がアイスクリームを落とさなければ、もっと詳しく二人の話が聞けたかもしれないが、後から駆けつけた母親が大騒ぎをしたので一宮は慌ててその場から逃げ出したのだった。雄大も一宮が聞き耳を立てていたことを知ったら、いい気がしないはずだ。

それにしても、一宮はとんでもないものを聞いてしまったのかもしれない。

あの告白は、やはりマリに対するものだったのだろうか。だとすれば、雄大の片想いの相手は彼女ということになる。言われてみると、マリは学生ではなく社会人だし、雄大から聞いていた条件とも一致する。

そうだったのか――一宮は納得しつつも、頭の中は混乱していた。本人から直接聞いたのならともかく、偶然知ってしまったとなると、どう処理していいのかわからない。ここは、何も聞かなかったフリをするべきか……。

「一宮、あれからあの子とどうだったんだよ」

「え?」

何の前置きもなく雄大から唐突に訊かれて、一宮はあたふたと狼狽えた。

「ど、どうって別に、何もない、けど」

「最後も一緒に観覧車に乗ってただろ。次に会う約束はしなかったのか」

一宮は首を横に振った。少し間があって、雄大が「ケーバンは?」と訊いてくる。それにも首を横に振った。つまり、一宮と白川は何も進展していない。

そうか、と雄大が気遣うように言った。

「あの調子だと、誰も連絡先を交換してないだろうな。俺もうっかりしてた。一人くらい聞いとけばよかった。介護福祉専門学校だったっけ。誰か知り合いがいなかったかな……いたら白川さんの連絡先ぐらい何とかなると思うけど」

「違うんだ」

一宮は急いで鞄のポケットから一枚のメモ用紙を取り出した。スケジュール帳の一部を破った物だった。丁寧に折り畳んだそれを雄大に差し出す。

「何？」

「白川さんから、稲葉に渡してくれって」

「は？　何で俺に」

「白川さん、稲葉のことがずっと気になってたみたいなんだ」

いくら鈍い一宮でも、さすがにああもあからさまにやられると、彼女の気持ちに気づかざるを得なかった。「観覧車の中で、稲葉のことをいろいろと訊かれた。本当は稲葉と話したかったみたいだけど、なかなか話しかけられなかったみたいだ。それで、俺にこれを渡して欲しいって。連絡、待ってるからって言ってた」

観覧車に二人きりで向かい合って、彼女は一宮の目の前で自分の携帯番号とメールアドレスを書いていた。初めて女の子と観覧車に乗る漫画みたいなシチュエーションに、ドキドキしながらゴンドラに乗り込んだまではよかったが、彼女の口から出てくるのは友人の名前ばかりだった。結局、くるくると十五分間、景色も見ることなく質問攻めにあって終わった。

ふいに、一宮の指先からすっと紙片が引き抜かれた。

「それで、お前はこれを俺に渡せって頼まれて、黙って引き受けたわけ？」

メモ用紙をひらいて眺めながら、雄大が無感動に言った。何となくだが、雰囲気で苛立っているのが伝わってくる。雄大が何に怒っているのかはわからなかった。

「本当は、断ろうかと思ったんだ」

「え？」

雄大が虚を衝かれたみたいに呆《ほう》けた声を上げた。

「だって、稲葉にはマ……ちゃんと好きな人が、いるわけだし」

うっかりマリの名前を口走ってしまいそうになって、一宮は慌てて言い直す。「でも、こういうことは俺の口から伝えていいものじゃないと思うから。あの、だけど、白川さんに稲葉に恋人がいるかどうかって訊かれて、つい、今はいないと思うって答えちゃったんだ。だから、もしかしたら変に期待を持たせてしまったのかもしれない。そうだったら、ごめん」

正直に話して頭を下げると、一瞬沈黙が落ちた。

雄大が小さく息をつく。「真面目だな」と呟くのが聞こえた。

「お前さ、そんなにあの子のことを気に入ってたのか？」

答えにくいことを訊かれて、一宮はしばし言葉に窮した。園内ではずっと彼女と一緒に行動していたから、他の女の子と話した記憶はほとんどない。白川個人を気に入ったというよりも、こんな自分と一緒に過ごしてくれた人に好感を持ったという方が、感情としては近いのかもしれなかった。今思えば、姉御肌の彼女は最初から一宮が一人あぶれないように気を遣ってくれていたと考えた方が自然だ。

「……わからない。でも、すごく話しやすくていい人だと思う」

雄大が「ふうん」と素っ気ない相槌を寄越した。

「茶髪のショートか。……俺も髪染めようかな」

「えっ」

一宮は俯けていた顔を思わず撥ね上げた。目の前の雄大は、いつの間にか明後日の方向を眺めている。釣られるように見やった先、ヘアサロンの壁面広告が目に入った。

「稲葉、髪を染めるのか。でも……俺は、稲葉は今の黒髪が一番似合ってると思うけど」

「マジで？」

ぼんやりと何か考え込んでいた雄大が、その瞬間、目を見開いて一宮を凝視してきた。

「う、うん。でも、稲葉ならどんな髪型でも似合いそうだよな」

華やかな顔立ちなので、茶髪にするとより軽薄さが増しそうな気がする——という意見は心の中だけに留めておく。

ふうん、と頷いてみせた雄大が、「いや、やっぱりこのままでいいや」と言った。先ほどまでとは打って変わり、随分と機嫌良さそうに笑って、「一宮もその髪型が一番似合ってる。ヘタに美容室に行って切ってもらわない方がいいぞ」とアドバイスされる。

「そうか？　俺の髪、細いし色も薄くてあまり好きじゃないんだけど」

「綺麗な色でいいじゃん、俺は好きだけど。さらさらしてて手触りよさそう……」

言いながら雄大が手を伸ばし、一宮の頭をそろりと撫でた。「ホントにさらさらだな」と感動したように言われて、少し気恥ずかしい思いで首を竦める。

これでもまだマシになった方なのだ。小さい頃はもっと目立つ明るい茶色をしていて、同級生や近所の上級生によく揶揄われたものだった。祖父母も両親も生粋の日本人で、家族までもが一宮の髪の色を不思議に思っていたらしい。突然変異だと言われたが、女の子のような顔立ちとともに、この髪もコンプレックスの一つだった。だから、雄大のような張りのある黒髪に心の底から憧れる。これを染めてしまうのはもったいない。

「一宮は短いのと長いの、どっちが好み？」

また唐突に問われて、一宮は考える。

短いのと長いの——女の子のヘアスタイルのことを言っているのだろうか。

「あまり気にしたことないけど、その人に似合っているならどっちでもいいと思う。稲葉は

「……長い方？」

つい探るような言い方になってしまった。マリは背中まであるロングヘアだ。明るい色に染めた髪をいつもふんわりと巻いている。

「んー、まあどちらかと言われればロングかな」

「――あ、じゃあ、稲葉のす、好きな人も？」

一瞬、沈黙が落ちた。

雄大が一宮を見据えながら、「いや」と首を横に振る。

「ショート。すげえかわいくて似合ってる」

照れもせずにとろけてしまいそうな笑顔で言い切った。

聞いているこっちが恥ずかしくなって、一宮はなぜか自分がドキドキしながら思わずきょろきょろと辺りを見回してしまった。相変わらずがらんとしたホームは、二人の他にはベンチに老夫婦が座っているだけだ。

それにしても、雄大の返答は意外なものだった。ショートヘアということは、相手はマリではないのだろうか。では一宮が耳にしたあの告白は一体何だったのだろう。

ビリビリッと紙を引き裂く音が静かなホームに鳴り響いた。

「稲葉！　な、何してるんだよ」

ハッと我に返った一宮は、雄大の手元を見てぎょっとする。雄大が破っていたのは白川から預かったそれだったからだ。

「何って、もうこれいらないだろ」

しかし、雄大は何でもないことのようにそう言って、細かく破り続ける。

「でも、白川さんが連絡を待ってるって」

「そんなの知らねえよ、あっちの勝手な都合だろ。大体、俺に直接渡すならまだしも、何でお前に頼むの？　一宮は郵便屋さんじゃねえっつーの」

脇に設置してあったダストボックスに紙屑をすべて捨てて、パンパンと手を払った。

「今後、もし何か渡されかけたらちゃんと断れよ。稲葉雄大には好きで好きでその子のことしか考えられないくらい大切に想っている奴がいるからって。そう言って構わないから」

「……あ、うん」

呆気に取られながら頷くと、雄大が「よし」と満足そうに言って笑った。

びっくりした——一宮は目をぱちくりとさせて、雄大を見つめる。あんなことを堂々と恥ずかしげもなく言ってのける彼に圧倒されてしまった。彼女だけを一途に愛していると自信を持って言えるからこその先の言葉だ。恋をするとあんなふうに笑えるのかと、一宮はいっそ羨ましくすらなる。ドキドキとまだ心臓の高鳴りが収まらない。

雄大がナンパした女の子をぞろぞろと引き連れて戻って来た時には、なぜだかよくわからないが、一宮はあまりいい気がしなかった。こっちから頼んだくせに、どうにも手馴れた彼の様子が嫌だと身勝手なことを思ってしまったのだ。自分たちには到底無理なことを、さもたやすいことのようにやってのけてしまう雄大に、日頃抑え込んでいた劣等感を強く刺激されたのだと思う。

けれども、百戦錬磨の雄大にも思い通りにならないことがあるのだ。

稲葉の好きな人ってどんな女性なんだろう——一宮はふとそんなことを思った。今まではぼんやりと思い描いてみるだけだったが、ここにきて俄然その相手のことを詳しく知りたくなった。どうやらマリではなさそうだし、ショートヘアが似合う働く女性。どんな職種の人だろう。美人？　それともかわいい系？　モデルみたいにすらっとした人だろうか、それとも小柄なタイプだろうか——物凄く気になる。

電光掲示板に次の電車到着の表示が現れた時だった。上機嫌の雄大が思い立ったように言い出した。

「せっかくだし、一度外に出てメシでも食って帰らないか？」

「そういえばおなかすいたな」

二人ともそれぞれのアパートに一人暮らしだ。帰宅したところで食事が用意されているわけでもない。自炊をほとんどしない一宮はコンビニに寄って帰るつもりでいたので、雄大の提案に二つ返事で乗ることにした。

何を食べようかと話しながら初めて下り立った駅の改札を抜けて、外に出る。アイスクリームチェーン店の前を通り過ぎたところだった。

「そういえば、一生懸命選んでたけど、結局一宮はどのアイスクリームを食べたんだ？」

ふいに雄大に話を振られて、一宮は思わずぎくりと言葉を詰まらせた。

「……えっと、塩キャラメルバニラ味だったかな」

軽く目を瞠った雄大が、「お前もかよ」となぜかおかしそうに笑った。

「いや、たまたま見かけた子どもがそれっぽいヤツを食べてたみたいだったからさ」

「……そうなのか？　い、稲葉も好きそうだから、一口味見するかと思ったんだけど……全然戻ってこないし、溶けそうだったから、全部一人で食べてしまって」

「マジかよ。それならもっと早く言ってくれればジュースなんか買いに行かなかったのに」

雄大が本気で悔しがる。そんなに食べたかったのなら、教えてあげればよかったと少し後悔した。

「で、美味《うま》かったか？」

未練がましく訊かれて、一宮は込み上げてくる後ろめたさに思わず声を引き攣らせる。

「……うん」

まさか、食べる前に落としたとは言えなかった。

■9■

ジージーと鬱陶《うっとう》しいかな蟬時雨《せみしぐれ》。

七月中旬から後半にかけて行われた前期試験がようやく終わりを迎えた。

大学生の夏はここからが本番である。

頼りになる先輩たちのおかげでほとんどの科目の過去問を入手した雄大《ゆうだい》は、何とかこの二週間を切り抜けた。結果が出るのは一ヶ月先になるが、まずまずの手ごたえだろう。単位を落とすことはないはずだ。

一方、一宮《いちのみや》も会長から譲り受けた試験対策ノートのおかげで、順調に乗り越えたらしい。意外にも成績優秀者ぞろいの先輩組は難なくクリアしたようだった。

しかし彼らの心配はそこではない。

雄大と一宮にとっては試験最終日、たった今から夏休み！　というタイミングで会長から緊急招集がかかったのだ。

雄大はこの夏休みに遊園地のリベンジを果たそうと、試験勉強と並行してこそこそと一宮を遊びに誘う計画を練っていた。夏だし暑いし、プールや海に誘ってもまさか邪《よこしま》な下心を疑われることはないだろう。太陽の下で水着一枚になれば、一宮だって少なからず開放的な気分になるはずだ。一気にとは言わないまでも、不自然にならない程度にスキンシップを増やしてじゃれあいたい。一宮はどこか行きたいところはないのだろうか。一緒に旅行なんかできたら最高だ。長期休暇に入れば一宮と会う機会はほぼなくなってしまう。そうならないように、ちゃんと約束をしておきたい。雄大は毎日でも会いたかったが、一宮にも予定があるだろう。鬱陶しく思われないように、できれば最低週二くらいで会えないかな——と雄大が考えていると、六人揃《そろ》ったイブケンの部室で、会長が団扇《うちわ》であおぎながら言った。

「えー、では毎年恒例の合宿について話し合いたいと思います」

「は？」雄大は思わず耳を疑った。「合宿？」

一宮もきょとんとしている。大体このサークルのどこに合宿が必要なのだろうか。

雄大の最大の疑問を引き受けたかのように、会長が一つ頷《うなず》き、堂々と言い放った。

「この夏に何としてでも女の子との交流を深めたい！　そして、我々は最高の形で冬を迎えるのだ！　クリスマスまであと百五十二日！」

ビシッと指差した先、男たちの執念がこもった達筆の貼り紙が目に飛び込んでくる。『男鍋からの卒業！』

「……我々に残された時間は少ない。貴重な夏休みを無駄にしてはならない」

会長のお言葉を胸に刻み、啞然《あぜん》となる雄大を除いた四人が神妙な面持ちで頷いた。

ジージージージー。窓の外では蟬の大合唱。灼熱の太陽に、園芸サークルが育てたヒマワりもぐったりとしている。

夏本番である。

………

「おかしくね？」

石畳の道をぜいぜいと歩きながら、雄大はずっと考えていた疑問をついに口にした。

会長が唐突に発表した意味不明の合宿も、一宮と一緒にいられるのならまあいいかと諦《あきら》めた。二人きりではないのが不満だが、合宿を楽しみにしている一宮とお泊まりグッズを一緒に買いに行った際は会長に感謝したし、行きの電車の中で隣に座り仲良くポッキーを食べている自分たちは、実は付き合っているんじゃないかと錯覚を起こしてしまうくらいだった。

この合宿で、もしかしたら一宮との間に何か素敵なハプニングが起こるかもしれない。

車窓からきらきらと光る海岸線が見えた時には、そんな期待に胸を膨らまし、ガラにもなくウキウキとしてしまうのを止められなかった。

夏といえば白い砂浜、青い海。一宮の初の水着姿。会長たちには申し訳ないが、女の子はいらない。むしろ行き先は無人島でもいいくらいだ。

会長からは水着持参との連絡メールがまわってきた。雄大が背負っているバックパックの中には一宮と一緒に選んだ水着が詰め込んである。

「……なあ、やっぱりおかしくね？」

それがなぜ今すぐにでも飛び込んで泳ぎたい海に背を向けて、この八月の炎天下、ぐねぐねと山道を上っているのだろうか。雄大はまったく理解できないと首を振った。こめかみを伝うしょっぱい汗が飛び散る。時折吹く、涼しい山風が唯一の救いだ。

「え、何が？」

隣を歩いていた一宮が不思議そうに訊《き》いてきた。

滑《なめ》らかなつるつるの額に薄《う》っすら汗が滲《にじ》んでいる。長めの前髪はヘアピンで留めてある。汗で張りつくと邪魔だろうと思って、雄大が貸した物だ。最初は女の子ではないのにと戸惑っている様子だったが、雄大が留めているのを見て、思い直したようだった。慣れない手つきで横分けにしてそのまま留めただけだったが、それが妙にかわいい。白い額にぷっくらと浮かぶ玉のような汗を舐《な》め取ってしまいたくなる。

「何がって、何で俺たち山なんか登ってんの？」

雄大の根本的な質問に、一宮は聞いてなかったのかとちょっと呆《あき》れ気味に言った。

「この先に、ペンションがあるからだろ。さっき会長がそう説明したじゃないか」

「いや、そういうことを言いたいんじゃなくて……」

二人の前方では会長を先頭に、ヒゲ、ぶーちゃん、メガネがせっせと歩いている。普段はサークル棟の階段にまで文句を言っているくせに、今日はやたらと元気だ。

「水着は？　せっかく買ったのに。準備しろって言っといて、海に行くためじゃなかったのかよ」

先輩たちの目的も、夏の海にちょっと理性がゆるみがちの水着ギャルではなかったのか。こんな山奥では女の子どころかオジサン一人見かけない。人がいない場所でどうやって女の子との交流を図るつもりなのだろう。

「近くに川があるんだって。魚も獲れるらしいよ。バーベキュー楽しみだな」

「……川、か」

ふむ、と雄大はしばし想像する。海ほどではないが、川にも水が流れている。水と戯《たわむ》れる一宮。人目がないぶん、内気な彼もより開放的になるかもしれない。

「あと、温泉もあるらしいよ」

「温泉⁉」

「うん。会長が温泉サークルの人から聞いたんだって。外にあるから、水着着用らしい。それに、混浴なんだってさ。今夜泊まるペンションも実は女の子に人気があるところで」

温泉、温泉、温泉。会長もなかなかいいところに目をつけた。裸の付き合いは、距離がぐっと縮まる。

「稲葉《いなば》は温泉が好きなのか？」

「ん？　あー、うん。アパートの風呂は狭いし、たまにはのんびりと足を伸ばしたいだろ」

「そっか。俺、いつもシャワーで済ませちゃうからな」

安心しろ、実は俺もシャワー派だ。とは思っても口に出さない。

温泉、温泉、おんっせんっ！

さっきまで漬物石のように重かった足が、羽が生えたみたいに軽くなる。急に元気になった雄大に、「そんなに温泉が好きなのか」と一宮が見当違いのことを言ってきた。

「稲葉って、実は意外なものが好きだったりするよな。イメージと違って面白い」

「そうか？」

褒め言葉と受け取って、雄大はにっこり笑う。俺が一番好きなのはもちろんお前だ。


電車を乗り継ぎ、バスに乗って、停留場から徒歩で山道を登り、トータル三時間。

「着いたぞ！　あそこだ」

会長の声に俯《うつむ》いていた顔を上げると、カントリー風のこぢんまりとした建物が見えた。

「……つーかここ、車道があるんじゃねーか」

「でも誰も運転できないから」と一宮が身も蓋《ふた》もないことを言う。

ヒゲは免許を持ってはいるものの、ペーパードライバー。命の保証ができないと自ら辞退したという。会長はこの夏に教習所に通うはずだったが、そのために貯めた金を貢いでしまったので延期。ぶーちゃんとメガネは予定すらないらしい。

これは自分で取得した方が早そうだ。

「一宮は、免許は？」

「俺も取りたいとは思ってるんだけど、お金がないし」

「そうだよな。まずはバイト探しだな」

雄大は週に三日、登録制の家庭教師のアルバイトをしている。女子中学生が二人と高校一年生の男子が一人。どの子も有名大学や高校を目指して切羽詰まっているというわけではなく、今のところテキスト通りの指導方法で何とかなっている。三人とも一学期の成績はまずまずだったので、教えるこっちも一安心だ。特に男子高生はスタート時はまったく授業についていけなかったのが、期末テストでそこそこの点数を取ったので母親にも感謝された。

他にもマリの知人が経営しているカフェに時々人手不足で駆り出されることがある。こちらは客寄せパンダのような扱いだ。時給がいいので文句はいえないが。

一方、一宮はアルバイトをしていない。仕送りでやりくりしているようだが、彼なりに思うところがあるらしい。この前、アルバイト情報誌を熱心に読んでいるところを見かけた。

雄大もこの夏休みを利用してもう一つバイトを増やそうかと考えている。免許を取るなら尚更金が必要だ。どうせなら、一宮と一緒のバイト先を探すのはどうだろう。

「なあ、一宮」

「うん？」

僅《わず》かに上気した頬《ほお》がピンク色に染まっていた。何をそんなに詰めたのかパンパンに膨らんだバックパックを背負い、少し息が上がっている一宮を見て、思わず脂下《やにさ》がってしまう。

「バイトのことなんだけど、もしよかったらさ……」

どこからか悲鳴が上がったのは、その時だった。

女性の声が叫ぶ。「引ったくり！　誰か捕まえて！」

雄大と一宮は顔を見合わせた。

ペンションの駐車場から車道へと飛び出していく人影が見えた。黒いTシャツに短パン姿の男。駐車場では尻餅をついた女性が金切り声で叫んでいる。「返してよ、私の鞄《かばん》！」

一足先にペンションの入り口に到着していた先輩たちが、何事かと引き返してくる。

荷物を投げ出してスタートを切ったのは、雄大と一宮とほぼ同時だった。

遊歩道と車道の間の芝生地帯を横切って、一気に引ったくり犯との距離を詰める。

遠目に見た印象よりも大柄な男だった。全体的にがっしりとしていて、むき出しの手足は浅黒く日に焼けている。足は思ったほど速くない。しかし下り坂なのでうっかり気を抜くと転倒してしまいそうになる。早く捕まえなければ前方から車がやってくるかもしれない。

男から目を離さずに、雄大は隣を走る一宮に言った。

「俺がタックルをかけるから、お前はその隙《すき》に鞄を取り戻してくれ」

一宮が一瞬こちらを見る。「わかった」と頼もしい言葉が返ってきた。

雄大は一気にスピードを上げた。

男が首だけで振り返る。迫り来る雄大を見て、ぎょっとした彼の速度が僅かに落ちた。

雄大は今だと勢いよく地面を踏み切る。

「待てよ、この引ったくりヤロー！」

肩を入れて男に飛びかかった。頑丈そうな見た目に反して男はあっけなく倒れた。雄大も一緒になって地面にもつれ込む。転がってもみ合いながら、男は咄嗟《とっさ》にハンドバッグを腹に抱え込もうとした。

そこを先回りした一宮が男からバッグを取り上げようとする。男が凄《すさ》まじい力で暴れ出した。雄大は背後から男を羽交い絞めにしようとして、しかしその寸前、男が思いっきり体を捻《ひね》り、振り回した肘《ひじ》が一宮の鼻先を掠《かす》める。

「一宮！」雄大が声を上げると同時に、赤いバッグが大きく宙を舞った。ぽーんと放物線を描いて飛んでいく。すぐさま一宮が追いかける。

「離せこのクソガキ」

「――――！」

一瞬余所見《よそみ》をしたのがまずかった。獣じみた唸《うな》り声を上げて、男が力任せに雄大の拘束を振り切った。しまった――雄大はすぐさま体勢を立て直したが、間に合わない。

前方には無事バッグを取り返してほっとした様子の一宮。

そんな彼に我を忘れたイノシシの如《ごと》く男が突進していく。

「一宮、逃げろ！」

雄大は叫んだ。

ハッとした一宮が、襲い掛かってくる男を見て、なぜかバッグを脇に放り投げる。

「せやっ！」

次の瞬間、黒尽くめの男が宙を飛んだ。

時間差でドーン、と地面が轟《とどろ》く。

「稲葉！　ほら、バッグを取り返したぞ」

振り返った一宮が、満面の笑みで拾い上げた赤いハンドバッグを掲げてみせた。

すっかり忘れていたが——そうだった、一宮にはこんな武器があったのだ。

「お、おう。やったな」

一宮のほこらしげな笑顔。

その足元で、綺麗《きれい》に背負い投げを決められた引ったくり犯が気絶していた。

一宮がもてている。

「ね、お肉食べる？　はい、どーぞ」

「一宮くん、野菜もあるよ。何が好きかな？」

「飲み物は？　あ、会長さん！　そこのウーロン茶、一宮くんにも入れてあげて」

一宮くん、一宮くん、一宮くーん！

顔を真っ赤にしながらおどおどする一宮を囲んで、女性陣は大盛り上がりだ。至れり尽くせり。まさしく一宮のハーレム状態。

その日の夕食は、ペンションの裏庭でオーナー夫妻とともにバーベキューをすることになっていた。

十人いる宿泊客のうち、六人はイブケンメンバー。残りの四人が昼間ハンドバッグを引ったくられそうになった女性を含む、ＯＬグループだったのだ。

後から追ってきた彼女たちは、小柄な一宮が引ったくり犯の太い腕を取り、華麗に背負い投げを決める場面をばっちりと目撃したのだった。

お姉さまたちのハートを鷲掴《わしづか》みにした一宮が今夜の主役だ。

警察に通報したオーナー夫妻も、にこにこしながら彼女たちの話を聞いている。もちろん話題は一宮。まさかこんなことになるとは思ってもいなかっただろう当の本人は、お姉さまたちからの質問攻めにたじたじになっていた。

「――確かに。女子とこういう交流が持てるかもしれないと期待して、わざわざこんな乙女チックなペンションを予約したわけだが」

ジュー。トングで網の上の肉を引っくり返しながら、ヒゲが不満げに言った。

「これじゃ一宮の一人勝ちじゃねえか。何とかしてこいよ、稲葉」

「何とかってどうするんスか。仕方ないでしょ、一宮の大活躍は事実だし」

何でもないことのように返すが、面白くないのは雄大だって同じだ。

一宮がお姉さま方の餌食にされるのを、黙って見ているしかない雄大は気が気ではなかった。彼女たちはメロンのような胸をぽよんぽよんと一宮の二の腕に押し付けて、「はい、あーん」と半開きの口に強制的に物を詰め込んでいる。「やーん、かわいー」とぽよんぽよん。一宮は半ば放心状態だ。今すぐ割り込んでいって、あのデカメロンの海から一宮を救い出したいのをぐっと我慢しているのだ。

その無駄にでかい乳をこの網で焼いてやろうか——雄大は横目に恨みがましく眺めながら、生焼けのタマネギをしゃりしゃりと嚙《か》み砕く。

「お前だって一緒に引ったくり犯を捕まえたんだろうが」

「はあ、まあそうなんですけどね。結局、俺が逃がしたのを最後に仕留めたのは一宮だし」

「逃がすなよ、情けねえヤツだな」

ぽけっと突っ立っていただけのアンタに言われたくない。

「つーかよ、お前がモテるならまだわかる。お前の厭味《いやみ》なハーレム展開は簡単に想像できるから今更そんなに腹も立たねえ。けどよ」

ヒゲが焦げた肉をぽいと雄大の皿に入れた。

「一宮は違うだろ。確かにカワイイ顔をしてるが、アイツはこっち側の住人だったはずだ。それがどうだ、あのモテップリ！　先輩に肉を焼かせておいて、自分はお姉さまたちとキャッキャうふふだと？」

俺は認めねェぞ。トングを握り締めるヒゲの手が怒りでぶるぶると震えていた。会長はせっせとお姉さまたちのグラスにビールを注《つ》いでまわっているし、ぶーちゃんとメガネは奥さんと一緒にピザを焼いている。立派な石窯《いしがま》があるのだ。

オーナーが焼きたてのチキンを運んできて、テーブルが一層賑《にぎ》やかになった。パリパリの香ばしい皮とハーブのいい匂いが食欲をそそる。

切り分けたチキンを一人がフォークに刺し、「あーん」と一宮の口元に差し出した。

雄大とヒゲのこめかみがひくりと動く。

「くそっ、なまっちろいモヤシっこのくせに」

「脱いだら意外とスゴイかもしれないスよ。腹筋バキバキとか」

「マジか。あの顔で腹筋割れてんのかよ。一回、確かめてみないといけねえな」

余計なことを言ってしまったと、雄大は内心で後悔する。

「痴漢から身を守るために習い始めた護身術が、まさかこんなところで役に立つとはな」

焦げた肉を食べようとした雄大は、咄嗟にぎくりとした。

もう例の件に関しては、一宮とも話がついている。今では何の警戒をされることもなく一緒にいるのが当たり前のようになっていた。しかし、雄大が一宮に友情以上の想いを抱いていると知ったら、彼はどうするだろうか。あの時のことを思い出して、また雄大と距離を取ろうとするかもしれない。今度離れてしまったら、おそらく修復不可能になる。

「俺も習おうかな。おい、どうした？　元気ねえな」とヒゲが雄大を見てきた。

「まあな、いつもならあの席にはお前が座ってるはずだもんよ。今回ばかりは全部一宮に持っていかれちまったなあ。悔しい気持ちはよくわかる。よし、しっかり食って元気だせ」

今度は焦げてないちょうどいい焼け具合の肉が皿に落とされた。「ソーセージもあるぞ。こっちのオーナー手作りソーセージがそろそろ食べ頃だな。お前に一番に食わしてやる」

ヒゲが珍しく気をきかせる。口が悪くいろいろとこじらせてしまっているが、憎めない先輩だ。

「見る目のない女ばっかりっスね」

「そうだろ？　たまにはイイこと言うじゃねえか。そうなんだよ、何で一宮なんだ！」

いや、一宮はかわいいから問題ない。

「先輩、ソーセージ下さい」

「おう」とヒゲがトングをカチカチと鳴らす。

「あの、これ持ってきました。どうぞ」

ふいに二人の前に皿が差し出された。見ると、黒いロングヘアの女性がにこにこと笑顔で立っている。ひったくりにあった赤いハンドバッグの持ち主だ。

「オーナーが焼いてくれたチキン。おいしいよ」

「あ、どうも。わざわざありがとうございます」

雄大もにこっと微笑《ほほえ》んで、ありがたく皿を受け取った。てんぱったヒゲが意味もなくトングを高速でカカカカッと鳴らし始めたので、雄大が代わりにヒゲの分も受け取った。

「ごめんね、ずっと焼く係をやらせちゃって」

「別にいいですよ。好きでやってますし。何か取りましょうか」

雄大が言うや否や、ヒゲが「これ、ちょうど食べ頃ですの、で！」とソーセージを皿にのせて彼女に渡した。雄大に一番に食わせてやると言っていたそれである。

「わっ、おいしそー。いいの？　こんなにたくさんもらっていって」

「どうぞどうぞ、手作りですんでみなさんで食べて下さい。って、俺が作ったわけじゃないんですけどねアハハ」

ヒゲが調子に乗ってどんどんソーセージを提供する。雄大の分がなくなる勢いだ。

「稲葉くん、今日は本当にありがとうね」

おもむろに彼女が礼を言ってきた。

「いえ。無事に取り戻せてよかったですね。財布とか入ってたんでしょ」

「そうなの。本当に助かった」

笑顔の彼女が、ふいに「あ、ちょっとじっとしてて」と雄大の動きを止めた。何かと思えば、ポケットから取り出したハンカチでそっと右頬を拭《ぬぐ》われる。

「取れた。タレがついてたみたい」

「……どうも。すみません、ハンカチを汚しちゃって。シミになるんじゃ」

「いいのいいの、安物だから。じゃあ、これもらっていくね」

ソーセージが山盛りになった皿を持って、彼女がテーブルに戻って行く。

後ろ姿を見送っていると、自然と一宮の姿が視界に入った。

バチッとぶつかりあうみたいに目が合った。

まずい——雄大はドキッとして咄嗟に視線を逸《そ》らす。何がまずいと思ったのか、自分でもよくわからなかった。

さすがに今の態度は感じが悪かったかもしれない。雄大は思い直すと慌ててもう一度彼を見やったが、もう目は合わなかった。一宮はあつあつのソーセージをあーんしてもらっていたからだ。

「……くそっ」

苛々《いらいら》する。そいつにベタベタ触るなと、今すぐあの中に踏み込んで、一宮を攫《さら》って逃げ出したい衝動に駆られた。

「先輩、俺にもソーセージ」

むしゃくしゃとする思いを押し殺して、皿を差し出す。が、一向に何も落とされない。

「ちょっと先輩、聞いてるんスか」雄大は不審に思って顔を上げると、ヒゲが般若の形相でカカカカカッとトングを鳴らしながら襲いかかって来るところだった。

「い～な～ば～殺‼」

○

見上げると満天の星空だった。

「……うわ、すごい」

思わず声が漏れた。日常生活ではなかなか見られない光景だ。辺りは真っ暗なのに、星明かりだけで十分に歩ける。

一宮はぞんがいに視界が利くことに感動しながら、周辺をきょろきょろと見渡した。

雄大はどこに行ったのだろうか。

少し前にふらりと一人で外に出て行く姿を見かけた。その後すぐに追いかけてきたから、まだそんなに遠くへは行っていないはずだ。

「稲葉?」

薄闇に向けて呼びかけてみる。シンと静寂が返ってくるだけで、声は聞こえない。

駐車場をまわって、さっきまで食事をとっていた裏庭を覗《のぞ》いてみた。

ここにもいない――踵《きびす》を返そうとした時、雑木林の手前にひろがる草地に人影が佇《たたず》むのを見つけた。

「稲葉!」

一宮は闇《やみ》に目を凝らして呼びかけた。

人影がゆっくりと振り返る。一宮だと気づいたのだろう。雄大が軽く手を上げて答えた。

「どうしたんだ?」

駆け寄ると、雄大がびっくりしたみたいに訊いてきた。

「稲葉が出て行くのを見かけたから」

「それで追いかけてきたのか」

頷くと、雄大が声を立てずに笑った。

よかったと、一宮は内心胸を撫《な》で下ろす。いつもの雄大だ。

夕食中、ほとんど彼とは喋《しゃべ》れなかった。気のせいかもしれないが、目が合ってもすぐに逸らされてしまうし、自分は何か彼の癇《かん》に障ることをしたのだろうかと不安だったのだ。

「みんなは?」

「男だけで飲み直すって。女の人たちは酔っ払っちゃって、もうみんな部屋に戻ったから」

世慣れた年上の女性から解放されて、一宮は正直ほっとしていた。ぐにゃぐにゃとまるで軟体生物のようにやわらかい女性の体をあちこちに押し付けられて、まだ皮膚の感覚がどうにもおかしい。指一本にしても、節が高くてごつごつしている男のものは全然違う。オモチャみたいにキラキラしていながら、いざという時には喉笛《のどぶえ》を掻《か》き斬る凶器に早変わりしそうな爪に怯《おび》えつつ、きつい香水の匂いと肉の匂いが混じって頭がくらくらするし、途中から何がなんだかわからなくなってきた。あげくの果てには酔っ払ったお姉さんに唇を奪われそうになって、一宮は涙目になりながら死守したのだ。

そういえば、あの時が一番雄大の様子がおかしかったかもしれない。機嫌が悪そうな、ムッと怒ったような顔をしていた。

一宮が必死に抵抗しすぎたせいか、少々お姉さんたちも引いてしまう場面があった。場の空気を乱した一宮に呆れていたのかもしれない。どうせ相手はふざけているだけなのだから、キスぐらいしてもらえとでも言いたかったのだろうか。

それはいくらなんでも無理というものだ。経験豊富な雄大とは違って、こっちはこの歳《とし》で未経験なのだから。こんな話をしたら笑われるだろうけれど、やはりファーストキスは特別なものだと思う。初対面の酔っ払いのお姉さんと遊び半分にできるような軽々しいものではない。〇から一と、一から二とでは、同じ一回でもまったく意味が異なってくる。この一回は、一生で一度しかないのだ。男のクセに思考が女々しいと貶《けな》されようとも、これだけは譲れなかった。

ははは、と雄大が笑った。

「結局、最後は男だけかよ。あの人たちも報われないな」

おかしそうに目を細めて言う。「おいしいところは全部一宮が持っていったもんなあ。一宮ハーレムが出来上がってたし、女が苦手とか嘘だろ。先輩たち拗《す》ねてたぞ」

「俺は、別にそんなつもりじゃなくて！」

つい焦って声が大きくなってしまった。あんなのは自ら望んだわけじゃない。そんなふうに雄大に言われるのは嫌で、一宮は強く否定する。雄大が驚いたように、「いや、わかってるって。冗談だよ」と首を横に振った。

「冗談……あ、そっか。ご、ごめん」

一宮は一人先走った自分を恥じる。カアッと顔が熱く火照《ほて》るのを感じた。

いたたまれなくて黙り込んでいると、ふいに雄大がその場に腰を下ろした。

「綺麗だな」

両手を草むらにつき、星空を仰ぐ。

一宮も倣って隣に腰を下ろした。山地だからか、夜になると八月でも少し肌寒い。地面に近付くと、夏草の匂いがより一層濃く感じられた。

「あのお姉さんたちじゃないけど」雄大が無数の星を眺めながら、思い出すようにして言った。「今日の一宮、すげーカッコよかったな」

「……そんなことない」

「いや、俺も投げられたことはあるけど、目の前で実際にお前が誰かを投げ飛ばすところを見たらスゲーって思ったし。ギャップだよな、あれ見せられたら女は惚《ほ》れるって」

雄大の手放しの賛辞に、一宮は照れ臭くて、ひどくくすぐったい気分になった。

「それに比べて、俺はダメだな」

雄大が珍しく自虐めいたことを言って、ため息をつく。「結局、犯人を逃がしかけたし、お前がいなかったらバッグも取り返せてなかったかも」

「そんなことないだろ」と一宮はすぐさま否定した。

「あの場面で稲葉が真っ先に体を張ってくれたから上手《うま》くいったんだ。俺だったら、あんな思い切ったことできないよ。咄嗟の判断ができないから」

かっこいいというのなら、それは雄大の方だ。あのお姉さんたちだって、本当は気づいているはずだ。一宮のことはどちらかというとペットみたいな感覚でちやほやしていたにすぎない。だが雄大に対しては、彼女たちよりも随分と年下でありながら、ちゃんと男として品定めしていた。一宮は珍しく輪の中心にいたからあの場の雰囲気をよく知っている。四人ともがお互いに牽制しあっていた節があった。

「鼻、大丈夫だったか?」

「え？」

おもむろに訊かれて、一宮は思わず自分の鼻に触れた。

「ひったくり犯の肘が当たりそうになっただろ」

「ああ、うん。ギリギリで避けたから。俺よりも、稲葉の方が怪我《けが》してたじゃないか」

犯人ともみ合った際に、腕や膝《ひざ》をアスファルトで擦《こす》ったようだった。皮膚が裂けて血が滲んでいるのを一宮も見ている。ペンションの奥さんに傷の手当てをしてもらったはずだ。

「こんなのたいしたことない。掠り傷だよ」

雄大がTシャツの袖から伸びた腕をペンペンと叩《たた》いてみせた。

「でも結構血が出てたし、痛そうだったけど……」

一宮は気になって雄大の左腕を両手で摑《つか》んだ。いきなりで驚いたのか、雄大がびくりと身を強張《こわば》らせる。確か、肘の少し上の辺り。手探りで筋肉質な腕の特大絆創膏《ばんそうこう》を見つけた。

月明かりに目を凝らすと、絆創膏に黒いシミが浮いている。

「これ、まだ血が出てるのかな」

「――もっ、もうとっくに止まってるって」

雄大が強引に一宮の手から腕を引き抜いた。話題を逸らすみたいに「しっかし、すごいな」とわざとらしく首を反らして星空を眺めてみせる。一宮も行き場を失った両手を膝の上に戻して、頭上を仰いだ。

「今日は、よかったな」

「え？」

「一応、今回の合宿の目的は達成ってことでいいだろ。特に一宮は上出来。まあ、彼女云々《うんぬん》ってのは抜きにしても、あれだけ揉《も》まれれば少しは女に免疫ができてきたんじゃねーの？」

「……そうかな」と一宮は首を傾《かし》げる。正直、そんな実感はあまりない。いまだに女の子を見れば、おろおろするばかりだ。

「女の子と話す機会は増えたかもしれない。稲葉のおかげだよ」

「俺はナンパする機会が増えたけどな」と雄大が笑った。

「お前、年上はいけるの？」

唐突に訊かれて、一宮は返事に困る。

「別に、ダメってわけじゃないと思う」

「ふうん。だったら明日もあの人たちいるみたいだしさ。この調子で頑張ってみたら？　案外、年上もいいかもよ。いろいろと教えてもらえるし」

「稲葉は、年上が好きなのか？」

思い切って訊き返してみた。核心を衝《つ》く質問だとわかっていたので、一宮は内心ドキドキする。

「そんなこともないけど。……ま、初めて付き合った相手は年上だったな」

「そうなのか」

図らずも、一宮はまた雄大の恋愛遍歴を一つ知ってしまった。雄大のことだから、初めて女の子と交際したのは、中学生ぐらいだろうか。

人の好みというものはそうそう変わらないと何かの雑誌に書いてあった。雄大もいろんな女の子と付き合ってきただろうけれど、実は年上の女性が好きなのかもしれない。

今片想い中の彼女も年上だ。もしかしたら、雄大が初めて付き合った人とどこかしら似ているのかもしれない。

「い、稲葉の好きな人って、どんな……」

「あれー、どこ行っちゃったんだろー」と、遠くで女性の声が聞こえたのはその時だ。

誰かを探しているような様子に、ハッとした一宮は急いで雄大に告げた。

「稲葉、伏せて！」

「は？　え、おいちょっ、待っ」

「シー！」

何か言おうとする雄大の頭を無理やり押さえ込んで、二人して草むらに身を隠す。

息を殺して建物の方角を窺《うかが》うと、ペンションの周辺をうろうろと動き回っている二つの人影が見て取れた。一人が「こっちにもいないよー」と甲高《かんだか》い声で叫ぶ。

「何だよ、あれってお姉さんたちだろ」

雄大が拍子抜けしたように小声で言った。

「うん。だけど俺、あの人たちに稲葉のことを訊かれたんだよ」

「俺のこと？」

「あの子、カッコイイねって。彼女いるのかなって、訊かれた。でも俺、今回はちゃんと伝えといたから。稲葉には好きな人がいるって」

雄大が弾《はじ》かれたみたいに一宮の方を向く様子が視界の端に入った。

「稲葉、あまり頭を上げちゃダメだ、見つかる。好きな人がいるって知ったら、あの人たちがっかりしてたよ。でも諦めたみたいだったし、だから俺もほっとしたんだ。だけど」

そうだ、夜這《よば》いに行こう！　と彼女たちがとんでもない計画を立てているところを、偶然通りかかった一宮は聞いてしまったのである。

「先輩たちをまず飲ませて潰《つぶ》すって言っていた。だから気をつけて見張ってたんだけど、結局、あの人たちは眠いからって先に部屋に戻って行ったし、何だ冗談だったのかって安心してたのに。……やっぱり、稲葉を狙ってきた」

しばらく建物周辺をうろうろしていた二人は、やがて諦めたように中に戻って行った。もう誰も出てくる気配がないことを確認して、一宮はほっと詰めていた息を吐き出す。

「よかった、見つからなかったみたいだ」

「……もし、俺が襲われかけたら、一宮が昼間の引ったくり犯みたいにあいつらをぶっ飛ばしてくれるって?」

「女の人相手に、そこまではしないけど」

でも雄大が本当に困っていたら、少々乱暴な行動に出てしまうかもしれない。

ふと横を見ると、じっと雄大が一宮を見つめているのに気がついた。

「な、何だよ。もしかして稲葉、夜這いされたかったのか?」

思った以上に距離が近くて、びっくりする。お互いが顔を見合わせると、もう少しで鼻の先と先がくっついてしまいそうだった。慌てて顔を引こうと思ったが、体勢が悪くて身動きできない。

息がかかるほどの近い位置から、雄大が囁《ささや》いた。

「……まさか、そんなわけないだろ」

ガムを噛んでいたのか、微《かす》かにミントの匂いがした。普段聞き慣れない独特の掠れ声を間近で耳にして、なぜか胸がひどくざわめく。雄大が雄大じゃないみたいだ。

「そ、そうだよな。稲葉にはちゃんと心に決めた人がいるんだか……」

ら、と最後の一文字を言おうとして、声にならなかった。

息ができない。一宮はあまりに驚きすぎて何がなんだかわからなくなる。唇がしっとりとやわらかいもので塞《ふさ》がれていた。

大きく見開いた目に映り込む、近すぎてまったく焦点が合わない雄大の顔。

あまりに予想外なことが起こると、人は考えることを放棄するらしい。

重なるだけの唇に、ふいに湿り気を感じたのはその時だった。

茫然《ぼうぜん》とする一宮の唇を何かがやんわりと押し開き、歯列をこじあけようとする。

唐突にその正体に気がついた。同時に一宮は酷《ひど》いショックを受ける。今まさに一宮の中に入ってこようとしているこれは――舌だ。熱い雄大の舌がぬるりと一宮の歯茎を舐めた。

「――――！」

ドン、と咄嗟に一宮は、自分に触れている相手の体を渾身の力で突っ撥《ば》ねた。頭で考えるより先に体が動いたという感じだった。「っ！」突き飛ばされた雄大がバランスを崩し、思わずといったふうに地面に手をつく。

一宮は信じられないものを見る目で雄大を凝視した。

すぐに雄大がハッと我に返ったように二度、目を瞬《しばた》かせる。

「……な、んで、こんなことをするんだ」

「一宮、違っ」

次の瞬間、一宮は飛び跳ねるようにして立ち上がった。全身にカアッと熱がまわり、居ても立ってもいられなくなる。

「一宮」と、ぐっと手を摑まれた。

「一宮、待ってくれ。俺の話を……」

「嫌だ、離せ！」

雄大の手を力任せに振り切って、一宮は走り出した。じっとしていられなかった。どうしていいのかわからなかったのだ。ただただいたたまれなくて、とにかく雄大と距離を取りたかった。背後から「一宮！」と雄大の声が追いかけてくる。振り切るように、スピードを上げた。意地でも立ち止まれなかった。

はあはあと闇雲に草むらを走りながら、すっかり忘れていた過去の出来事がフラッシュバックする。

何で、雄大は一宮にキスなんかしたのだろうか。また、高校生だったあの時みたいに雄大に揶揄《からか》われたのだろうか。当時とは違い、今はこんなに仲良くなったのに？　雄大は友人をこんなふうに揶揄う趣味でもあるというのか。——だったら最低だ。

雄大はこれが一宮のファーストキスだと知っていたはずだ。もちろん男同士のキスなんてカウントしなければそれでいいだけの話だが、悪ふざけをする雰囲気でもない中、同性の友人相手にあえてそんなことをする意味がまったくわからなかった。

傷ついた。触れるだけではなく、舌で唇をまさぐってくる雄大を怖いとすら思った。まるで女性相手にそうするみたいに一宮を扱ったことが許せなかった。裏切られたような気分になる。悔しくて悔しくて、涙が出てくる。

一宮は走りながら、涙と一緒に濡《ぬ》れた唇をごしごしと乱暴に擦った。生々しい感触が残るそこが嫌で、痛みを感じるほど力を入れて擦る。

ペンションとは反対方向に走っている自覚はあったが、今更引き返せなかった。草むらを越えて雑木林に突入する。頭上を覆い隠す枝葉が月明かりを遮って、視界がほとんど利かない状態だった。ところどころぽっかりと穴があいたように空から明かりが差し込み、それを頼りにひたすら走る。体内を言葉ではとても説明ができないような感情の集合体がぐるぐると駆けずり回っているようだった。走って走って、少しでも溜《た》まっているものを発散させないと、頭がどうにかなってしまいそうだ。

「一宮！」と背後から雄大の叫び声が聞こえた。

びっくりして、思わず文字通り飛び上がってしまった一宮は、慌てて先へと進む。走り続けるうちに、少しずつ正常な思考回路を取り戻しつつあった。頭を冷やしたら引き返すつもりでいたのに、雄大のせいで立ち止まれなくなる。途中、分かれ道に差し掛かり、一瞬迷って左を選んだ。しかし、ほどなくして急に道が途絶える。

行き止まりだ——一宮は焦った。耳を澄まさなくても、後を追いかけてくる足音が聞こえる。これでは見つかるのも時間の問題だ。

こんなところで捕まっても、どんな顔をして会えばいいのか。いよいよパニックになる。

咄嗟に振り返ると、木々の隙間から人影が見えた。追い詰められた一宮は、道が途切れた先、草が生い茂っている地帯に足を踏み入れた。

闇に目を凝らすと、幸いすぐ近くに明るくひらけた場所が見える。とりあえずあそこまで行こう。草を掻き分けて、先へ進む。

ざざっと、足元が崩れ落ちたのはその直後だった。

「――――！」

「一宮！」

雄大の声が真上からしたかと思えば、突然木の陰から本人が姿を現した。ああ、捕まってしまう――そんなことを考えていたら、急に視界がぐるんとまわって、一宮は一気に斜面を転がり落ちた。

「……………っつ」

気がつくと、一宮は地面に倒れていた。

起き上がろうとして、自分が雄大に抱き締められていることにぎょっとする。慌てて腕の中から逃れようともがき、しかし、すぐに彼の異変に気づいた。

「……稲葉？　稲葉！」

ぐったりとした雄大は一宮に覆い被《かぶ》さったまま、びくともしない。一宮の全身から血の気が引いた。まさか、自分を助けようとして――。

「稲葉、稲葉、頼むから目を開けてくれ。稲葉！」

「………っ、いち、のみや……？」

ううっと低く呻《うめ》いて、雄大が頭を動かした。反応があったことに一宮は胸を撫で下ろす。

「稲葉！　大丈夫か！」

「……一宮、お前……怪我は？　平気か？」

こんな時なのに、俺のことよりも自分の心配をしろよと歯痒《はがゆ》く思いつつ、一宮は答える。

「俺は、何ともない。ピンピンしてる。稲葉が俺のことを守ってくれたから」

雄大がほっと安堵《あんど》したような顔をして、「そっか、よかった」と言った。

「ごめん、稲葉。俺、こんなつもりじゃなかったんだ。まさかお前まで巻き込むなんて」

「そんな顔するなって。俺は何ともないから。ほら、さっさと戻ろうぜ。遅くなると先輩たちも心配する……」

腕をついて体を起こそうとした雄大が、突然頽《くずお》れた。どさりと地面に転がって、痛そうに左腕を押さえている。

「ど、どうしたんだ？　もしかして、腕を怪我したのか」

「……んー、そうかも」

軽い口調とは裏腹に、雄大は荒い呼吸を繰り返している。一宮は青褪《あおざ》めた。

「大変だ。今、人を呼んでくる。稲葉はここで待っていてくれ」

「いや、俺も一緒に戻るよ。右手は無事だし、歩けるんだから……」

そう言って立ち上がろうとした途端、雄大があからさまに顔を歪《ゆが》めた。

「まさか、足もなのか？」

「……悪い。左足に力が入らない」

一宮は心の底から自分を呪いたくなった。

「稲葉、本当にごめん。全部俺のせいだ」急いで羽織っていた白いパーカーを脱ぐと、「気にするなって」と無理して笑ってみせる雄大の肩に掛けた。小柄な自分のパーカーじゃ、彼の広い肩幅をうまく覆えない。半袖から剝《む》き出しの両腕が寒そうだ。いつまでもこんなところに雄大を座らせておくわけにはいかないと焦る。一刻も早く助けを呼ぶ必要があった。

一宮は頭上を見た。二人が転がり落ちた斜面は思ったほど高くない。ペンションまでの道程も覚えている。

よし、と気合を入れて、足場になりそうな木の根を見つけるとさっそくしがみついた。

「え？」雄大がぎょっとしたように言った。「おい、一宮。何してるんだよ、危ないぞ」

「少しの間、我慢してくれ。助けを呼んでくる。それまで絶対にここから動くなよ」

「ちょ、ちょっと待て。まさか、これを登るつもりか？」

「このくらいなら大丈夫。俺、ボルダリングなら何回かやったことあるから」

ぽかんとする雄大にすぐに戻るからと約束して、一宮は軽快な動きで斜面を上り始めた。

■10■

「いやー、一宮が泥まみれのぼろぼろで駆け込んできた時には、一気に酔いが醒めたね！」

遠い目をした会長がぱたぱたと団扇をあおぎながら笑った。

「かわいい後輩がまさか変質者に襲われちゃったのかと思ってさぁ。俺たち焦った焦った」

本当になぁ、びっくりしたよなぁ、と先輩四人が互いにしみじみと頷き合う。

「ま、一宮に何もなくてよかったよかった」

「……俺、腕にヒビが入ってるんスけどね」

雄大はベッドに腰掛けながら、スクエアテーブルを囲んで呑気《のんき》にプリンを食べている四人を恨めしげに睨《にら》み付けた。こいつら、人の部屋でくつろぎすぎだろうと心の中で毒づく。

「お前もプリン食うか？」

ヒゲが振り返って訊いてきた。

「俺の見舞いに買ってきたんでしょーが！　何で先に食ってるんですか」

「お前も食えばいいだろ。駅前に最近できたケーキ屋のプリン。ほら、食え」

あまりにも怪我人に対する配慮がなっていないので、ついつい雄大もタメ口にもなってしまう。「だから手が使えないって言ってるだろーが」

チッと舌打ちをしたヒゲが「仕方ねえな」と面倒そうにスプーンのビニル包装を破った。

「ほら、あーん」

「…………」

何が悲しくてヒゲにプリンを食べさせてもらわなければいけないのだろうか。むなしくて泣けてくる。

「何だよ、泣くほど美味《うま》いか？」

「この炎天下の中、オバサンたちに挟まれて行列に並んだ甲斐《かい》があったってもんだねえ」

ヒゲと会長がハハハと笑った。本当に苛つく人たちだ。

「稲葉、足もヒビが入ってるのか？」とぶーちゃんがスプーンを咥《くわ》えて訊いてきた。

「いや、足は捻挫《ねんざ》です。左腕がこうなんで、少しでも早く治るように松葉杖を借りてもらったんですよ」

「不便だな」とヒゲが律儀にプリンを掬《すく》って雄大に差し出してくる。

「ま、利き手が無事なだけマシですね」

口を開けてプリンを運んでもらう雄大は、餌を待つ雛鳥《ひなどり》の気分だ。プリンは美味かった。

「一宮は、今日は？」

「バイトです。俺の代わりにカテキョに行ってもらってるんですよ。もう終わってるだろうから、そろそろここに来ると思うけど」

言い終わらないうちに、チャイムが鳴った。少し間があって、「稲葉、入るぞ？」と外から了解を取る声が聞こえてくる。噂をすれば何とやらだ。

雄大はベッドから身を乗り出して、「開いてるぞ」と玄関に向かって声を投げた。間もなくしてドアが開き、一宮がひょっこり顔を覗かせた。

「あ、先輩たちも来てたんですか」

額の汗を拭いつつ、大荷物を抱えた一宮が部屋に上がってくる。

「スーパーに寄ってから来たのか」

「うん、今日の夕飯と明日の朝ごはんのパンが切れてたから。あと、他にもいろいろ買ってきた。アイスが食べたいって言ってただろ。冷凍庫に入れておくよ」

狭いキッチンスペースで買い物袋の中身をてきぱきと取り出しながら、手際よく冷蔵庫に詰めていく。ヒゲがぼそっと「すっかり通い妻だな」と言った。

通い妻——雄大は思わず脂下がる。いい響きだ。

「今日の夕飯は何？」とぶーちゃんがいそいそと一宮に近付く。

「カレーです。よかったらみなさんも一緒に食べていきませんか」

ぎょっとしたのは雄大だ。なぜそこでこいつらを誘うのだと、慌てて一宮に向けてぶんぶんと首を横に振った。しかし何を勘違いしたのか、一宮は「大丈夫、材料は多めに買ってきたから」とにっこり笑う。先輩四人は「じゃあ、お言葉に甘えて」とすっかりその気だ。

「いやー、一宮の手料理か。楽しみだな……」

遠慮の欠片《かけら》もない会長の背中目掛けて、雄大は子泣き爺よろしくどすっと覆い被さった。下で会長が「うげっ」と悲鳴を上げる。

「今すぐ四人揃って帰ってくれたら」雄大は会長の耳元までよじ登り、悪魔の囁きをそっと注ぎ込む。「来月の合コンを約束しましょう」

ハッと会長が目だけで振り返った。

コホン、と咳払《せきばら》いをしたヒゲが、「稲葉クン、大丈夫かね」と体を起こすのを手伝ってくれる。地獄耳の彼にも聞こえたようだ。

会長がすっくと立ち上がった。

「一宮。せっかくだけど、これから用があるんだ。そろそろお暇《いとま》しなくてはいけない」

「え、そうなんですか？」

「うん。稲葉の様子を見にきただけだから。元気そうで安心したよ。ま、一宮が毎日様子を見に来てくれるなら安心だな」

頼むよ、と会長に言われて、一宮がピンと背筋を伸ばす。

「それでは、俺たちは帰ろうじゃないか」

「は？　会長、用って何」きょとんとするぶーちゃんのボンレスハムみたいな手を強引に摑んで、「用って言ったら用なんだ」と会長がさっさと部屋を出て行く。

部屋の隅でメガネと何やらこそこそ言葉を交わしていたヒゲが後に続いた。

「またな、一宮。お前のプリンは冷蔵庫にしまってあるから。稲葉、早く治せよ」

バチッと気色悪く片目を瞑《つぶ》ってみせるヒゲ。

「何かあったらいつでも連絡をくれ」

じゃ、と最後にメガネがドアを閉めた。台風が過ぎ去った後のように、部屋の中は一遍に静かになった。

「帰っちゃったな。みんなでカレーを食べればよかったのに」

一宮が残念そうにじゃがいもを見つめた。普段自炊をほとんどしない彼の唯一の得意料理だ。ちなみに昨日は冷麵で一昨日は素麵だった。その前はカレー。明日はカレー素麵だろう。

「用があるって言うんだから、仕方ないって」

雄大は一宮を宥《なだ》める。早く二人きりになりたくて、邪魔者を追い出したとは言えない。

「あ、そうだ」と一宮が鞄から書類を取り出して、雄大に渡してきた。

「これ、今日の報告書。唯美《ゆみ》ちゃんの希望で数学の問題集を中心にやったよ。お母さんが稲葉の具合はどうですかって、心配してた」

「そっか。迷惑かけちゃってるからな。でも、一宮が引き受けてくれて助かったよ。親御さんの評判もいいいし、唯美ちゃんは俺よりも一宮がお気に入りみたいだし」

「そんなことないよ」と一宮が照れ臭そうに笑う。

指導報告書には、几帳面な筆跡で今日の授業内容をこと細かに書き込んであった。いかにも真面目《まじめ》な一宮らしい。

斜面を転がり落ちたあの日、雄大はおとなしくじっと待っていると、しばらくして一宮が約束どおり先輩たちを連れて戻ってきた。

駆けつけた彼らの手を借りて、雄大は無事に保護された。ペンションに戻るとOL集団も含めて予想以上の騒ぎになっていて、こっちがびっくりしたくらいだ。オーナーに付き添ってもらい、地元の病院でレントゲンを撮った結果、左腕の亀裂骨折と診断。全治四週間。左足は幸い軽い捻挫程度で済んだが、しばらくは安静にしているようにと言い渡された。

左手にギプス、右手に松葉杖。

正直、一人暮らしでこの状況はかなりキツイ。

まだ八月の中旬だというのに、これで早くも雄大の夏休みは終わりを告げた。こうなったら仕方ない。どうせ動けないのなら、しばらく実家で世話になるかと諦めかけたそこへ、責任を感じたオトコ一宮が自ら買って出てくれたのである。

——稲葉の怪我が治るまで、俺に身の回りの世話をさせてくれ！

願ってもいないチャンスだった。もちろん、雄大は二つ返事でお願いした。

本音を言うと、雄大はこの先一宮と少し距離を置くべきかどうか、真剣に悩んでいたところだった。

雄大がこんな怪我を負う羽目になったのも、もとはといえば自分のしでかした行動がきっかけだ。自業自得と言われても仕方ない。ただでさえ暗闇の中、至近距離に一宮の体温を感じるだけで理性を保つのが困難なのに、追い討ちをかけるようにあまりにもかわいいことを言うから、ついつい我を忘れて手を出してしまった。

一宮とキスをした。

ウブな彼にとっての、これがファーストキスだと雄大は知っていた。夢見がちな理想を抱いていたことも、酔っ払いのOLに絡まれて必死に抵抗する姿も見て、知っている。わかっていたにもかかわらず、どうしても我慢がきかなかった。誰かに先を越されるぐらいならいっそ、という嫉妬と焦りがあったことも否定しない。かわいくてかわいくて、とにかく触れて自分のものにしてしまいたいという欲求が抑え切れなかった。

その結果が、今のこの情けないギプス姿だ。

診察室から出てきた雄大を見た瞬間、一宮は気の毒なくらいショックを受けていた。今にも泣き出しそうな顔を見て、雄大の方が申し訳ない思いでいっぱいになった。

かわいい顔に似合わず男気のあるヤツだ。責任感の強い性格も知っていたし、何かを決意したような目で見てくる一宮が次に何を言い出すか、少し考えればわかることだった。怪我の功名ということわざがある。文字通り体を張ったことで、一宮が雄大から離れていくことなくかえって傍《そば》にいてくれるというのなら、このくらいの怪我など安いものだと思った。

そんなこんなで一宮は毎日、雄大が暮らすアパートにやってくる。

一度は灰色に沈みかけた夏休みが、今またうきうきとした薔薇色《ばらいろ》を取り戻していた。

「なあ、稲葉」

「ん？」

雄大はカレーを掬いながら一宮を見た。右手は動くので食べるだけなら支障はない。

「家庭教師だけじゃなくて、カフェのバイトもしてるんだろ？」

「ああ、不定期だけど」

「そっちは大丈夫なのか？」一宮が心配そうに言った。「俺、接客業の経験はないけど、もしよかったらそっちも俺が行こうか」

頬張ったばかりのカレーをむせかけた。

「いやいやいやいや、行かなくていい」

口の中のものを麦茶で胃に流し込み、雄大は慌てて首を横に振った。冗談じゃない、あんな魔の巣窟に一宮を送り込めるものか。

雄大が時々呼ばれるアルバイト先のカフェは、洒落《しゃれ》た外観と女性ウケするメニューと店員のルックスが話題の人気店である。夏休みなだけあって、派手に露出した女性客が入れかわり立ちかわり、時には店員に対して色目を使ってくるようなところだ。一宮を投入しようものなら、あっという間に飢えた肉食女子にロックオンされてしまう。

「店にはきちんと事情を話してあるから。そこまで気にしなくていいよ。一宮には家庭教師を代わってもらうだけで十分助かってる」

「そうか？」と呟《つぶや》く一宮は、まだどこか納得いかない様子だ。

「中学生の二人は受験生だし、この夏はさすがに勝負だからな。回数も週二に増えたし、高校生の潤耶《じゅんや》も一学期の成績が上がってやる気が出たみたいだし」

「俺、ちゃんと教えられてるかな」

「大丈夫だよ。三人ともケータイ番号を交換してるから謝罪も含めて話したんだけど、高評価だったぞ。丁寧でわかりやすいってさ」

雄大の言葉に、一宮がようやくほっと息をついた。「そうか、ならよかった」

食事を終えて、当たり前のように一宮が後片付けをする。雄大はその間、テレビ番組を見るフリをしてシンクの前で食器を洗う一宮の後ろ姿を眺める。以前、手伝いはできないが家事に不慣れな一宮が心配で狭いキッチンスペースをうろうろとしていると、気が散るからと部屋に押し戻された。かといって、じっと静かに待っていられるのも嫌らしい。以来、見るつもりもないテレビをつけるようにしている。

後片付けを済ませたら、風呂だ。ギプス部分をビニール袋やラップでカバーして入浴しなければならないので、右手しか使えない身ではなかなか難しい。そこで一宮が雄大の背中を流し、頭まで洗ってくれるのである。至れり尽くせりとは正にこのことだ。

「熱くないか？」

「ん。大丈夫」

「じゃあ、頭を流すぞ」

しゃわしゃわとシャワーの温水が泡を流していく。

幸せだった。一宮がいつも傍にいる幸せ——雄大は夢見心地気分にゆらゆらと浸りそうになって、ふと唐突に我に返った。一抹の不安が胸をよぎる。

確かに幸せには違いない。違いないが、はたして本当にこれでいいのだろうか。

髪を洗い終えた後、一宮は浴室から出て行った。体を拭き、普段の何倍も時間をかけて下着とハーフパンツを穿《は》く。浴室から出ると、一宮がドライヤーを持って待っていた。雄大は床に座り込む。まずTシャツに腕を通すのを手伝ってもらい、それからドライヤー。ぶおーんと温風が吹き出て、一宮が髪を乾かしてくれる。

「それじゃあ、俺は帰るから」

雄大は一宮を玄関まで送りたかったが、ここでいいと断られた。

引き止めたくても引き止めることができない。それはしてはいけない。

結局、今日も座ったまま、雄大はいつもの言葉を口にする。

「ありがとうな」

一宮が微かに笑う。「また明日来るよ」

聞き慣れた別れの言葉を告げて、一宮は帰って行ってしまった。

シンとした、なんとも言えない静寂。

途端、極度のむなしさに襲われて、雄大はベッドに突っ伏した。

目を閉じると、合宿で訪れたあの満天の星空が蘇《よみがえ》る。

雄大は考える——あのキスは、一体何だったのだろうか。

我知らずため息をついた。一宮はあれ以来、その話題には一切触れてこない。状況的、性格的に見ても彼から切り出すことがどれだけ気まずい話題かは理解できる。しかしそれにしても、一宮自身があまりにも変わらなくて、雄大は内心不安でいっぱいだった。

一宮は、一体どういう気持ちで毎晩雄大の背中を流しているのだろう。同性とはいえ、キスまでした相手の裸の背に触れ、髪に触れ、それでも何も感じることはないのだろうか。

淡々と、ただ自分の仕事をこなしているだけの一宮の様子は、彼を守ろうとして怪我までした雄大を一層むなしい気持ちにさせた。まったく意識していないと暗に言われているような気がして、酷く落ち込む。雄大が一宮に触れたくて触れたくて堪《たま》らないと思う、このどうしようもない感情を必死に抑え込んでいるのとは対照的に、彼にはまず罪悪感があり、それに対する義務と責任を果たすために割り切ってここに通っているだけのように思える。

顔も合わせようとせず徹底的に避けられるなら、まだこちらにも動きようがあった。しかし、ああも最初から何もなかったかのように振る舞われると、さすがの雄大もどう対処していいのかわからない。こうなると、怪我をしてしまったことが悔やまれる。あれですべてがうやむやになってしまったのだ。告白はおろか、キスの言い訳すらさせてもらえない。一宮の中で、雄大は一体どんな男になり下がっているのだろうと考えると恐ろしかった。

一宮の記憶から、あのキスは削除されてしまったのだろうか。

できることなら、問い詰めて、今の彼の本音を訊いてみたかった。だが、そんなことをできるわけがない。怖くて怖くて仕方ないのだ。話を切り出せば、一宮はもう明日からこの部屋に来てくれなくなるのではないか。薄氷の上に立たされている気分だった。ほんの少し体重の乗せ方を間違えただけで、簡単に音を立てて割れてしまう。動かなければ静かに均衡を保ったままでいられる。わざわざ自ら壊す勇気はなかった。

誰かを本気で好きになることが初めてならば、こんなに臆病になるのも初めてだった。

一宮はいまだに雄大の気持ちを誤解しているのだろう。

「……俺に好きな女がいるって話、あいつはまだ信じてるんだろうな」

腹の中では雄大をいい加減な男だと軽蔑しているかもしれない。同性の友人にまで手を出す節操ナシと罵《ののし》っているのだろうか。こんなにも一宮しか見えないくらい、一途なのに。

「あーもー、何でこんなややこしいことになったんだ」

重苦しいため息ばかりが漏れて嫌になる。俺ってこんなんだったっけ？　自分の知っている稲葉雄大は、もっと何でも適当に考えて、それなりに器用にやり過ごしてきたはずだ。触れるだけのキスひとつで、こんなに悩むような男だっただろうか。

一宮が何を考えているのかまったくわからない。わからないから、不安で堪らなくなる。楽しかったはずの片想いは、本当は全然楽しくなんかなかった。一方通行の恋愛感情ほど辛いものはない。

「……恋愛って、こんなにも人を変えるんだな。怖ェよ」

引き寄せた枕に顔を埋《うず》めながら、ガラにもない弱気な本音が思わず口を衝いた。


雄大のうちに一宮がやってくる『通い妻』生活も、すでに半月を超えていた。

相変わらず家庭教師のアルバイトは真面目にこなすし、カレー以外の料理のレパートリーが増えた。昨日はスタミナをつけないといけないと、豚の生姜焼きを作ってくれた。たっぷりニンニクのすりおろし入り。これ以上スタミナがついても、溜まるだけ溜まって何も発散できない雄大としては少々複雑である。手足が封じられているのがせめてもの救いだ。

彼なりに努力してくれているのだろう、こっそり料理本を鞄に忍ばせていることも知っていた。もう色落ちを考えずに洗濯機に放り込んで、白いTシャツをピンク色に染めてしまうこともない。掃除機で雑誌やCDの詰まったラックを押し倒し、雄大を埋もれさせることもなくなった。一宮の「ごめん、稲葉!」を聞く回数も減った。

日々は穏やかに過ぎていった。

雄大の怪我の経過も順調で、このままいけば来月の初旬にもギプスは取れる予定だ。真夏のギプス生活は想像以上にこたえる。中は蒸すし痒くて痒くて堪らない。一宮がちょうどい い棒を見つけてきてくれたので、それを隙間から差し込んで一心不乱に掻き毟《むし》るのだが、なかなか思うようにはいかずもどかしい。このギプスだけは一日も早く外したかった。

一方で、左足首の捻挫は全治二週間だったのが、四週間に延びた。そろそろ松葉杖もいらなくなった頃、また同じ箇所を痛めてしまったのである。掃除機のコードに引っ掛かって転びそうになったところを、変に庇《かば》おうとして失敗したのだ。

完全に雄大の不注意だった。しかし、件《くだん》の掃除機を使っていたのは一宮だったので、責任を感じた彼に何度も謝られた。いたたまれないことこの上なかった。

一宮はそれ以来、一層雄大に尽くしてくれる。

雄大に外出の予定があると、飛んできて付き添ってくれる。一宮には怪我人の世話でも、雄大にとってそれは立派なデートだ。時々近所のコンビニや郵便局まで勝手に一人で出かけると、後から知った一宮に怒られることがあった。どうして知らせてくれないんだとむくれる一宮を前に、ひそかに愉悦を覚えていたのは内緒だ。愛されているなあ、とありえない錯覚を起こしてにやにやと一人悦に入ることもある。擬似恋愛ゴッコに逃避していた。

怪我が治れば、この生活も終了だ。

ずっとこのままでいたいと、後ろ向きな感情が日増しに強くなってくる。

もう八月も終わる。雄大のギプスが取れたら、果たして一宮がどんな行動を取るのかが今一番の気がかりだった。この部屋に彼が訪れる理由がなくなるわけだ。

それまでに曖昧《あいまい》になってしまったあの日の決着をきっちりつけるべきだと思った。その前に、誤解を解かなければいけない。雄大が片想いをしている女性なんて存在しないということ。好きな相手はいるけれど、それは社会人ではないし、今まで話してきた彼女のイメージは、そっくりそのまま一宮のことだ。雄大が正直にありのままの気持ちを告げたら、一宮も逃げずにきちんとこたえてくれるだろうか。俺はお前のことが大好きなんだけど、お前は俺のことをどう思っている？

ピンポーン、とチャイムが鳴った。

一宮かと思って一瞬慌てたが、時計を確認して考え直す。三時十五分。まだこの時間は家庭教師の指導時間中だ。一宮じゃないとすると、宅配か新聞の勧誘だろうか。

腰を上げたところで、またピンポーンと鳴った。

「はいはい、今開けます」

「何だ、いるんじゃない。さっさと返事しなさいよ」

キッチンスペースを横切ろうとしたところで、外側から勝手にドアが開いた。

ずかずかと勝手に沓《くつ》脱ぎ場に上がったソイツが、サイズのでかい挑発的な赤いミュールをぽんぽんと踵《かかと》から落とす。「あーこの部屋は涼しいわー、生き返るー。外出てみ？ 灼熱地獄だよ？ 何でこんなに毎日毎日暑いかねえ。お姉さん溶けちゃう。あー、お出迎えはいいから、そっちに戻って戻って」まるで犬を追い払うみたいに手を振られた。

「……何しに来たんだよ」雄大は家主を差し置いて図々《ずうずう》しくクーラーの前を陣取っている相手を睨《ね》めつける。「おい、マリ」

マリが鬱陶しそうに睨み返してきた。「様子を見にきてやったんでしょうが。面倒な手続きを全部してやったのは誰だと思ってんのよ」

今日も隙のない完璧なメイクをした顔で、ガンを飛ばしてくる。

「大体、雪山に行ったってならまだしも、真夏のリゾート地に遊びに行って骨折して帰ってくるなんて、呆れるくらい面白いバカだわ。里沙《りさ》さんが泣いてたわよ。バカだって」

「バカバカうるせえよ」

「おバカさん、ちゃんと食事はとってるの？ 痩《や》せてはないみたいだけど」

「適当に食ってるよ。心配してもらわなくても大丈夫だから」

「ホント、夏休みでよかったわよねえ。運がいいんだか悪いんだか」

マリが山のように持ち込んだ紙袋の中身を広げ始めた。「里沙さんからなぜかうちに届いた差し入れよ」と、紙袋一つ分のレトルト食品をテーブルに積み上げていく。別の袋からは海苔《のり》や缶詰などが出てきた。

「あとこれは、お弁当。奮発してデパ地下で買ってきてやったぞ」

「うおっ、ステーキ弁当」

「大学生に千八百円の弁当は手が出ないでしょう。一口一口、私に感謝しながらお食べ」

袋の中身をすべて出し終えたマリは、今度は冷蔵庫を勝手に開けて物色し始めた。

「ふうん、ちゃんと食材が買い足してあるじゃない。大学の友達に世話してもらってるって聞いてたから、まあ放っておいたんだけど。お節介な女にでもつかまったわけ？」

「女じゃねえよ」

「え、これ男？」とマリがびっくりしたように声を上げた。

「何々、料理男子ってヤツ？　あんたいい友達もってんじゃない。紹介してよ」

「絶対嫌だ！」

ついつい語気が荒くなってしまった。それだけで勘のいいマリにはピンときたようだ。

「あーわかった。イチノミヤくんだ！　やだアンタ、あの子にお世話してもらってるの⁉」

「……だったら何だよ」

「やだまさか！」マリがわくわくが止まらないといったふうに、なぜか声を潜めて訊《たず》ねてきた。「もしかして、もうあんたたち付き合ってたりするの？」

「…………」

雄大は無視して部屋に戻った。「ねえねえ、どうなのよー」とマリが後ろからついてくる。

むすっとしたまま、雄大はベッドに腰を下ろした。仁王立ちのマリがニヤニヤと下品な笑いを浮かべて、しつこく訊いてくる。

「もうエッチしちゃった？」

「うるせえな。まだ全然そんな関係じゃねえよ」

「うっそ。あんたたち、毎日この部屋で二人きりで何やってんの？　うわっ、逆に怖い！」

「お前の基準で喋るなよ。あいつはただ純粋に俺の身の回りの世話をしに来てくれてんの。部屋の掃除したり、一緒にメシを食ったり、風呂に入る手伝いをしてもらったり」

「それだけ？」

「それだけ」

「好きなんでしょ？　好きな子と何日も一緒にいて、それだけ？」

「……それだけだって言ってんだろ。しつけェぞ」

雄大が睨み上げると、反対に憐《あわ》れみと蔑《さげす》みを織り交ぜた眼差《まなざ》しで見下ろされた。「ハア、情けない」とマリがかぶりを振る。

「あんた、目の前に大好きなイチノミヤくんがいるのにさあ、ムラムラしないの？」

「……するに決まってんだろ。こっちだっていろいろと大変なんだよ。けど、下手なこと言って怖がらせるわけにはいかねえだろ。拒絶されたら、俺が立ち直れねえ」

思わず漏らした弱音に、マリが意外そうに目をぱちぱちと瞬かせた。

「へえ、あんた本当にあの子のことが大事なんだ？」

「何だよ、何笑ってんだよ」

マリが目を細めて「いやいや、いい傾向だなと思って」と懐かしそうに言った。「高校の時の自分がどんなだったか覚えてる？　醒めた目して、セックスなんてもうやり飽きましたーって顔しちゃってさ。体だけ大人になった気になって、全然っ可愛くなかったんだから」

雄大の隣にマリが腰を下ろし、ベッドが軽く沈んだ。

「今のあんたは結構いい男だわ。よしよしご褒美だ。どうせ溜まってんでしょ」

そう言うと、マリはいきなり雄大の肩を突き飛ばしてきた。「おい！」と雄大は仰向《あおむ》けに倒れ込みながら声を上げる。卑怯にも雄大の両肩を押さえつけたマリが、ぺろりと自分の赤い唇を舐めながら素早く上に乗り上げてきた。

「は？　おい、何してんだよ」

「まあまあ、アンタはおとなしくしてなさいって」

ふいに股間を膝で押し上げられて、雄大はびくりと体を震わせた。咄嗟に逃げを打った爪先がテーブルの脚を蹴飛ばす。積み上げてあった缶詰が、ゴトゴトッと雪崩《なだれ》のようにフローリングの上に落ちて転がった。左腕が動かせないので、逃げようがない。

「……っ、おい、マジでやめろって」

「いいじゃない。ヌクだけだって、変なことはしないから。どのくらいやってないの？　どろっどろに濃いのが出るかなー」

「バカやめろ、降りろって。お前、顔を近付けるんじゃねェよ。髪がくすぐってェ」

「あら、ごめん。これが邪魔だった？」

マリが股間をまさぐっていた手を止めて、おもむろに自分の頭髪を鷲掴む。次の瞬間、ぐっと引っ張った。

ずるっと大量の髪の毛が抜ける――ウイッグだ。

「さて。これでいいでしょ。再開、再開」

「よかねえよ！　何が再開だ、さっさとどけって言ってるだろ……」

ドサッ、と物音がしたのはその時だ。

ハッと我に返る。一瞬マリと顔を見合わせて、二人同時に音がした方を向いた。

愕然《がくぜん》とする。

何て間の悪い――雄大は口を大きく開けたまま固まった。

玄関口には一宮が立っていた。

足元に膨れたスーパーの買い物袋。だらんと開いた袋の口から大根の頭が見えている。

「……あ、ご、ごめん」と一宮が慌てふためいた。

「俺、あの、部屋の中から何か物音が聞こえたから、稲葉が転んだのかと思って、その、びっくりして、チャイムも押さずに開けてしまって……」

しどろもどろで言い訳をする一宮が、気まずそうにさっと雄大から目を逸らした。

「ま、まさか、マリさんがいるとは、思わなくて、その……邪魔して、ごめん」

くるりと踵を返すと、閉めたドアをまた開けて出て行こうとする。

「邪魔って何だよ。おい一宮、待てって」

雄大は焦った。マリを押し退《の》けて、慌ててベッドから立ち上がろうとした途端、左足に鈍痛が走った。「っつ！」雄大が情けなくベッドに尻餅をついている間に、ドアは無情にもバタンと閉まってしまう。

「あらら、誤解されちゃったかな」とマリが呑気にとぼけたことを言った。

ウイッグを脱ぎ捨てて、一人涼しげな奴を睨みつける。だが文句を言うのは後回しだ。

「くそっ、何でこんなオッサンと誤解されなきゃいけねえんだ」

急いで壁に立てかけてある松葉杖を摑んだ。摑んだはいいが、いちいち床につくのも煩わしくてほとんどケンケンで玄関まで辿《たど》り着く。

半ば転がりそうになりながら、サンダルを引っ掛けてドアを開けた。飛びつくようにして外廊下の手すりから身を乗り出す。ちょうどアパートの駐車場を横切って往来に出ようとしていた人影が目に入った。

「一宮！」

腹の底から叫ぶと、一宮がびくりとその場に立ち止まった。

「一宮、待ってくれ。俺の話、聞いてくれ」

　松葉杖を脇に抱えて、ケンケンで階段まで移動する。だがコンクリート階段に差し掛かるところで、一宮が歩を再開させた。

「おいっ、一宮！　一宮、止まれ、止まってくれ一宮、話を聞――うわあっ！」

　がくん、と視界が大きくぶれた。

　カランカランカラン、と乾いた音を立てて松葉杖がまっさかさまに落ちていく。

「――あっぶねェ……」

　雄大は咄嗟に右手で手すりにしがみつきながら、ほっと胸を撫で下ろした。危うく足を踏み外して落ちるところだった。階下に投げ出された松葉杖を見下ろしてぞっとする。一歩間違えば、あそこに自分が倒れていたかもしれない。

　すぐに我に返った。それよりも、今は一宮だ。

「……痛てて」

　今度は腰でもぶつけたか――雄大は痛みに顔をしかめながら急いで体勢を立て直す。今年の夏は踏んだり蹴ったりだ。何かにとり憑《つ》かれているとしか思えない。

　一宮はもう行ってしまっただろうか。雄大は肩で息をしながら手すりに掴まった。立ち上がろうと膝に力を入れる。このままだとまたいらない誤解をされてしまう。早く一宮を追いかけなければ。一宮、一宮、一宮。

その時だった。

「稲葉！　大丈夫か！」

視界に、突如一宮の姿が飛び込んできた。

転がり落ちた松葉杖を見て青褪めた彼が、階下から泣きそうな顔で見上げてくる。

「一宮……」雄大はまるで夢を見ているような気持ちだった。「大丈夫だ。ちょっと、足を滑らせただけだから」

張り詰めた一宮の表情が、その一瞬、崩れたように見えた。ぐっと何かを飲み込むような仕草をして「そうか、無事でよかった」と硬い声が返ってくる。目を合わせないまま、すぐに俯いてしまった。

隠れるようにして一宮が目元を拭う様子を、雄大は見逃さなかった。

心臓がバカみたいに高鳴っていた。

何で戻ってきたのだろうと、なぜかその時、雄大は咄嗟に一宮を責めるようなことを思ってしまった。本当は嬉《うれ》しいくせに、矛盾している。雄大を心配して戻って来てくれたことが、泣きたいくらい嬉しかった。だけどそのせいで、膨らみすぎた気持ちがもう今にも弾けて口から溢《あふ》れ出しそうで苦しい。胸が詰まって、息ができない。

松葉杖を拾って一宮が階段を上がってきた。雄大がしゃがみ込む数段下で立ち止まると、おずおずと手を差し伸べてくる。

「稲葉、立てるか？　部屋まで支えるから……稲葉？」

雄大は思わず一宮の右手を強く握り締めた。子どもみたいに温かい手のぬくもりが伝わってきて、胸が痛いほどに締め付けられる。もう無理だと思った。これ以上抑え込んでいられない。一宮と目が合った瞬間、はちきれそうな胸の底をトン、と指先で突き上げられたみたいに、雄大の口から想いの欠片がこぼれ落ちた。

「好きだ」

「え？」

「俺は、一宮が好きだよ」

握り締めた一宮の手がびくりと緊張するのがわかった。雄大は自分の手に僅かに力をこめる。どうか逃げださないでくれと、切に願った。

短い沈黙を挟み、一宮が途端に狼狽《うろた》え始めた。

「……す、好きって、ど、どういう意味だよ」

「恋愛対象として、俺は一宮のことを好きだって言ってるんだ」

雄大は真摯《しんし》に一宮を見つめる。目を丸くした一宮がひゅっと息を飲んだ。

「信じられないか？　でも俺は、一宮のことをもうずっとそういう目で見てるんだ。合宿の時だってそうだった。だからさ、あのキスをなかったことにしないでくれよ」

一宮がハッとしたように顔を強張らせた。

「でっ、でも、稲葉はマリさんのことが好きなんだろ？」

「は？　マリ？　何で今ここにアイツの名前が出てくるんだよ」

「だって、稲葉が好きなショートヘアが似合う働いている女の人って、マリさんのことだろ」

雄大は絶句した。どんな考え方をしたらそんな結論が出るのだろう。

「勘弁してくれよ。さっきのことを言ってるなら、あれはただふざけていただけだから。そもそもアイツは女じゃないし、ただの女装趣味のオッサンだぞ。お前も知ってるだろ」

「え？　オジサン？」と、今度は一宮が面食らったように押し黙ってしまう。

「まさか、知らなかったのか？」

きょとんとする一宮の様子に、雄大は頭を抱えたくなった。

「お前、アイツから聞いたんじゃないのか？　イブケンの先輩はみんな知ってるぞ。何でお前だけ知らないんだよ」

啞然とした一宮が「そうなのか？」と心の底からびっくりしたように言った。

「マリは俺のイトコだよ。本名は数の『万』に『里』って書いて、『よろずざと』。あいつは万里光太郎《こうたろう》っていう、れっきとした男だ」

「こ、こうたろう？」

「そう。美容師っていうのは本当。自由な仕事場みたいだから、普段からああいう恰好《かっこう》でうろうろしてるんだよ。初対面で一宮には自己紹介したって言ってただろ？　お前も特に何も

聞いてこないし、先輩たちにはマリから緘口令《かんこうれい》が敷かれたって聞いたから、お前も知ってて黙ってるんだとばかり思ってたよ。まさか本気でアイツのこと女だと思ってたのか」

「だ、だって、どこからどうみたって女の人じゃないか」

「見た目だけはな。中身はとんでもない野獣だから。特にお前みたいにかわいいヤツは、アイツの大好物なんだ。ちょっと気を許すとすぐ食われるぞ」

「か、かわいいって」一宮がムッとした。「俺はそんなんじゃない」

「いや、かわいいよ」

きっぱりと言い切った雄大を、一宮が目をつり上げて睨んでくる。決して揶揄っているわけではなく、本気でそう思っているのだから、堂々と口にしたっていいだろうと思った。

「俺にとっては、お前が世界で一番かわいいんだよ。それは嘘じゃない。嘘なのは、俺が今までお前に話してた恋愛相談の方だ」

「え?」と一宮が、意味がわからないというふうに眉根を寄せた。

「最初はイブケンに居座るために、咄嗟についた嘘だったんだ。お前の警戒心があまりに強いから、ああ言えば少しは同情してくれるかなって思った。もっと俺のことを気にかけて欲しかったんだよ」

一宮は黙り込んだままじっと雄大を見つめている。何を考えているかは読めなかった。

「一宮とはいろいろあったけど、再会して、俺は純粋に友達としてもっと仲良くなりたかった。友達になってくれなんて、面と向かって言ったのはあれが初めてだったよ。結構、恥ずかしいもんだな」

つい最近のことだったが、思い出すと少し笑えた。「それから一緒にいるうちに、どんどん一宮のことが気になりだして、お前のことを友達として見ていない自分に気がついた。お前に好きな相手ができたら、その時はお前とその子が上手くいくように俺も応援するって言ったただろ？　でも、途中から俺は全然そんな気になれなかった。むしろ、お前に近付く女がいたら、全力で邪魔してやるつもりだった。お前の隣にいるのはずっと俺でいいじゃん、俺だったらお前のこと誰よりも大切にして幸せにしてやるのにって、そんなことばっかり思ってて、でもいつかはお前にも彼女ができるかもしれないって考えたらスゲー苦しくなって、ここんとこ、痛くて痛くて堪らなくなるんだよ」

言いながら、雄大は自分の胸元を叩いた。つないだままの一宮の手も一緒に、雄大の胸に触れる。それだけでじんと心が痺《しび》れるみたいに熱くなった。

「俺はさ、一宮。何とも思っていない相手にキスなんかしないよ」

ずっと俯いたままだった一宮が、びくっと僅かに顔を上げた。

「どれだけ仲が良くても、男友達にあんなキスはしない。お前に男なんか好きにならないって宣言した手前、恰好がつかないんだけど。……でも、自分でもあんな、胸を掻き毟られるみたいに触れたくて堪らなくなる気持ちは、初めてだったんだ」

一宮に嫌われるのが怖くて言い出せなかった想いが堰《せき》を切って溢れ出す。

「理性が吹っ飛ぶくらい好きで好きで、もうどうしようもないくらいに俺は、お前のことが大好きなんだ、一宮」

すべて伝え終えた瞬間、涙が出そうになった。

「俺と、付き合ってくれないか」

愛の告白なんてものをしたのは、十九年の人生で初めてだった。

今の雄大のありのままの気持ちをすべて伝えたつもりだった。一宮はどう受け取っただろうか。

緊張して、手にはじっとりと汗を掻いていた。沈黙に心臓が押し潰されそうになる。祈るような思いで一宮の返事を待つ。

「――きゅ、急にそんなこと言われても……困る」

ようやく返ってきた一宮の言葉に、雄大は冷や水を浴びせられた気分になった。

全身を包んでいた熱がさあっと急速に冷めていく。目の前が一瞬真っ暗になり、貧血を起こしそうになるのをぐっと耐えた。

顔を上げると、一宮は気まずそうに自分のつま先を睨みつけていた。

今なら二人の温度差がはっきりと読み取れる。「……うん」雄大は無理やり笑って、なるべくいつもの調子を装って言った。

「そ、そうだよな。いきなりこんなこと言われても、一宮だって困るよな」

感情が昂《たか》ぶって、盛り上がっていたのは自分一人だった。「悪い。お前のことを考えずに、俺の気持ちだけ一方的に押し付けて」

雄大は握り締めたままの一宮の手をそっと離した。

「一つだけ、訊いてもいいか」

ちらと、一宮が躊躇《ためら》いがちに目線を上げた。

「今、誰か好きなヤツがいるのか？」

一瞬きょとんとした一宮が、僅かに頬を赤らめてすぐさま首を横に振った。

「そっか」と雄大は頷く。それだけでもわかって少しほっとした。

「だったらさ。ゆっくりでいいから、俺とのことを考えてみてくれないか。男同士で何をって思うかもしれないけど、俺は本気だから。性別とか全然気にならないくらい、一宮のことが好きなんだ。返事はいつでもいいよ、急がなくていい。俺、いくらでも待つから」

僅かでも可能性があるのなら、本気でいつまででも待つつもりだった。それくらい一宮への気持ちは真剣なものだった。

一宮は戸惑いを隠せないようだったが、最後にこくりと頷いてくれた。

「……わかった。考えてみる」

玄関ドアの前まで一宮の手を借りて引き返す。

「マリがさ、弁当買って来てくれたんだけど。一宮もよかったら一緒に食べていかないか」

「いや、俺はいいよ。マリさんがいるなら、お風呂とかも大丈夫だろうし」

今日は帰ると、一宮が言った。雄大も引きとめはしなかった。

「それじゃ」と一宮が踵を返す。

「一宮!」

雄大は思わず呼び止めていた。ごくりと不自然に喉が鳴った。不安に駆られながら、いつもは彼が口にする言葉を自分の声でなぞる。

「また、明日な」

一瞬、一宮が虚を衝かれたような顔をした。僅かな間の後、無表情の顔に微かな笑みが戻る。「うん、また明日」

一宮の後ろ姿を見送る。完全に視界から消え去ったところで、ぶつりと糸が切れたみたいに雄大はその場に頽れた。

「いやー、いいもん見ちゃったな」

うーんと伸びをしながら外廊下に出てきたマリが、煙草をくわえて火をつける。

「……覗き見かよ、相変わらず悪趣味なオッサンだな」雄大はちゃっかり元の位置に収まっているウイッグを睨みつけながら、ため息をついて言った。「俺にも一本くれよ」

ふうっと煙を吐いたマリに、「残念、これが最後の一本」と手をはたかれた。

「なあ、コウニイ」

久々にその呼び名を口にすると、年上のイトコが心底嫌そうな顔をしてみせた。

「俺、何かもうホントに心臓がもちそうにないんだけど。死にそう、助けて」

「古今東西、初恋は実らないと相場が決まっている」

「……おい、やめろよ。縁起でもないこと言うなよ、マジでヘコむだろ」

アハハッとマリが可笑《おか》しそうに笑った。

二人並んで手すりにもたれかかり、八月も終わりに近付いた真っ青な夏空を見上げる。

マリが眩《まぶ》しそうに目を細めて、「青春だねえ」と気だるそうに紫煙を吐き出した。

■11■

「センセー、一宮センセ？　時間、過ぎてますけど」

ハッと我に返ると、唯美のドアップが目の前にあった。

「わっ」

一宮はぎょっとして思わず盛大に仰《の》け反る。そのままカーペットの上に倒れこんでしまいそうになって、慌てて両手をついた。

中学二年生の唯美が、少し呆れたように言った。

「どうしたの、センセー。今日はずっとぼーっとしてるよ。何かあった？」

大人びた物言いで、できたよと問題集の解答を記したノートを差し出してくる。

「ご、ごめん。何でもないよ」

「あ、わかった」唯美がピンと人差し指を立てた。「センセー、女にフラレたんでしょ」

一宮は慌てて「ち、違うよ」と否定した。嘘はついていないのに、声が上擦ってしまったせいか、唯美は「隠さなくてもいいって」と同情めいた声をかけてくる。「一宮センセーって合コンとかしないの？　大学生って出会いがいっぱいありそうでいいよね。センセーもさっさと気持ちを切り替えて、次に行った方がいいよ。ね、元気出して」

いまどきの女子中学生は一宮の想像を遥《はる》かに超えていた。

「……えっと、じゃあ、採点するから。ちょっと休憩」

一宮が赤ペンで解答欄をチェックしていると、母親が運んできたオレンジジュースを飲みながら唯美が「ね、センセ」と言った。

「うん？」

「稲葉センセーは元気？」

一宮はぎくりとして、思わずペンを止めた。

「……うん、元気だよ」

「怪我はもう治ったの？」

「うん、九月に入ったらギプスが外れる予定だから。半ばぐらいには交代できると思う」

「稲葉センセーも災難だったよね、せっかくの夏休みに。あ、でも大学生は九月も休みなんだっけ。いいなーいいなー、あー、夏休みがあとちょっとで終わっちゃうー」

唯美は学習机の椅子に座り、足をジタバタとさせている。ふいにおとなしくなったと思ったら、いそいそと一宮のいるローテーブルの方に移動してきた。対面に座り、身を乗り出すようにして訊いてくる。

「ね、稲葉センセーってモテるんでしょ」

「……まあ、たぶん、そうじゃないかな」

「だよねー、あの顔はモテるよねー。相当遊んでそー。一宮センセーは真面目そうだよね。何でフラレちゃったんだろうね」

唯美の中で一宮の失恋はすでに確定しているようだった。この思春期にありがちな思い込みだけで突っ走ってしまう感じは、一宮にも覚えがある。ひょんなことから二人の女子中学生と一人の男子高校生と交流を持つことができて、一宮は懐かしくて新鮮な気分を味わわせてもらっていた。普段は狭い生活圏内に閉じこもっているけれど、たまには外に出て世代の違う子と話すのも楽しい。新しい発見もあって、世界が少し広がったような気がする。

「あーでも、そういえば。稲葉センセーって、本命がいるんだった」

「え?」と、一宮は思わず手を止めて顔を上げた。

「稲葉センセーに恋愛相談をしたことがあったんだけど、その時、センセーも片想い中だって言ってたの。あの人とは結局どうなったんだろう。一宮センセー、何か知らない?」

「……さ、さあ。そういう話はあんまりしないから」

「何かね、かわいいんだけど、すごく強くて、かっこいい人なんだって。稲葉センセー、いきなりノロケだしてさー。確か小柄なショートヘアの、白いパーカーがお気に入り……あ、一宮センセーも今日は白パーカーじゃん。グーゼン!」

女子中学生に笑いながら指摘された瞬間、ドキッと大きく跳ね上がった心臓が本気で口から飛び出そうになった。

「稲葉センセーって、ボーイッシュな女の子が好みなんだね。ちょっと意外」

話すだけ話して、唯美はさっさと自分の椅子に戻っていった。ジュースを飲みつつ、パラパラと雑誌を捲《めく》っている。

赤ペンを動かしながら、一宮はぼそっとひとりごちた。

「……本当に、意外すぎるんだよアイツ」

ずっと気になっていた雄大の意中の相手がまさか自分だったとは――あまりにも想像の枠を超えていて、一宮の頭の中は昨日からずっと混乱を極めている。


家庭教師の指導を終えると、一宮はいつものように電車で移動した。

すっかり通い慣れたスーパーに寄って、必要な食材をカゴに入れながら店内をぐるりとまわる。夕方の時間帯に差し掛かり、子ども連れの主婦が多い。保育園帰りなのか、水色のスモック姿の男の子と女の子がいた。お菓子売り場であれこれ手にとって眺めている。

顔見知りになったレジのおばさんに会釈して、会計を済ませる。セルフでレジ袋に詰めながら、そういえばもう三週間近くもこの生活を続けているのだと改めて思った。

例の合宿以降、一宮は雄大が一人で暮らすアパートの部屋に毎日通い詰めている。

勝手に足を踏み外した一宮を助けようとして、代わりに負傷した雄大の身の回りの世話をするためだ。

きっかけは何にせよ、雄大がしなくてもいい怪我を負ったのは一宮のせいで、最低でも彼が元通りの生活を送れるようになるまでは、自分が責任を持って面倒をみるつもりでいた。それはただ彼を巻き込んでしまった罪悪感からだった。その前に二人の間に何があったのかは、今は考えないことに決めた。

と言いつつも、最初の三日間は内心びくびくとして過ごした。しかし当の本人が問題のキスをまるでなかったことのように振る舞っているので、一宮は拍子抜けしたのだ。

一週間経《た》った頃には、もうだいぶ頭の整理がついていた。正直言って、釈然としないところは多々あるけれど、件の話題を持ち出されて困るのは一宮も同じだった。

はっきりと口に出して、あれは揶揄っただけだと雄大に言われてしまったら、たぶん、友情が終わる。

結局、犬に噛まれたと思って忘れてしまうのが一番ラクで安全なのだ。今後の雄大との付き合いも考えると、それが一番いい処理方法だと思った。雄大もきっと、同じことを考えているに違いない。時間が経つにつれて、あのキスにどんな理由があったにせよ、一宮は真実を知らなくてもいいと思うようになっていた。

雄大が一宮をかばって怪我をしたことだけが、今、目の前にある事実だ。

そう思ってこの三週間、一宮は雄大の世話を誠心誠意一生懸命に続けてきた。

雄大との関係は、合宿の前と変わりない。

あともう少しで腕のギプスが取れるところだった。足の捻挫も、一宮のせいで松葉杖生活が延びてしまったが、順調に回復に向かっていた。このまま何事もなく雄大の怪我は無事完治して、夏休みが終わり、大学が始まって、また部室に通う生活に戻るのだと思っていた。

何の前触れもなく、唐突に均衡を崩したのは、雄大だった。

まさか、あの雄大が自分のことを好きだなんて、考えたこともなかった。

「……あんなことを急に言われても、俺、どうしたらいいんだよ」

すっかり通い慣れた道をとぼとぼと歩きながら、一宮はひとりごちる。

そろそろ夕方に差しかかるが、まだまだ日は高い。夏の日差しでぬくまったアスファルトに憂鬱なため息がこぼれ落ちた。ジュッ、と音を立てて、一宮の悩みごと蒸発してくれればいいのにと思う。

女の子にも告白されたことがない一宮にとって、雄大のストレートな言葉は衝撃的だった。経験がなさすぎて、頭が一時パニックに陥ったほどだ。ああいう場合、どう答えるのが正解だったのだろう。何と言っていいのかわからず、咄嗟に「困る」と口走ってしまったけれど、後になって思い返してみてあまりにも心ない言葉だったと後悔した。

雄大の歪《いびつ》な笑顔が頭にこびりついて離れない。おそらく、あの一言が彼を傷つけてしまったのだ。

雄大のあんな真剣な表情を見たのは初めてだった。切羽詰まったような顔も、今にも泣き出しそうな顔も。震える声、強張った肩、体温は低いのに汗ばんだ手のひら。

稲葉に手を握られて、嫌な気持ちはしなかった。

好きだと言われて嫌悪感もなかった。ただただびっくりした。

時間が経つにつれて、遅効性の毒のようにじわじわと雄大の想いが効いてきた。

中学生の教え子にまで一宮の話をしていたことに驚いた。一体、いつから彼は自分のことをそんなふうに思ってくれていたのだろう。あれだけ女の子に不自由しない華やかな生活を送っておいて、どうしてよりによって一宮だったのだろうか。

一宮には今、気になる相手がいるわけではない。だからといって、雄大のことを今すぐ恋愛対象として意識できるかといえば、それは難しかった。雄大は友達で、もしかしたらそのうち親友と呼べるようになっていたかもしれなかった相手だ。もし断ったら、もう雄大とは友達としても付き合えなくなるのだろうか。

それは嫌だと思った。だが雄大の気持ちを知りながら、今まで通り変わらない友情を望むのはムシのよすぎる話だとも思う。

こういう場合、恋愛経験のない自分はどう対処していいのか想像もつかない。雄大がいつか言っていた通りだった。いざという時、知識だけ頭に詰め込んでもそれを適当に引き出して組み立てる方法を知らなければどうしようもないのだ。

見慣れたアパートが近付いてくる。

――また、明日な。

雄大のその言葉を真に受けて、いつも通り買い物袋を提げてやって来たが、本当によかったのだろうか。顔を合わせれば、気まずくなるのは目に見えていた。

返事はいくらでも待つと雄大は言ってくれたけれど、具体的にはどれくらいの猶予期間が与えられているのだろう。似たようなシチュエーションは漫画や小説でいくつも読んだはずなのに、何にも思い出せなかった。

とりあえず今日はまだ大丈夫だろう――一宮は落ち着けと自分に言い聞かせながら、緊張が徐々に高まっていくのを感じていた。いつも通りにしていないと、雄大に変な気を遣わせてしまう。一宮よりも気持ちを打ち明けた雄大の方が何倍も精神的に辛いに違いない。怪我だって早く治さないといけないのに。

角を曲がればすぐそこがアパートの駐車場、という地点に差し掛かったところだった。

「……あれ？」

前方から男一人女二人の三人組が歩いてくる。

見覚えのある顔ぶれに、一宮は思わずその場に立ち止まった。

確か、大学で雄大とよくつるんでいるグループのメンバーだ。

三人ともが一宮同様、買い物袋をぶら提げている。「イナバの家って、包丁あるよね」「さすがにあるでしょ。ボウルとか菜箸とかは？」「つーか、アイツ料理なんてできんの？」「でも水臭いよねー、ケガしたなら連絡くれればいいのに」「ホントホント、今までどうやって生活してたんだろ。左腕使えないのにさ」「世話してくれるカノジョがいるんじゃねーの？」

「えっ、ウソ！　マジで⁉」と女の子二人が甲高い声を上げた。

男がぎょっとして、「いや、知らねーけど」とたじろぐ。

「もー、びっくりさせないでよ」「ホント、マジ岡野《おかの》サイアク」「は？　何でそこまで言われなきゃいけねーんだよ」

大声で喋りながら、三人は駐車場に入って行った。どこに向かっているのかは明らかだ。

一宮は困惑した。どうしようと、往来に立ち尽くしていたところに、携帯電話がバイブする。びくっとして慌てて取り出すと、電話は雄大からだった。

「も、もしもし？」

『あ、一宮？　もうバイト終わった？』

少し潜めた声音が気になった。

「うん。終わったけど」

『そっか。もうこっちに向かってる？』

「……いや、まだ」一宮は咄嗟に嘘をついた。「今日はちょっと、時間が押しちゃって。実は今さっき終わったところなんだ」

『そうなのか。お疲れ様』

心なしか、雄大の声がほっとしたように聞こえた。嫌な予感は当たっていた。

『あのさ、急に同じ学部の奴らが押しかけてきてさ。こうなるのが嫌だったから黙ってたんだけど、突然やって来るから怪我してるのもバレちゃって。うちでお好み焼きパーティーをするとか言い出すし、追い返すわけにもいかなくてさ。だから、ごめん。今日は……』

「そっか」一宮はあらかじめ準備していた言葉を告げる。「うん、わかった。俺もちょうど約束があって、どうしようかと思ってたから」

一瞬、回線の向こう側で沈黙が落ちた。

『約束？　誰かと会うのか？』

「あ、うん。せ、先輩たちが一緒にご飯食べようって」

『先輩って会長たち？　何だよ、俺だけ仲間はずれかよ』

「そ、そんなんじゃないよ。稲葉も一緒にって……でも、今日は無理みたいだから」

『ごめんな。もしかして、先輩たちもうちに来るつもりだった？　俺から電話しようか』

「ううん、いい！　いいよ、どうせ俺も会うし。先輩たちには俺から伝えておくから」

その時、電話越しに女の子の声が聞こえてきた。イナバー、何やってんの。そんなところにいないで早くこっち来なよー。

『うるせーな。今、電話中。すぐ戻るから、あっち行ってろよ。悪い、一宮』

「ううん。じゃあ、俺はこれで」

『先輩たちによろしくな。お前も、あんまり遅くならないうちに帰れよ』

子ども扱いされているようで少々不満を覚えたが、一宮は何も言い返さなかった。

『また、明日な』と雄大が言った。

「うん」

通話を終えて、一宮はしばらくの間、往来に立ち尽くしていた。どこかで蟬が最後の足掻《あが》きのようにけたたましく鳴いている。ふいに、アパートからどっと笑い声が聞こえてきた。雄大の周りには常に人が集まってくる。こういうのが彼の当たり前なのだろう。男女入り混じったはしゃぎ声を耳にしながら、一宮は胸がざらつくような気持ち悪さを覚えた。

一宮は自分の携帯電話を見つめた。スーパーで買い込んだ食材がまるで石を詰めたみたいに重い。とても一人で食べきれる量ではなかった。

少し迷って、結局会長の電話番号を呼び出す。不満はまったくないけれど、雄大と比べてつくづく狭い交友関係だなと思った。


次に一宮が雄大と会ったのは、翌日でもそのまた次の日でもない、三日後だった。

あの後、一宮は会長と連絡をとることに成功して、彼の家にお邪魔した。会長も古いアパートで一人暮らしをしている。意外なことに、会長は料理男子だった。女にモテるためには料理上手は欠かせないと、去年料理教室に通い詰めたそうだ。その努力と行動力は尊敬に値すると、一宮は思っている。

そんな会長から一宮は頼まれたのである。明日からの二日間、会場設営のバイトが足りないらしいんだよね。一宮も一緒に入ってくれないかな。

その日はちょうど家庭教師のアルバイトが入っておらず、一宮は軽い気持ちで承諾した。しかしこれが、とんでもない肉体労働だったのだ。拘束時間が長い上、たった二日間働いただけで、全身が筋肉痛になりまともに歩けないほどだった。同じもやしっこの会長には、平気な顔で「これも慣れだから」と笑われてしまった。一宮もこう見えて意外と体力と腕力はある方だと思っていたのに、情けない限りだ。二日間で稼いだ金は交通費込みの二万三千円。

臨時収入があったので、せっかくだからスーパーで買う予定の肉を奮発した。雄大は豚の生姜焼きが好物だ。いつもは細切れだが、今日はロースで作ることに決めた。

スーパーを出て、アパートに近付くにつれて、三日前の緊張が今更のようにぶりかえしてきた。

電話では何度か話したけれど、実際に雄大と顔を合わせるのは四日ぶりだった。

こんなに間があくのは、彼が怪我をしてから初めてのことだ。

二日前の朝、会長の頼みでアルバイトをすることになったと事情を話した時は、雄大は少し機嫌が悪そうだった。だがその日はマリが様子を見に来ることになっていて、だから気にするなと言われた。マリがいるなら一宮も安心だ。その一方で、マリがいれば大学の友人が雄大を訪ねてくることはないだろうと思って、なぜかほっとした。

コンクリート階段を上りながら、ふいにここで雄大に告白された時のことを思い出した。カアッと顔が火を噴いたみたいに熱くなる。慌ててかぶりを振って、まだ鮮明な記憶を必死に散らした。胸が跳ねて、激しい動悸がなかなか収まらない。

ドアの前に立ち、気を取り直すように、一度深呼吸をした。落ち着け、いつも通りいつも通り。と自分に言い聞かせる。ドキドキしながら、チャイムを押した。

中から「はい」と声が返ってきた。雄大の声だ。緊張が跳ね上がる。ドアが開く。

「……一宮」

「こ、こんにちは」

妙にかしこまった挨拶になってしまった。

「あ、これ、肉を買ってきたんだ」一宮は慌ててスーパーのレジ袋を掲げてみせる。「設営バイトで結構もらえたから、生姜焼きにしようと思って。稲葉？」

じっと食入るように一宮を見つめていた雄大が、ハッと我に返ったみたいに瞬いた。

「もしかしたら、一宮は今日も、ここには来ないんじゃないかと思ってたから」

「……今日は行くって、約束しただろ」

「ああ、そうだよな。うん、悪い。俺が勝手に不安がってただけ。よかった、来てくれて」

ようやく息が出来るとでもいうように、雄大がほっと安堵の表情を浮かべた。

その顔を見た瞬間、一宮はなぜか胸がぎゅっと詰まったみたいに苦しくなる。

不安だったと雄大は言った。一宮が来ないかもしれないと考えたから。どうしてそんなふうに思ったのだろう。まさかアルバイトを理由に顔を見せなかった二日間、一宮が意図的に雄大を避けたとでも疑っていたのだろうか。

「バイト、どうだった?」

一宮を迎え入れながら、まるでこちらの頭の中を読み透かしたように雄大が訊いてきた。

「うん、思った以上に力仕事ばっかりさせられた。おかげで体中が筋肉痛で」

そうだと、一宮はおもむろに自分のTシャツを捲り上げた。雄大がぎょっとしたように立ち止まる。一宮は証拠の背中と肩の湿布を見せた。「ほら、会長に貼ってもらったんだよ」

「……会長に?」

「うん。こんなのまで貼って、情けないんだけど。少しはマシだろうって言われて」

「ふうん、大変だったんだな」雄大が興味なさそうに一旦一宮から目を逸らす。「すげーマヌケな恰好してるぞ。ジジ臭い」

揶揄うように言われて、恥ずかしくなった一宮は急いでTシャツの裾をもとに戻す。

雄大が一宮の手からさりげなくレジ袋を取り上げた。「今日は生姜焼き?」

「うん。いいよ、俺が持つから。稲葉、松葉杖は?」

「もうなくても平気。普通に歩けるし、何ともない」

「そうなのか、よかったな」

一宮も嬉しくなる。先日、外階段で足を踏み外したのを心配していたが、何ともなかったようで安心した。同時に、雄大と普段通り会話が出来ていることにほっとする。

「腕のギプスもあと少しで取れる予定だし。よかったな、順調に回復に向かってる」

「……ああ、そうだな」

それから、一宮はいつも通りキッチンで夕食の準備に取り掛かった。

なぜか今日は雄大がずっと傍に立っていて、一宮の作業を眺めている。気になったが、何となく追い払うことができなかった。時折、調理についての質問を受ける。稲葉も料理に興味を持ち始めたのだろうか。料理といえばと、会長の話をすると、なぜか雄大は急に無口になってしまった。

「マリさん、今日は来ないの？」

「今日は店が休みだから、どっかに出かけるって言ってたな」

「そうなのか。昨日もマリさんが来てくれたのか。食器が綺麗に並んでる」

「え？　ああ、いやそれは」

その時、炊飯器から軽やかなメロディーが鳴り響いた。「一宮、メシが炊けたぞ」

「こっちも出来た。持っていくから、先にむこうに行っててくれ」

「これくらい運べるよ。美味そうだな。お前はメシよそってくれよ」

雄大が生姜焼きを盛り付けた皿を右手で一枚ずつ運びだす。本当に左足はもう治ったようだ。ぎこちない歩き方だったのが、すっかり元通りになっている。そちらは彼に任せて、一宮は炊き立ての白飯を茶碗によそった。

ふと、視界の端でキラリと何かが光った。

何だろうか。一宮は不思議に思い、首を傾けて炊飯器の横を覗いた。すると銀色の細い鎖が見える。女性物のブレスレットだ。

咄嗟に思い浮かんだのが美人美容師の顔だ。マリの忘れ物かもしれない。

炊飯器の蓋を閉めた後、ブレスレットを調味料が置いてあるラックの上に移動させておいた。この方が次にマリが来た時にわかりやすいだろう。

夕食を終えて、片付けを済ませると、雄大は風呂に入った。

いつも通り一宮も時間差で浴室に入って、雄大の背中を流し、頭を洗う。

「マリさんにも洗ってもらったのか？　プロだもんな、上手だろ」

「……一宮の方が丁寧で気持ちいい」

一瞬、泡まみれの手を動かすのを忘れてしまった。

「そ、そうか？　流すぞ」

シャワーの温水をあてる。雄大が目を瞑っていて助かった。いきなりスイッチが入ったみたいに心臓がドキドキと高鳴り始めて、今の一宮は相当おかしな顔をしているに違いない。

できるだけ何も考えないように心がけていたはずなのに、急に雄大の裸体に目が吸い寄せられた。水を弾く鞣革《なめしがわ》のような肌。なぜだかごくりと生唾を飲んでしまう。今年の夏はあまり外出が出来なかったせいか、肩や背中はほとんど日に焼けていない。それでも一宮と比べたら、悔しいが肩幅も腕の太さも背中の広さも全然違う。稲葉は着痩せするタイプなのかもしれない。服の上からだとむしろ細身に見えるのに、脱ぐと実は引き締まったしなやかな筋肉に覆われている。女性の構造が理解できないふわふわふわくにゃりとした体とはまた違って、硬くみっしりとした男らしい体に変な興奮を覚えた。

どうやったらこんなふうに筋肉がつくのだろう――一宮は思わず、がっしりとした肩に指先を滑らせた。その瞬間、稲葉がビクッと電気ショックを受けたみたいに跳ね上がってパチッと目を開ける。

「何?」

「え? ……あ、ご、ごめん。あああわ泡がつ、ついてたから」

「泡? ああ、何だ」雄大があからさまに肩の力を抜いた。「悪い、驚かせて。ちょっとびっくりしたから」

「……こっちこそ、ごめん。髪、流し終わったから。ゆっくりしてくれ」

湯船につかる稲葉を残し、一宮は気まずい空気から逃げるようにして浴室を出た。

びっくりした。まさかあのタイミングで稲葉が目を開けるとは思わなかった。

それよりも——稲葉は自分の手を信じられない気持ちで見つめる。ほとんど無意識の行動だった。どうしてあの場面で稲葉に触れたいと思ってしまったんだろう。

心臓のドキドキが一向に収まらない。鼻息も荒い。これじゃまるで変質者だ。

ピンポーン、とチャイムが鳴り響いた。

「ひっ」一宮は思わずビクッと背筋を伸ばした。意味もなくおろおろとしてしまう。稲葉はまだ入浴中だ。落ち着けと動揺する自分の頰をバチンと叩いて、急いで玄関に向かった。

「はい」

「あ、イナバ——あれ？」

一宮がドアを開けた途端、そこに立っていた女の子二人の表情が固まった。一宮も硬直する。一気に頭が冷えた。見覚えのある顔——雄大の女友達だ。

「え、誰？」下着みたいなキャミソールにショートパンツ姿の茶髪の子が、一宮をじろじろと見てきた。

「あ、この人」対照的にデニムとサマーニット姿の黒髪の子が言った。「社会学部の人じゃない？　ほら、イナバくんが出入りしてる怪しいサークルの」

「ああ、あの！」と茶髪がどこかバカにしたみたいに頷く。

「ね、イナバは?」

「……今、風呂に入ってて」

ぼそぼそっと答えると、茶髪が「風呂?」と薄い眉根を寄せた。

「で、アンタは何してんの?　そんな恰好で」

険しい目つきで一宮の爪先から頭の天辺までを舐《ねぶ》るように見ながら問い詰めてくる。なぜか妙な迫力があった。さっきまで浴室にいたので、ハーフパンツの裾を捲り上げた一宮の足は濡れている。Tシャツも胸元が少し濡れているし、腕もそうだ。

「俺は、稲葉がギプスしてて洗いにくいから、背中を流すのを手伝ってて」

二人が顔を見合わせた。

茶髪が「えっと、何くんだっけ?」と訊いてきたので、「一宮です」と答える。

「ふうん、イチノミヤくん。私は綾本《あやもと》、こっちが尾辻《おつじ》ね」

茶髪の綾本が「イチノミヤくん、一人?」と訊ねてきた。

「はい、そうですけど」

「今までも結構ここに来てた?　アイツの世話とかしに」

「……はい、まあ」

二人がまた顔を見合わせる。今度はぷっと同時に噴き出した。

「なーんだ、男じゃん。心配して損した」

「ま、イナバくんに彼女ができたわけじゃなくてよかったじゃん、ミツキ」

「ホント、安心したよ。そうそう、昨日忘れていったブレスレット、どこにやったっけ」

綾本が一宮を押しやり、無遠慮に沓脱ぎ場に入って来た。勝手に上がろうとするので、一宮は慌てて自分の体を彼女の進路に割り込ませる。

「何？」と綾本が不審そうに見てきた。

「あ」一宮はおずおずと訊ねる。「あの、昨日もここに来たんですか？」

彼女が「うん」とあっさり頷いた。「アイツ一人暮らしだし、ごはんでも作ってあげようと思って。昨日はもう一人いて、三人でお邪魔したの。今日はちょっと遅くなっちゃったから、アイスの差し入れを持って来たんだよね。冷凍庫にあったヤツ、食べちゃったからさ」

「イナバくん、怒ってたよね。そんなにアイス好きだとは知らなかったから」

「そうそう。別にいーじゃんねー、アイスくらいでケチケチしなくてもさー。あ、イチノミヤくん。もういいよ、帰っても。あとは私たちがやるからさ。ありがとね、お疲れさま」

「あの、勝手に上がらないで下さい」

ミュールを脱ごうとしていた綾本が「え？」と顔を上げた。

一宮は一旦踵を返して部屋に上がると、キッチンのラックの上に置いてあったブレスレットを摑む。急いで戻って、それを綾本に差し出した。

「これ、忘れ物です。持って帰って下さい。あと、もうここには来ないで下さい」

「は?」

ぽかんとした綾本が、次の瞬間、キッと細い眉をつり上げた。

「はあ? 何で、アンタにそんなこと言われなきゃなんないわけ? あのさ、何か勘違いしてない? イナバの友達だって思い込んでるかもしれないけどさ、全然釣り合ってないんだけど。ヲタサークルはヲタ同士で集まってりゃいーじゃん。イナバまで巻き込まないでよ」

「そ」一宮も咄嗟に言い返す。「そっちだって、稲葉の彼女じゃないんですよね」

一瞬押し黙った綾本が、物凄い形相で一宮を睨んできた。思わず怯《ひる》みそうになったが、一宮も負けじと睨み返す。彼女が雄大に気があるのは明らかだった。これだけあからさまな態度なら、自分よりも勘のいい雄大ならとっくに気づいているんじゃないだろうか。わかっていて、昨日も彼女たちを部屋に上げたのだろうか。

ふいに、綺麗に揃えて棚に並べられた食器が脳裏を過《よ》ぎった。てっきりマリがやったのだと思っていたが、あれも彼女たちの仕業に違いない。

無性に苛々してくる。わけがわからないくらい苛々して、言うつもりもなかった言葉が勝手に一宮の口をついた。

「稲葉、恋人がいますよ」

「え?」

「だから帰って下さい」

「あ、ちょっと、何すんのよ！」

一瞬の隙をついて、一宮は綾本の背中を押して強引に玄関の外に追いやった。同じくぽかんとしている尾辻も追い出す。

「他の女の子が部屋に入ったら、その人が嫌がります。もう来ないで下さい」

「はあ!? ちょっと、開けなさいよ！ 恋人って誰!? アンタ何か知ってんの？ その話、詳しく聞かせてよ！」

急いで鍵をかける。「こらイチノミヤ！ 開けろ！」と綾本が叫んだ。絶対に開けるものかと一宮は背中でドアを押さえ込む。ドンドン、とドアが乱暴に叩かれる。「ちょっと、教えなさいよ！ 本当にアイツにそんな女がいるの!?」

いる。女じゃないけれど、稲葉にはちゃんと俺が――。

そこまで考えて、一宮はハッと我に返った。自分の思考があまりにも突飛過ぎて、一瞬自分の頭ではないような錯覚すら起こした。確かに、雄大は一宮のことを好きだと言ってくれたけれど、一宮の返事は保留のままだ。まだ雄大の正式な恋人になったわけではない。

「……まだ？」

自分の胸に問い掛けた。まだということは、一宮の中にいずれは彼の恋人になりたいという欲望があるということだろうか。いや――いずれというよりも、すでにもう今、答えは出ているようなものではないか。

ドクンドクンと痛いくらいに心臓が訴えてくる。

ガラにもなく、彼女たちを牽制するようなことを口にしたのはなぜだろう。雄大に近付いて欲しくないからだ。自分の知らないところで、この部屋に上がり込んでいた彼女に嫉妬した。雄大を取られたくないと思った。あまりにも露骨に雄大への恋心を全面に押し出してくるから、危機感を覚えた。手を出して欲しくない。自分のものだと主張したい。

ドアの向こう側で、「うるさい！」と誰かが怒鳴った。喚《わめ》いていた綾本の声が消える。

一瞬、外廊下がシンと静まり返る。しばらくして「イチノミヤ、覚えておきなさいよ」とドア越しに捨て台詞《ぜりふ》が聞こえてきた。綾本と尾辻が去って行く気配を感じながら、一宮はその場にずるずるとしゃがみ込む。

頭の中が渦巻いている。渦の中心に自分が立っていて、手を伸ばし、あちこちに散らばっている思考の破片を引っ張ってきて縒《よ》りをかけ、懸命に一本の糸を紡いでいるようだった。考えて考えて、やがて一つの結論が浮かび上がってくる。案外、予想通りの答えだった。

つまりは、自分も雄大が好きなのだ。

スコンと胸がすくような爽快感があった。目の前の靄《もや》が一気に晴れたような気分になる。

そうか、と思った。この数日、ぐるぐると持て余していたあの不可解な感情の正体はこれだったのだ。気づいてしまえば簡単。脈絡のないように思えたすべてが、雄大が好きだというそのたった一つの想いにつながっていた。ああ何だ、そうだったのか。俺も、いつの間にか稲葉のことを好きになっていたんだな――。

「一宮？　大丈夫か？　何か大声がしてたみたいだけど……おい、どうした？」

突然本物の雄大の声がして、一宮は膝に埋めていた顔をパッと撥ね上げた。

芽生えた恋の余韻に浸っていたら、いきなり脱衣所から雄大が腰にタオル一枚巻きつけた恰好で飛び出してきて、ぎょっとする。

「な、何でもない！」一宮は急いでその場に立ち上がった。しかしそれまでしゃがんで俯いていたせいか、軽い貧血を起こしそうになる。

「おい一宮、どうした？」

雄大が血相を変えて駆け寄って来た。「大丈夫か、気分でも悪いのかよ」

「な、何でもない」

「何でもないわけないだろ。さっきふらついたじゃねーか」

雄大に腰から抱えるようにして支えられた途端、一宮は硬直してしまった。ふわりと石鹸《せっけん》の香りが鼻腔をつく。風呂上りのほてった肌が密着して、思わずごくりと喉が鳴った。自分よりも少し色素の濃い滑らかで張りのある肌には、まだ珠《たま》のような水滴がいくつも浮いていた。慌てて一宮は雄大の裸体から目を逸らす。

好きだと自覚してしまった以上、過剰に意識してしまうのを止められない。雄大の濡れた毛先から落ちた水滴が、一宮の頬を伝って唇を湿らせた。反射的に舌で舐め取っていた自分に気づくと、何ともいたたまれなくなる。まるで、自分が飢えた獣にでもなった気分だ。

体をよじって、さりげなく雄大の体を押し返した。

「もう、大丈夫だから」

「顔が赤いぞ。熱でもあるんじゃないか」

雄大が心配そうに顔を覗き込んでくる。額に手を当てられそうになって、一宮の鼓動は最高潮に達した。「何でもないって言ってるだろ！　しつこいぞ！」

一宮は咄嗟に雄大の手を払いのけていた。パシンッと音が立つほどの強い拒絶に、雄大が驚いたように目を瞠《みは》っている。一宮もすぐさま後悔した。

「……しつこいって」雄大が気分を害したような口調で呟いた。「心配してるだけだろ」

「お、俺のことより、そっちこそ、そんな恰好でうろうろするなよ。風邪でもひいたらどうするんだ」

「ひくかよ。いつも風呂上りはこんなもんだろ」雄大が苛立ちを懸命に抑え込むようにして言った。「風呂場にまで言い争うような声が聞こえてきたから、お前に何かあったんじゃないかと思って、慌てて出てきたんだよ。そしたら玄関で蹲《うずくま》ってるし、心配するのが普通だろ。何もないならわざわざこんなところに座ってんなよ」

雄大の心情は一宮にも痛いくらいに伝わってきた。自分が悪いのもわかっている。手を払いのけたのは一宮の勝手な都合だ。すぐにでも謝ればよかったのに、だがどうしてか、素直に受け入れることができない。険悪な雰囲気の中、一宮はおもむろにその場にしゃがむと、沓脱ぎ場に落ちていたコンビニ袋を拾い上げた。「これ」と雄大に渡す。「稲葉に差し入れだって。さっき、綾本さんと尾辻さんが来て、置いていった」

「あいつらが？」雄大が急に瞬きを増やした。「ここに来たのか」

「アイスだって。昨日、冷凍庫に入っているのを食べちゃったからって言ってた。あと、その時に忘れていったブレスレットを取りに来たみたいだから、渡しておいた」

一瞬、雄大が押し黙る。焦ったように「き、昨日はさ」といつになく早口で喋り出した。

「ほら、この前もうちに来た奴らが、また勝手に押しかけてきてさ。俺が動けないのをいいことに、あいつらやりたい放題でさ。ほら岡野って、お前も知ってるだろ。あいつも一緒だったんだ。ブレスレットなんて、そんなもんあったっけ。何でわざわざ忘れていくんだよ。悪い、一宮が探してくれたのか」

言いながら、雄大がどこか不安そうに一宮の顔を覗き込もうとしてくる。昨日は一宮もバイトでこの部屋には来られなかったのだし、別に雄大は雄大で彼の友人といつ遊ぼうが自分には関係のないことだ。それなのに言い訳するような素振りを見せるから、かえって何かあったのではないかと勘繰ってしまう自分が嫌だった。綾本の挑発的な目が脳裏をよぎる。

「一宮？　お前、本当に大丈夫かよ」

ハッと我に返った途端、目の前に雄大の顔のドアップがあって悲鳴を上げそうになった。

どうにか飲み込んでやりすごすと、今度は伏せた目に割れた腹筋とタオルを巻いただけの下半身が飛び込んでくる。「おい、どうしたんだ。マジでおかしいぞ？」雄大が一宮の両肩を摑んで問いかけてくる。びくん、と自分でも驚くほど肩を撥ね上げて、一宮は気づくと雄大を思いっきり突っ撥ねていた。

「一宮？」雄大がしきりに瞬きを繰り返して、わけがわからないというように首を傾げる。何度か空気を摑むみたいな素振りをしてみせた後、戸惑いがちにそっと手を伸ばしてきた。

「――っ！」

ほとんど反射的に、一宮は雄大を拒んで一歩後退《あとじさ》っていた。今度こそ雄大がはっきりと目を瞠った。一宮も自分の取った行動が信じられなくて愕然とする。気まずい沈黙が落ちた。

「あ、あの、ごめん。今のは、ただびっくりしただけで」

「……電話が鳴ってるぞ。お前じゃねえの？」

雄大に言われて、一宮は足をもつれさせながら急いで部屋に移動した。鞄の中から携帯電話を取り出す。液晶画面を確認した途端、なぜだかほっとした。

「もしもし、会長ですか？」

のんびりとした口調を回線越しに聞いて、ようやく呼吸が楽になるのを感じた。雄大の傍にいるとまともに息も出来ない。見慣れたはずの裸が今日はまったく違うものに見えた。

ガタンッ、と大きな物音がした。

驚いて一宮は振り返る。脱衣所からだ。まさか雄大が転んだのではないかと、一宮は慌てて通話を切ってドアをノックした。少し間が合って、中から「何でもない、ちょっとぶつかっただけだから」と雄大の声が返ってくる。無事だとわかってホッと胸を撫で下ろした。

それからしばらくして、雄大が脱衣所から出てきた。ドライヤーの準備をして待っていた一宮を見て、なぜか彼は驚いた顔をしてみせた。いつものように雄大の髪を乾かした後、一宮は風呂掃除をしに脱衣所へ向かう。洗濯機の位置が斜めに大きくずれていて、雄大はこれにぶつかったのだなと思った。もうすぐギプスが取れるのに、また怪我をしたら大変だ。

一通りの雑用を終えると、一宮は帰り支度をして雄大に挨拶をした。

「それじゃあ、また明日」

「……ああ。気をつけて」

ふと違和感を覚えた。だがその時はそれが何なのかわからず、一宮はいつも通りにアパートを後にする。

気づいたのは、煌々《こうこう》としたコンビニの前を通りかかった時だ。

——ああ、また明日な。気をつけて。

雄大の別れ際の挨拶が、いつもと比べて一言抜け落ちていた。

■12■

会長に懇願されて、一宮はまた二日間の肉体労働に出かけることになった。

朝が早いので、集合場所に近い会長の自宅に泊めてもらい、朝から晩までこき使われた。蟻《あり》のように働き、二日間で二万六千円。前回より少しばかり割がよかった。

バイト中、ずっと気になっていることがあった。

雄大に事情を話したところ、突然、しばらく来なくてもいいと言われたのだ。

——リハビリもあるし、病院に近いマリの家にしばらく世話になることにしたから。俺のことは気にしなくていいから、バイトがんばれよ。ギプスが取れたら、また連絡する。

それから四日後、約束どおり、雄大から電話がかかってきた。

久しぶりに声を聞いて、自分でも驚くほどテンションが上がった。無事にギプスが取れたと報告を受けて、自分のことのように嬉しかった。

当然のように一宮はこれから雄大と会うつもりでいたが、返事は意外なものだった。

——まだ、しばらくマリのところにいるから。戻ったら、また連絡する。

がっかりだ。

最後に会ってから、また四日あいてしまった。今回は更に長くなるかもしれない。

アルバイト中、雄大のことばかり考えていた。

好きだと自覚したら、無性に会いたくて仕方ない。パイプ椅子を運びながら、ギプスの隙間から棒を差し込んで痒い箇所を必死に掻いている彼を思い出した。カラーコーンを立てながら、一宮の作った料理をおいしそうに食べる稲葉。宅配で送られてきたゆるキャラの着ぐるみを控え室に運びながら、裸の上半身を無防備に晒す稲葉。稲葉、稲葉、稲葉。

あげくの果てには会長のことを呼び間違えて、大笑いされたぐらいだ。そんなに稲葉が好きか一宮！　ごめんな稲葉じゃなくて！　あの時は顔が噴火するほど恥ずかしかった。

同性との恋愛。友情と恋のジレンマ。自分が答えを出すのにどれくらいの時間を要するのか見当もつかなかったけれど、案外すぐに決着はついた。

一宮にとってはあっという間に過ぎた時間も、しかし雄大からしてみればおそらくまったく逆だったに違いないと思った。同じ時間の長さでも、待たす側と待たされる側では感じ方がまったく異なってくる。大学入試の合格発表と一緒だ。結果を知るまで、不安と緊張でドキドキして他のことが手につかなくなる。雄大も表情には出さないが、この一週間はずっとそんな心境だったのだろうか。

次に会ったら、真っ先に雄大に自分の今の気持ちを素直に伝えるべきだと思った。

ギプスが取れた日がその時だと心に決めていただけに、雄大に会えないとわかって、少々肩透かしを食らった気分だった。

自覚した瞬間はひどく動揺したけれど、会えない間にも想いは日増しに強くなって、もう誤魔化しようがないくらいに膨らんでいる。

今すぐ言ってしまいたかったが、この気持ちを電話越しに伝えるのは嫌だった。雄大が自分にそうしてくれたように、一宮も直接雄大の顔を見て伝えたかった。

しばらくマリのところにいるのなら仕方ない。三週間も腕を固定していたのだから、すぐにはなかなかもとのようには動かせないだろう。リハビリにどれぐらいの期間がかかるのかわからなかったが、遅くても週末には会えるはずだ。来週からいよいよ雄大が家庭教師に復帰する予定だ。その前に、迷惑をかけた三人の教え子の家に一宮と二人で挨拶に伺うことになっていた。

とすると——一宮は思わず自分の手のひらを見つめて、親指から順に折り数えた。

あと五日。今日までの四日間をあわせて、全部で九日間。前回が四日間だったので、雄大に会わずに過ごす最長記録を一気に五日も更新してしまう。

「……長いな」

ぽつりと呟いた声が、我ながらひどく寂しがっているように聞こえた。

寂しいのだ。雄大に会えなくて寂しい。

会いたいと思う。顔を見て、声を聞きたい。

雄大はそんなふうに思わないのだろうか。一宮を好きだと言ったのに、その相手に会わなくても平気なのだろうか。リハビリはもちろん大事だけど、少しくらい会えないだろうか。一宮だって、ギプスの取れた腕をちゃんとこの目で確認したい。けれども雄大の態度は素っ気ないものだった。また連絡すると言ったくせに、ちっとも電話がかかってこない。メールもない。

一宮は相変わらずうんともすんとも言わない携帯電話を見つめて、何十回目かのため息をついた。何だか自分ばかりが雄大を求めているような気すらしてくる。余裕がなくて、ちりちりと胸が焦がれるみたいに不安になる。恋をしている人はみんな、似たような経験をしているのだろうか。誰かにこんなにも会いたいと切に思ったのは、雄大が初めてだった。会いたい、会いたい、会いたい。

「……稲葉に会いたい」

真っ暗な液晶画面を睨みつけて、念を送った。

次々と胸に込み上げてくる雄大への想いに飲み込まれてしまいそうで、今にも窒息しそうだ。

それまで放置気味だった携帯電話を意味もなく触る日が続いた。

あれから更に三日が過ぎた。

昼間にやることがなくなって、暇になる。今日は夜も家庭教師の指導に行く予定がないので、一日中暇だ。毎日部屋の掃除をしているせいか、もうチリ一つ落ちていない。トイレも風呂もピカピカだ。

雄大の家に通い始めてから料理に少々目覚めたが、それも食べてくれる人がいてこその趣味だと気がついた。自分のためにわざわざ時間をかけて凝った料理を作ろうとは思わない。ここ数日は近所のコンビニとアパートの往復のみ。

ごろんごろんと無気力にフローリングの床を転がる。

毎日暑くてだるい。アパートの二階の窓からソフトクリームみたいな入道雲が見えた。この暑さはいつまで続くのだろう。ぼんやりときらきらとした夏空を眺めながら、ふいに雄大と初めてキスをした夜の星空を思い出した。

「会いたいな……」

元気だろうか。

リハビリは順調だろうか。

もうそろそろ電話がかかってくるだろうか。

いっそ、思い切ってこちらからかけてみようか。悶々《もんもん》としながら右に左に、床を転がる。

「そうだ。メールぐらいなら、別に俺から送ってもいいいんじゃないか」

ふと思い立って、一宮は携帯電話を手に取った。急いでメールフォームを開く。

だが、すぐに手が止まってしまった。どんな文面を打てばいいのか悩む。腕の調子を訊ねるくらいなら変に思われないだろう。出だしに『こんにちは』というのは友人へのメールとしておかしいだろうか。『元気か?』の方が自然だろうか。考えれば考えるほど、何を打ち込めばいいのかわからなくなってくる。

打っては消し、また打ち込んで、散々悩んだあげく三十分以上もかけてようやく短い文面を完成させた。結局、どこにあれだけ悩む要素があったのかと疑問に思うくらい、いたって普通のメールに落ち着く。ただの近況報告だ。不審に思われる箇所はないだろう。

何度も読み返して、ようやく送信ボタンに指をかける。ふうっと息を吐き、ぐっと必要以上に力をこめてボタンを押した。送信完了。

指一本動かしただけなのに、なぜかハアハアとひとっ走りしてきた後のように息が上がっている。返信メールがくるだろうか。ドキドキしながら待つこと数十秒――とその時、いきなり電話の着信音が鳴り響いた。

構えていたにもかかわらず、ビクッとして思わず携帯電話を床に落としそうになった。あわあわと画面を見て、ごくりと息を飲み込む。雄大だ。

「も、もしもし?」

声が思いっきり裏返った。ドギマギしながら返事を待つ。が、答えたのは予想外の人物だった。

『イチノミヤくん?』回線の向こう側から、聞き覚えのある声が言った。『もしもし、お久しぶり。私、マリだけど。わかる?』

「マリさん、ですか?」一宮は思わず脱力しそうになった。「あ、は、はい。先日は、あの、失礼しました」

電話口でマリがぶはっと噴き出した。

『イチノミヤくん、ずっと私のこと女の子だって思っていてくれたんだってねー。いやー嬉しいわー。うちのおバカなイトコがいつもお世話になってますぅ』

「いえこちらこそ、その、いろいろとお世話になってます。あの、稲葉くんは元気ですか?」

『うん、元気なんじゃない?』マリが他人事《ひとごと》のように言った。『ていうか、イチノミヤくんと一緒にいるんだとばかり思ってたんだけど』

「え? マリさんのお宅にいるんじゃないんですか」

『うち? いや、病院に行く日の前日にうちに来て、ギプスが取れたらさっさとアパートに帰ってったわよ。スマホうちに置いたまま』

一宮は自分の耳を疑った。どういうことだろう。雄大はマリのところでしばらく世話になる予定ではなかったのか。混乱する一宮相手に、マリがぶつくさと不平を零《こぼ》す。『こっちも忙しいし、わざわざ届けるのも面倒なのよねー。取りにいくって言っておいて、もう三日経つんだけど。うちに寄る時間も惜しいくらいうまくやってるのかと思ったら、まったくアイツは何やってんのかねー』

マリが少し声音《こわね》を落として、『ね、イチノミヤくん』と言った。

「……はい」

『イチノミヤくんはさ、雄大のことが、嫌い？』

「いえ、好きです」

一瞬の沈黙の後、マリが気の抜けたような声で『あ、そ』と言った。

「あの、マリさん。稲葉はもう、アパートに戻ってるんですか」

『うん。行ってみたら？　たぶん生きていると思うけど。どうせ、部屋に閉じこもってうじうじ鬱陶しく落ち込んでいるんでしょ。イチノミヤくんさ、暇だったら慰めてやってよ。うちのイトコ、本当におバカなのよ。おバカだから、口ではっきり言わなきゃ伝わらないの』

「病院で、何か言われたんですか」

『んー？　イチノミヤくん、おもしろいね。でもあれは医者には治せない病だからなー』

「ギプスは無事取れたって聞きましたけど、まさか他に何か見つかったとか」

『いやいや、そこは安心して。体はいたって健康、心は少々病んでるけどね。健康すぎて、オネーサンはむしろイチノミヤくんの体の方が心配』

「え？　俺ですか？　俺は特にこれといった不調もなく元気ですけど」

ぶはっとマリが噴き出すような声を上げた。

『あーごめん、そろそろ戻らなきゃ。あとはイチノミヤくんに任せた。さっき送ってくれたメールはこっちに届いてるんだけど、面倒だからアイツに直接会いに行ってやってよ。それで、これ早く取りに来いって伝えておいて。じゃ、がんばってね』

電話は一方的に切られてしまった。無機質な電子音を耳に流しながら、一宮は懸命に思考をめぐらせる。

だが、何が起こっているのか上手く理解できない。

「とにかく、稲葉のところに行かなきゃ」

会って、話はそれからだ。

一宮はすっくと立ち上がると、急いで出かける準備を始めた。


アパートに戻っているのなら、どうして連絡をくれなかったのだろうか。

マリのところにいるのだとばかり思っていたから、一宮もおとなしく待っていたのに。

でも、と一宮は急ぎ足で歩を進めながら思い直した。スマートフォンをマリの家に置き忘れてきたのなら、連絡はできなかったに違いない。だが、マリの家からアパートに戻ったのは三日前。さすがに放置し続けているのはおかしい。

まさか、部屋に一人で倒れているんじゃ――一宮は想像して青くなった。

九月になったとはいえ、いまだ日中は真夏のように暑い。熱中症ということも十分ありうる。左腕もまだ完治とはいえない状態で、先日の洗濯機のようにぶつけてしまったら、せっかくっついた骨に不具合が生じるかもしれない。雄大が一人で苦しんでいたらと思うと、居ても立ってもいられなかった。電車の中で足踏みをしてしまい、隣に立っていたサラリーマン風の男性に不審な目で見られてしまう。

駅に到着すると、すぐさま走った。

行き着けのスーパーを素通りし、一直線にアパートを目指す。

こめかみから流れた汗が、目に入ってしみた。ぐいっと手の甲で拭って、通い慣れた道をひたすら走る。

駐車場が見えた。平日の昼間はたいていガランと空いている。アスファルトの敷地に足を踏み入れた瞬間、一宮はぎくりとして思わずその場に立ち止まった。

外階段の下に、雄大がいたのだ。だが一人ではない。

「ねーえ、イナバ。いいじゃん、中に入れてよ」

「ダメ。いろいろ散らかってるから。話ならここで聞くって」

「イナバくん、ケータイは？　全然つながらないから心配したんだよ」

「そうだよー、無事でよかったよー。何かあったんじゃないかって、ミホと二人で心配してたんだから」

胸焼けがしそうな甘ったるい声の主を認めて、一宮は唖然とする。どうしてここに綾本と尾辻がいるのだ。

「あー、今ちょっと手元にないんだよ」雄大がバツの悪そうに言った。「心配かけて悪かったな。でも、この通り元気だから」

「ギプス取れたんだね。よかったじゃん」

「あーまあ、おかげさまで」

「でもまだ左手は扱い辛いでしょ」

「そうだよねー。一人暮らしだから不便だよねー」

ハアハアと肩で息をしつつ、ブロック塀の陰から会話を立ち聞きしていた一宮は、無性に腹が立ってきた。

雄大の無事な姿を見た瞬間、心の底からほっと安堵した。汗なのかそれとも別のものなのか、雄大を見つめる視界がじわりと滲んだ。

同時に、自分に連絡の一つも寄越さないで勝手にアパートに戻っていた彼を恨めしく思う。その上、どんな経緯にせよ、自分より先に綾本たちと会っていたのが悔しい。何で知らせてくれなかったのだろう。ずっと言いたくて、心に溜めていた想いが急速に喉もとに迫《せ》り上がってくる。会いたくて会いたくて、頭の中はもうずっと稲葉でいっぱいだったのに——一宮は、女の子二人に囲まれている雄大を睨みつけた。

「だったらさ、私たちがしばらくイナバの身の回りのお世話をしようか」

「は？」

「ね、いいじゃん。そうしようよ。ごはんも作るしさ、掃除や洗濯とかもやってあげるよ」

「それは全部俺が引き受けるんで、余計なことをしないで下さい！」

突然割って入った声に、三人が一斉に振り返った。

「ああっ、イチノミヤ！」最初に指を差して叫んだのは綾本だった。「ちょっとアンタ、何でまたこんなところにいるのよ」

「稲葉と約束してたんだ。な、稲葉」

一宮は強引に押し切る。稲葉が面食らったみたいに目を丸くして、突然現れた一宮を凝視してくる。

「は？　何それ、ちょっとイナバ、本当なの？」

「……ああ、うん」

「ええ、ウソ！　さっき一人だって言ってたじゃん。何でイチノミヤ？」綾本が納得いかないとつり上がった目で一宮を睨み付けてきた。「アンタさ、ウソついたでしょ。イナバにカノジョがいるってヤツ」

「え」

強気で踏ん張っていた一宮は、彼女のその言葉で途端に狼狽え始めた。「いや、えっと、あれは、その……」

何でこのタイミングでその話題を持ち出すのだろう。一宮はひどく慌てた。まずい。本人が聞いていないから言えたセリフだった。当然、雄大は何も知らない。チラ、チラ、と雄大の様子を横目で気にしながら、どうにか誤魔化せないかと必死に思考をめぐらせる。

「イナバにさっき訊いたら、そんなのいないってさ。募集中だって」綾本が意地悪く目を細め、フフンと勝ち誇ったように言った。「どういうつもりか知らないけど、適当なウソつかないでくれる?」

その瞬間、なぜか心臓をぎゅっと引き絞られるような息苦しさを覚えた。

「……ウソじゃない……恋人が、できる予定なんだ」

「は? 予定って何それ、何勝手に人の未来を予言しちゃってんの。アンタ、占い師にでもなるつもり……」

「とにかく!」

一宮は綾本の語尾を遮るように声を張り上げた。一瞬、辺りがシンと静まり返る。

自分でも予想外の音量に内心で驚いていた。ここ何日かはほとんど声を出さずに過ごしていたので、喉が異様にひりつく。それ以上に胸がひりついていた。まさか、すでに雄大が心変わりしてしまったということはないだろうか。万が一の可能性を考えて、嫌な想像が胸をよぎる。もしかして一宮に連絡をくれなかったのはわざとで、意図的に避けられていたということはないだろうか。

いや、でも。

どちらにせよ、一宮には彼に伝えなければいけない言葉がある。不安に駆られながら、早くこの気持ちを伝えなければと心が焦った。まだ間に合うだろうか。完全に雄大の気持ちが離れてないことをただただ祈るばかりだ。

「そういうことだから、もうここには来ないで下さい。稲葉の世話は俺が全部やるんで」

一宮はきっぱりと告げて、邪魔をするなと綾本を目で威嚇した。これぱかりは他人に手出しをされたくない。今まで感じたことのない強い独占欲が自分を支配している。

「行こう、稲葉」

一宮は雄大の手を摑んだ。茫然としていた彼が、ハッと我に返ったみたいに一宮を見つめる。どこかまだ半分夢を見ているような戸惑い気味の眼差しだった。一宮は構わず雄大の手を引いて階段を上る。

とその時、物凄い勢いで駆け寄ってきた綾本が一宮の手を乱暴に摑んで引き止めた。「ちょっと、勝手なことしないでよ、待ちなさいよ！」

「――――！」

下から力任せに引っ張られて、ぐらりと体が傾いだ。階段から足を踏み外しそうになり、大きく仰け反る。咄嗟に雄大から手を離した。せっかく怪我が治ったのに、ここでまた巻き込むわけにはいかない――と思った次の瞬間、がっしりと一宮の腰に筋肉質の腕が巻きついて、強い力で抱き寄せられた。

「あぶねーな」青褪めた雄大が右腕で一宮を支えながら、綾本を鋭く睨みつける。「いい加減にしろよ、いくらお前らでも何かあったら許さねえぞ。こいつに触るな」

綾本がびくっと震えた。更に雄大は冷ややかな声で続ける。

「カノジョはいないけど、募集中なんて俺は一言も言ってない。お前こそ勝手に脚色するなよ。ったく、誤解されたらどうしてくれんだ」

大丈夫か、とやけに優しい声に訊かれて、一宮はほとんど反射的に頷いて返した。雄大がほっと息をつく。よかったと、吐息混じりに呟いた。

突然、一宮の心臓が早鐘を打つようになった。いきなりどうしてしまったのかと恐ろしくなるほど体の内側で暴れ狂う。密着している雄大にまで、この爆音が聞こえてしまうのではないかと思うと気が気でない。

「心配してくれたことには感謝してるよ」雄大が静かに言った。「けど、俺のことはコイツに任せてるから」

一宮の頭をくしゃりと撫でる。数段下で硬直している綾本と、階下の尾辻がそれぞれ戸惑うように視線を揺らした。

「綾本も尾辻も今日はありがとう。じゃあな、気をつけて帰れよ。行こう、一宮」

雄大に手を引かれ、一宮はハッと現実に引き戻された。「あ、う、うん」目の合った彼はすでに笑顔を取り戻していた。ひさしぶりに笑った顔を見た気がする。真っ青な空を背景に、やけに雄大の笑顔は眩しくて、一宮は思わず顔を俯けた。胸のドキドキが止まらない。益々加速する。

最初は一宮が雄大の手を引いていたはずなのに、いつの間にか逆になっていた。先を行く雄大が、ふいにぼそっと切羽詰まったみたいに囁く。

「……早く、二人きりになりたい」

すぐ後ろの自分にしか届かないそれを聞いた瞬間、一宮は耳から真っ赤に燃え上がるような気分だった。

いつもは体温低めのさらりとした感触の手が、今日は妙に熱い。少し汗ばんですらいる。手をつなぎながら、一宮の鼓動も限界まで速度を上げていた。

バタン、と背中でドアが閉まった途端、雄大が訊いてきた。

「さっきの、どういう意味？」

振り返って、一宮をじっと見つめてくる。「俺に、恋人ができる予定って？　もしそうだとしたら、俺、一人しか心当たりないんだけど」

ぎゅっとつないだ手に力を込められた。火照った頬がカアッと一層熱くなり、一宮は思わず爪先に視線を逃してしまう。

「あの、それは、だから……」

喉元に小骨が刺さったみたいに、言葉が詰まる。言いたいことはたくさんあった。ここまで来て、出し惜しみするつもりもない。でも、何から伝えればいいのか、胸がいっぱいすぎて上手くまとまらない。「あー」とか「うー」とか、まるで言葉を忘れてしまったかのように、意味のない音ばかりが漏れる。さっきまでの、三人の間に割り込んでいった強気の自分は一体どこにいってしまったのだろう。あの勢いがあれば上手く伝えられると思ったのに、二人きりになった途端、わけのわからない緊張と焦燥に押し潰されそうになる。歯痒い。こんなはずじゃなかったのに。

「一宮」と雄大が言った。「ゆっくりでいいから。焦らなくても」

とても優しい声のくせに、ひどく熱っぽくて、一宮はドキドキした。落ち着いてちゃんと話せるようになるまで、雄大は手を握り、辛抱強く待ってくれている。きっと一宮が何も言わなくても、雄大はこの想いに気づいているのだろうと思った。でも、彼からは何も言わない。日が暮れても夜が明けても、雄大は待ち続けるに違いない。この言葉は一宮の口から伝えなければ意味がないからだ。

深く息を吸い込んで、爪先を睨みつけていた視線を上げた。

雄大と目が合う。それだけで胸が詰まって、ぐっと熱いものが込み上げてくる。

昔から自分の気持ちを人に伝えるのが苦手だった。先生の話を聞いて、ノートに書き留めるのは得意だったけれど、自分の意見をまとめて人前で発表するのは大の苦手だった。求められているものとは別の、見当外れの解答をして失笑を買うのが怖かった。

だが、今の一宮は自分が導き出した答えに自信を持っている。間違いなんてものはない。あとはこれをそのまま雄大に伝えるだけだ。ごくりと唾を飲み込んだ。

「稲葉、お、俺」

「うん」

「俺は」一宮は息継ぎを挟み、真っ直ぐ雄大の目を見て伝えた。「稲葉のことが好きなんだ」

つないだ雄大の手が、びくりと僅かに震えた。

「この前、ここに綾本さんたちが訪ねてきた時、何だかよくわからないけど、すごく嫌な気分になった」

一度口を開いてしまうと、堰を切ったように想いが溢れだすのを止められなかった。

「ブレスレットを忘れたって聞いて、俺の知らないところで稲葉が彼女たちと会っていたのが嫌だった。嫉妬してたんだよ、俺。稲葉を絶対に他の人に取られたくないと思った。コイツは俺のだって、みっともないくらい独占欲を剝き出しにして。だから綾本さんたちに、稲葉には恋人がいるから、その人が嫌がるからもうここに来ないで欲しいって言ったんだ。さっきも、稲葉は俺には全然連絡くれないくせに、何でこの人たちとは一緒にいるんだろうって思ったら、無性に腹が立って、居ても立ってもいられなくなった。怖かったんだ。稲葉はもう、俺から気持ちが離れちゃったんじゃないかって」

「そんなわけないだろ」

雄大が声を荒らげた。思わず押し黙った一宮を、彼はバツの悪そうな面持ちで見やる。しばし逡巡《しゅんじゅん》するような間をあけて、言いにくそうに口を開いた。

「俺が好きだって伝えてからのお前、ちょっとでも俺が近付いただけで怯えるみたいにびくびくしてただろ。そのくせ会長と話してる時はすげー楽しそうにしてみせるし、こっちだってもうどうしていいのかわからなかったんだよ。お前に嫌われたらどうしようって、そんなことばっか考えてて、そのうちどうせ嫌われるならって悪い方向にばっかり妄想が膨らんで、もうこれは一旦距離を置かないと、いつかお前を無理やりどうにかしてしまいそうな自分がすげえ怖かった」

一度、不意打ち狙ってキスしてるし、と雄大が心底後悔しているように苦々しく言った。

一宮は驚いた。彼がそんなことを考えていたとは、初耳だった。会長の件はまったく身に覚えがないが、ひょっとしたら自分が綾本に対して抱いた感情と同じようなものかもしれないと思う。それこそとんだ勘違いだ。

「稲葉にキスされた時、本当に……物凄くびっくりした」

雄大がビクッと肩を揺らした。

「だけど、今考えてもあの時、俺は嫌だとは思わなかったんだ。驚いたけど、嫌じゃなかった。それに、今はもう」一宮は素直に告げる。「初めてが稲葉でよかったと思ってる」

ハッと稲葉が弾かれたように頭を上げた。無意識なのか、つないだままの手が痛いくらいに握り締められる。じっと見つめてくる雄大の男らしい眉が珍しく八の字になっていた。前髪の隙間から、左眉の傷が垣間見える。一宮がつけた傷だ。思えば、雄大には出会った頃から怪我ばかり負わせている気がする。申し訳ないなと思った。その一方で、うっすらと残った消えない傷に泣きたくなるほどの愛着が湧いてしまうのはなぜだろう。

「さっき、稲葉が『俺のことはコイツに任せてるから』って言ってくれた時、すごく嬉しかった。俺、お前が俺のことを守って怪我したみたいに、俺もお前に何かあったら全力で守るよ。約束する。それくらい稲葉のことが大切で、大好きなんだ」

するすると飾り気のない言葉が自然と口をついて出た。

直後、いきなり手を引かれた。びっくりして目を瞠る。次の瞬間、一宮の体はすっぽりと雄大の腕の中に収まっていた。

息ができないくらいにきつく抱き竦《すく》められる。

「何お前、すげえかわいいくせに、かっこよすぎて困る」

「……稲葉は、意外と泣き虫なんだな」

うるせえよ、と悪態をつきながら、雄大が嬉しげに一宮の耳元で囁く。

「全部お前のせいだ」

少し強引に奪われた二度目のキスは、しょっぱい涙の味がした。

■13■

何度も何度も唇を重ね合った。

キスにもいろいろとやり方があるのだと知った。先日ファーストキスを済ませたばかりの一宮には、まだ他人と唇を触れ合わせるだけで精一杯だ。しかし雄大は違う。

玄関ドアに背中を押し付けられたまま、一宮は驚くほど深いところまで口腔をくまなく蹂躙《じゅうりん》された。顔を引こうにも後頭部はすでにドアにくっついていて、ほとんど身動きが取れない。雄大は細かく角度を変えて、しつこいほど一宮を貪《むさぼ》ってきた。呼吸もままならないこちらはついていくのに必死だ。

鼻で息をしろと教えられたが、頭でわかっていてもそうすぐに動けるものでもない。経験値が皆無に等しい一宮には途轍《とてつ》もなく高度な技だった。酸素不足でくらくらする。そんな一宮をよそに、雄大は無遠慮に熱い舌を差し込んで、くちゅくちゅと卑猥《ひわい》な水音を立てながら翻弄《ほんろう》してくる。時折口の端からこぼれ落ちるどちらのものかもわからない唾液までねっとりと啜《すす》り上げ、その貪欲さはまるでようやく餌にありついた野獣のようだった。

「……んんっ……はふ、ん……っ」

もどかしくなったのか、雄大が一宮の腰をいきなり抱き寄せてきた。大きな手のひらで後頭部を支えられて、再び噛みつくようにして舌を差し入れられる。

弱い口蓋を舌先で巧みにくすぐられて、ぞくりと背筋を甘い痺れが駆け抜ける。

思わず舌を引っ込めた。だがすぐさま雄大の舌が追いかけてきて、きつく搦《から》め捕る。更に深く強く逃がすまいと根元を捕らえられ、脳髄が言いようのない愉悦にジンと痺れた。足に力が入らず、いまにも腰が砕けそうだ。

「……はっ、ふ……ンんっ、……はあ、稲葉、も、苦し…っ」

短い息継ぎの合間に、雄大の胸元を弱々しく叩く。必死にどうにかそれだけ伝えた。

口元は二人分の唾液でべたべただ。足元はもうとっくに覚束《おぼつか》ないし、くらくらと今にも倒れそう。

「……はあ、はあ、悪い」

ようやく長い口づけを解いた雄大が、余裕がなさそうに肩で息をしながらバツが悪そうに言った。「夢中になりすぎた」

熱っぽい眼差しで見下ろしながら、一宮の濡れた唇を親指で拭う。一宮はぼんやりと雄大を見つめた。生理的な涙が目尻を伝って耳朶《じだ》を濡らす。

「苦しがっといて、そんなエロい顔で見んなよ。この場で押し倒すぞ」

「……なっ、そんな顔はしてない」

「してる。何なら、鏡を見せてやろうか」

にやりと不敵に笑った雄大が、ぺろりと一宮の濡れた耳を舐めた。涙を熱い舌先で掬い取る。耳朶を甘咬《あまが》みされて、ぞくぞくっと全身の産毛を逆立てている間に、一宮の体は半ば引きずられるようにして廊下に上げられてしまった。

ワンルームの部屋には姿見が置いてある。その前まで連れて行かれた一宮は、「ほら、見てみろよ」と鏡面を覗き込まされた。

涙目に火照った頬。散々吸われて赤く色付いた唇は唾液で艶やかに濡れそぼっていて、まだ少し息が上がっている。潤んだ目を気だるそうに細め、色白の肌をピンク色に染めている姿が途轍もなくいやらしく見えた。これが自分だとは認めたくない。

咄嗟に一宮は自分の顔から目を逸らした。

「な？　やらしいだろ」

背後から抱き締めてくる雄大が一宮の耳に甘く咬みつく。

「こんな顔で誘われて、我慢しろって方が無理だろ」

ふうっと息を吹き込まれて、一宮はぞわぞわっと震え上がった。下肢が徐々に重たくなってくる。「や、やめろよ」どうしていいのかわからない一宮は懸命に力の入らない手で押し返そうとしたが、反対に腕を取られてしまった。次の瞬間、いきなりベッドに押し倒される。

「い、いな……んんっ」

口を開こうとした瞬間、また唇を塞がれた。敏感な唇をまるで蜜をむさぼるように吸いつくされて、もうほとんど感覚がない。じんじんと痺れてぽってりと腫《は》れぼったく、本当に唇が倍以上に膨らんでしまったのではないかと心配になる。

意識が飛んでしまう前に雄大の胸板を叩いて抵抗した。

「……はっ、はあ、く、苦しいって、言っただろ」

少しは手加減をしてくれと、一宮は雄大を睨み上げた。

「また、そんな目で見る」雄大が切羽詰まったように言う。「仕方ないだろ。俺はもうずっとお前とこうしたくて我慢の限界だったんだから。怪我が治ったら、もしかしたらもうお前は俺の傍にいてくれないいんじゃないかって、一度はフラレる覚悟もしたんだぞ。だから今、嬉しくて堪らないいんだよ」

雄大が一宮の両手を摑んだその先で、ふいに泣きそうな顔をしてみせた。

「……何で、俺が稲葉のことをフルなんて思ったんだ」

「あんなにビクビク警戒されたら誰だってそう思うだろ」

先に告白した方が圧倒的に立場は弱い。雄大がバツが悪そうに呟く。

「お前は責任感が強いし、怪我が治るまでは絶対に俺を投げ出すことはしないだろうって思ってた。でも、その後はわからない。正直、ギプスが取れた時、嬉しいってよりも怖かったんだ。お前に報告するのが不安でしょうがなかった。お前はよかったなって喜んでくれたのに、全部それが悪い意味に聞こえてさ。自分でも腹立つほど情けないし、カッコ悪いだろ」

「そんな…っ」

自虐的に笑った雄大を見上げて、一宮は咄嗟にかぶりを振った。そんなことはない。むしろ、そこまで雄大が自分を思ってくれていたことに、一宮は感動して胸がいっぱいになる。

いつもなら深く考えないことを、勘繰ったり、必要以上にマイナスに捉えたり。一宮にも覚えのある感情だ。恋をすると、心が脆《もろ》く弱くなる。

けれどその分、想いが通じ合った時はこれ以上ないくらいの幸せに満たされるのだろう。

「稲葉」一宮は雄大を真っ直ぐ見つめた。いつもは自信に溢れた端整な顔が、今日は何だかとても心もとなく見える。そんな顔をさせてしまったのは自分なのかと思うと、申し訳ない半面嬉しくて、ひどく複雑な気分になった。

「不安にさせてごめん。俺も、自分の気持ちに気づいてから、どうやって稲葉に接したらいいのかわからなかったんだ。こんなの初めてだったから、その、稲葉の裸見たら、急にドキドキしてきて、へ、変な気分になりそうで」

「変な気分？」

「あ、う、その、だから」

途端にカッと体が熱くなり、一宮はしどろもどろになった。一宮の腰に跨《また》がった雄大が、ふいに黙りこんでじっと見下ろしてくるのがいたたまれない。一宮はベッドに仰向けに転がったまま、無意識にもじもじと両膝をすり合わせる。

「……何だ、そうだったのか」

雄大がおもむろに体を起こした。一宮の両腕を捕らえていた手を離す。次の瞬間、なぜかいきなりTシャツを脱ぎ捨てた。

冷房の効いた昼下がりの室内、日の光が差し込むベッドの上に雄大の均整のとれた裸体が現れる。

「一宮、この体に欲情してくれたんだ？」

「――――！」

思わずごくりと喉を鳴らした一宮は、慌てて視線を壁に逃がした。雄大がにやにやと人の悪い笑みを浮かべて、顔を覗き込んでくる。

「それならそうと、もっと早く言えよ。こんな体でよければいつだって好きなだけ触らせてやったのに。お前のものなんだからさ」

言いながら、雄大が一宮の右手を取った。そのまま自分の胸元に持っていく。手のひらに滑らかな張りのある人肌がぴたりと触れた。

「どうだ？」

「ど、どうって」一宮は熱いものを触った時みたいに、咄嗟に手を引っ込めた。「……ど、ドキドキして、何か、ダメだ」

両手をもぞもぞと背中の下に隠す。まだ手のひらに雄大の肌の感触が残っていて、カアッと首筋が熱くなる。

ふいに頭上で、雄大がごくりとあからさまな音を立てて生唾を飲み込んだ。

「何なんだよ、そのカワイイ反応」

「か、かわいくな……んんっ」

咬みつくようなキスで吐息ごと声が奪われる。

この短い時間に何度唇を重ねたのだろうか。ようやく鼻で息をするコツを摑んだが、それでも追いつかない。繰り返される激しい口づけに溺《おぼ》れてしまいそうだった。

喉奥の柔らかい部分を舌先でくすぐられる。まるで別個体のように動き回る舌で翻弄しながら、雄大の手は器用に一宮の体をまさぐり、Tシャツの裾を捲り上げてきた。

素肌を触られて、思わずびくりと背中が浮き上がった。

雄大の唇が性急にキスを解いて一宮の首筋に吸い付く。

「い、稲葉、やめ、俺、走ってきたから……汗、臭い…っ」

「別に、全然気にならねえよ。お前の匂い、好きだから」

それに、と雄大は耳の裏の薄い皮膚を痛いほどきつく吸い上げる。「俺に会うために走ってきてくれたんだろ?」

「あっ!」

鮮やかな手つきで、あっという間に捲り上げたTシャツから頭と腕を抜き取られた。上半身裸になった一宮を、雄大がじっくりと見下ろしてくる。「綺麗な肌してるな」と感心したように言って、脇腹をゆっくりと撫で上げてきた。

そんなふうに他人に触られるのは初めてで、一宮はぶるりと震えて全身が粟立った。

「乳首もピンク色……絶対に海になんか行かせられねーな」

「え、何……あっ」

雄大が一宮の胸に頭を沈めてきた。普段はその存在を忘れている胸の粒を舐められる。

「やめ、くすぐったい、だろ」

一宮は身をよじった。前髪の毛先が肌をつついて余計にくすぐったい。それでも雄大は飴玉でも転がすように、執拗《しつよう》にそこを舐めしゃぶっている。

女性のようにやわらかな膨らみのない、何の面白みもないぺったんこな胸だ。悶えながら何でそんなところを舐めるのだと不思議に思う。だが、変化は突然訪れた。

びりっと胸元から全身にむけて、微弱な電流が走ったみたいな衝撃に襲われた。

「……あっ」

半開きの口から、まるで自分のものではないような甘ったるい声が漏れる。

「気持ちよくなってきたか?」

雄大が言った。しゃぶりながら喋るので、胸の尖《とが》りに歯があたる。その刺激にまたぞくぞくっと言い知れない快感が背中を伝って脳髄にまで駆け抜けた。

「な、何で…っ」

「男でも感じるんだよ、ここは。今度、先輩たちにも教えてやれよ」

雄大が片方の尖りを舐めながら、もう片方を指先でぎゅっとつまんだ。痛いのにそれが気持ちいい。一宮の口からまたも恥ずかしい嬌声が漏れる。「やらしい胸だな」雄大が楽しそうに言って、ぷっくりと膨らんだ尖りを一層虐《いじ》めてくる。

脇腹を這っていた手が、ふいにハーフパンツの緩いウエストの隙間から中へ潜り込んだ。浮いた腰骨を撫で回し、下着の中へと手が差し込まれる。次の瞬間、下着ごと一気にハーフパンツをずり下ろされた。

「い、稲葉！」

ぎょっとしているうちに、素早く両足を引き抜かれてしまった。瞬く間に一宮から衣類をすべて剝ぎ取ったその手つきは、とても最近までギプスをしていたものとは思えない。

「稲葉、ひ、左手、だ、大丈夫なのか？」

「ん？　ああ、これ。おかげさまでもうほとんど元通り、感覚も戻ってるよ。お前のことを考えないように、集中してリハビリに励んだ甲斐があったな。しっかり使えってさ」

雄大の左手が、一宮の股間に触れた。すでに頭を擡《もた》げていた一宮のそこを、揉み込むようにしてゆっくりと扱《しご》き上げてくる。

「やっ、あっ、ま、待って、ぁ、あっ」

直截《ちょくせつ》な刺激を与えられて、一宮は混乱した。自分でも必要最小限しか触らないのに、予測不可能な他人の手の動きにあっさり翻弄されてしまう。みるみるうちに下肢に熱が溜まっていくのがわかった。このままだともう先が見えている。

「い、稲葉、俺、こういうの、初めてだから」

「俺だって、自分以外の男のモノを扱くのは初めてだよ。どうだ？　人の手でやってもらうのは」

雄大が意地悪く訊いてきた。初めてだと言いながら、同じ男だからか雄大の手の動きは緩急のつけ方が絶妙だった。血管の浮いた弱い裏筋を強く擦り上げ、先走りでぬるぬる滑る鈴口に親指を差し込んでぐりぐりといじってくる。

目の前に閃光が散った。一宮は頭の下の枕を両手でつかみながら、懸命に下肢の刺激に耐える。気持ちよすぎて今にも理性を手放してしまいそうだ。

「あ、ふっ、はあ、はあ……っ」

唐突に、雄大が止まった。あと少しで放出するというタイミングで、いきなり手を引かれる。かなり困った状態で突然に放置されて、一宮は戸惑った。「――…い、稲葉？」

次の瞬間、両膝の裏に手を差し込まれたかと思うと、膝が胸にくっつきそうなほどに腰を持ち上げられた。予想外の体勢を取らされて、目を瞠る。見開いた視界に自分の股間が迫ってくる。みっともないくらいに張り詰めたそれは、重力に従ってだらだらとだらしなく粘ついた先走りを腹筋に垂れ流す。濡れそぼった先端から透明ないやらしい糸を引いていた。視覚から犯されて、羞恥に顔が燃え盛るみたいに熱くなる。だが、雄大の目的はそんなことではなかった。

「――――!」

一宮は自分の股越しに雄大を見た瞬間、ひゅっと息を飲んだ。肉付きの薄い尻たぶを両手で割り開いた雄大が、その隙間に舌を差し込んできたからだ。

「やっ、やめろ、そんな汚いとこに、あっ、やあっ」

くちゅくちゅと唾液をからませるようにして閉じた後孔を舐められた。まさかそんなところまで雄大が舌を這わせてくるとは思わなかったから、一宮は動揺して上半身を必死に捩《よじ》る。しかし、雄大の大きな手に腿《もも》の裏からがっちりと押さえ込まれてしまった。抵抗を奪うみたいに、更に後ろをぴちゃぴちゃと舐め回される。

ひいっ、とすすり泣くような声が自分の喉もとから漏れた。

なんて恥ずかしい恰好をさせるのだろうか。涙の滲んだ視界の端で、大きく開いた股の間から雄大の黒々とした頭が浮き沈みしている。彼の口元が今どんな状況なのかを想像して、ドッと全身の血流が速度を増した。膨れ上がった股間が揺れながら、もう痛いほどに張り詰めている。

舌全体を押し付けるようにして、入り口の襞《ひだ》の一つ一つを伸ばすようにねっとりと唾液を塗り込まれた。

高く浮いた両足が、びくびくっと震えて宙を蹴り上げる。

「はっ、ぅあ」

丁寧に舐めとかされた入り口をくじるようにして、雄大が舌を中にまで差し込んできた。

自分でも触れたことのない部分を雄大の舌が縦横無尽にいじくりまわす。ぐっと奥まで捩じ込まれて、一宮は思わず首を大きく反らした。舌を差し入れたまま、後ろをじゅるっと吸われた瞬間、意識が飛びそうになる。

「も、もう、ダメ……だ、あ、あ、や、何っ」

ようやく舌が引き抜かれたかと思った次の瞬間、更に深いところまで別の何かが差し込まれた。

「指だよ。今もう二本入ってる。舌よりも奥まで届くだろ。次、三本目だ」

ずる、と入り口に引き攣《つ》れる感覚があって、中の圧迫感が僅かに増した。先ほどよりも深いところを指の腹で擦られる。内側で生まれる得体の知れない快感に悩まされる。

「……あ、っや」

「ヤじゃないだろ。腰が揺れてるぞ。……もっと、気持ちよくしてやろうか」

わざとらしく声を低めて、雄大が囁いた。「ここら辺かな?」

直後、中をまさぐっていた指がぐりっと何かを押し上げた。

「あぁっ！」

一宮は跳ね上がるみたいに背中を大きく浮かせて身悶えた。今までに感じたことのないような強烈な快感が全身を駆け巡った。後ろから突き上げられるようにして、パンパンに腫れた股間が今にも弾けそうになる。

「や、やめ、なに、これ」

「前立腺。どうだ、気持ちいい？」

雄大がぐりぐりとそこの突起を執拗に押し上げてくる。

「あっ、あ、あン、あっ」

目の前で自分の股間が物欲しそうに揺れていた。腰を揺らすたびに腹筋を叩き、大量の先走りを腹から胸にかけて撒き散らしている。

切なげに震えるそこが、決定的な刺激が欲しいと訴えてくる。後ろを揉みこむように擦られて、一宮の口からは耳を覆いたくなるほどに甘ったるい嬌声がひっきりなしに上がっていた。内側から与えられる刺激は強烈すぎるほどなのに、それだけでは上手く前を解放してやれない。脳が酸素不足を起こし、このままだとおかしくなってしまいそうだ。

「……ぁう……ふっ、ううっ」

半ば無意識のうちに一宮は自分の股間に手を伸ばしていた。恐る恐るそこを触る。

「っ！」

一度触れるともう駄目だった。抑えが利かない。両手を使い、一心不乱に扱き上げる。

「はあ、はあ、ふっ、はあ、あっ、あう、ああ、あっ——！」

あっという間だった。射精した途端、波が引くみたいに四肢から力が抜けてゆく。

「一人で先にイッちゃったのかよ」

開いた股の向こうから、雄大が呆れた眼差しで見下ろしていた。ハッとして、火照った顔から熱が一気に引いていく。

「……あ、ごっ、ごめん…っ」

「自分で自分の顔に精液ぶっかけるなんて、器用なヤツ。夢中で扱いてたな。我慢できなかったか。そんなに気持ちよかった？」

ここ、と再び後ろの突起をぐっと押されて、一宮は腰を揺らしながら嬌声を上げた。

「エロいなあ、一宮。カワイイ声でアンアン喘《あえ》いじゃって」雄大が伸び上がるようにして一宮の頬に付着した粘液を指先で掬い取った。信じられないことにそれをぺろりと舐める。「濃いな。自分でやってなかったのか？　真っ白なのをこんなにいっぱい出して、顔も体も自分の精液でベタベタだ」

揶揄うように言われて、一宮はカアッと羞恥に燃えた。「っつ」不意打ちにずるりと後ろから指を抜かれた途端、また声を上げそうになって必死に耐えた。にやにやと人の悪そうな笑みを浮かべている雄大。一宮は涙で濡れた目元にキッと力を入れて睨み付ける。

「そんな顔すんなよ」雄大がふいに困ったように言った。「もっと泣かせたくなるだろ」

「——あっ」

次の瞬間、一宮の体はくるりと引っくり返されていた。いきなりうつぶせにされて激しく戸惑う一宮の腹の下に、枕が差し込まれる。自然と尻を突き出すような恰好になった。

「な、なんでこんな」

「最初はこっちの方がラクらしいから。痛い思いはさせたくない」

尻たぶを掴まれ、ぐっと割り開かれた。剝き出しになった後孔にひんやりと空気が触れる。冷たい、と思ったのは一瞬、火傷《やけど》しそうな熱の塊がそこに押しあてられた。

「っあ、つぅ…っ」

散々舐めとかされた後ろから、途轍もない質量のモノが入ってくる。思わず息を飲んだ。指とは比べものにならないくらいに圧倒的なそれに体が引き裂かれてしまいそうだった。中が一気にぐわっと押し広げられ、圧迫感に目が眩む。

「くそっ、やっぱキツイな」

背後で雄大が唸った。荒い息遣いが聞こえてくる。

「一宮、大丈夫か。痛くない？」

脇腹をさすりながら訊かれて、一宮はシーツを握り締めながら、何とか首を横に振った。

舌や指で執拗にいじられたせいか、限界まで引き伸ばされた入り口はじんじんと痺れてはいたものの痛むほどではない。痛いというよりはむしろ苦しい。本来は受け入れる器官でないところに雄大の猛《たけ》ったモノを埋め込んでいるのだ。

「もう少し、力を抜けるか」

「……む、無理だ……どうやっていいのか、わからない」

頭で思っても、体が言うことを聞いてくれそうになかった。一宮はフーフーと獣じみた呼吸を繰り返しながら懸命に力を抜こうと頑張るが、どうしても雄大の熱を意識してしまって上手くいかない。

ふいに雄大が背後から手をまわして枕を抜き取り、萎《な》えた一宮の股間を摑んできた。大きな手のひらで包み込み、ゆっくりと追い上げてくる。

「……あ、…ん、ふ……はあ……はあ」

前に与えられる刺激のおかげで、強張っていた体の力が徐々に抜け始めた。雄大の巧みな手の動きに引き上げられるようにして、ゆらゆらと腰が揺れ出す。気持ちいい。出したばかりだというのに、再び下肢に熱が溜まってきて、急速に射精感が高まってきた。

背後の雄大が腰を進めてくる。指では届かなかった深いところにまで圧倒的な質量が沈み込んでくる。時折腰を回すようにされて、ぐるりとやわらかい内側をかき回される感覚にビリビリッと痺れた。甘い息を吐いて、崩れそうになる膝を堪える。

「全部、入ったぞ」随分と長い時間をかけたのち、雄大が熱っぽい声で言った。「一宮、大丈夫か？」

シーツに顔を埋めながら、一宮はこくこくと頷く。「へ、平気だ」

しばらく一宮を労《いた》わるように背中や脇腹を撫でていた雄大が、切羽詰まったみたいに訊いてきた。

「悪い、もう余裕がない。動いてもいい？」

「……う、うん」

一宮もそろそろ限界だった。奥深くまでぎっしりと埋め込まれた雄大の昂ぶりがじわじわと馴染《なじ》んで、徐々にもどかしくなってくる。前立腺を擦り上げられた時の強烈な快感を思い出し、ごくりと喉を鳴らした。あれよりももっとすごいことになるのだろうか。

雄大が一宮の細い腰を両側から摑み直して言った。「動くぞ」

ずずっ、と雄大が腰を引いた。

「あっ」と一宮の口から切なげな声が漏れる。内臓を引きずり出されるような、何とも言えない感覚。ぞくぞくと悪寒が走る。雄大は一旦入り口付近まで自身を引き抜き、一呼吸置く間も惜しむように、今度は一気に最奥まで捩じ込んできた。

「——ああっ！」

ずん、と強烈な快感に押し上げられた。奥を力強く突き上げられて、初めて体験する快楽に衝撃を受ける。目の前にチカチカと火花が散った。

雄大は間をあけずに何度も腰を打ちつけてきた。

肌がぶつかり合う音に押されながら、一宮は必死にシーツにしがみつく。激しく揺さぶられて、もう何も考えられなくなる。中を雄大に擦られることだけに意識が集中し、涎《よだれ》まみれの半開きの口からは喘ぎ声が止まらなくなっていた。

「……一回、出してもいいか？　後で、ちゃんと洗ってやるから」

一宮はただこくこくと頷く。正直、何を言われているのかわからなかった。

「あっ、あっ、あんっ、ふあ、ああ——ぁうんんンっ」

一段と強く突き上げられた瞬間、奥の一番敏感な部分に大量の迸《ほとばし》りを浴びせられた。

熱い——一宮は朦朧《もうろう》とした頭で思った。熱い体液で内側がびっしょりと濡れていく。背後から雄大の荒い呼吸音が聞こえてくる。精液がこんなに熱いものだとは知らなかった。自分の中が雄大のそれで満たされていると考えただけで、ぞくぞくと背筋が震えた。

「っ、おい、そんなに締め付けるなよ。くそっ、イッたばっかりなのに、また持っていかれそうになる」

「あ、う、俺、何か、変だ……あっ、あ」

ぐねぐねと勝手に中が蠢《うごめ》くのがわかった。ひくひくと限界まで開ききった入り口が喘ぐように動く。雄大が「初めてのクセにエロっちいウサギさんだな」と、わけのわからないことを言って尻をパンと軽くはたいた。

「あうっ」ジンジンとする痛みすら、なぜか快感に摩《す》り替わってしまう。一宮は自ら腰を揺らしながら不安に思う。この体は一体どうしてしまったのだろうか。

その時、雄大がつながったまま、いきなり後ろから一宮の体を抱えるようにして上半身を起こした。

「ひっ、やあっ！」

自分の重みで、内側の雄大がずぶずぶと更に深く沈みこんだ。串刺しにされて新たに加わった刺激に全身が震え上がる。

「ほら、見てみろよ」雄大が指で一宮の顎《あご》を捕らえて、吐息まじりに言った。「鏡にお前のエロい姿が映ってるぞ」

言われた通り、一宮は腫れぼったい目でそちらを向く。姿見を見た瞬間、ぎょっとした。顔を薔薇色に火照らせて悩ましい表情をした一宮は、まるで用を足す幼子のように後ろから雄大に両膝を抱えられていたのだ。股間が剝き出しになり、恥ずかしいところも全部無機質な鏡面に映りこんでいる。

パンパンに膨れ上がった二つの膨らみ。血管を浮き上がらせて完全に反り返った中心。その奥では雄大の猛々しいモノが一宮に突き刺さったままだ。

咄嗟に顔を背けようとした。だが、雄大がそうはさせてくれない。左手で強引に顎を捕らえたまま、右手が接合部分に触れてくる。捲れ返った赤い粘膜に指先を這わせるようにしてなぞられて、思わず悲鳴じみた声が喉元から漏れた。

「ちゃんと見えるか？　俺のがお前の中に入ってるところ」

一宮を抱えながら、雄大が下からゆっくりと揺さぶってきた。

ぐちゅぐちゅと卑猥な水音を鳴らして、腰を回される。

「あ、や、稲葉、待って、さっきよりもふ、深くてまだ、っあ、ン」

「ああ、見ろよ。さっき俺が出したヤツが漏れてきたぞ。ほらここ、ちょっと泡立ってる。これ、もっと泡立つんじゃないか」

「えっ、待っ、あンっ、あ、いなっ、ああ、稲葉っ」

おもむろに雄大が腰を突き上げてきた。両膝を大きく割られて、ガンガン揺さぶられる。ギシギシとベッドが軋《きし》み、壊れてしまうのではないかと思うほど一宮の下で雄大が激しく動きだす。一宮はもうされるがままだ。

どろどろにとけてしまいそうなほど中を縦横無尽にかき回された。幾度となく激しく突き上げられて、完全に理性を奪われる。

「はっ、あっ、稲葉、もっとそこ」

「ここか？」雄大が狙いを定めて腰を入れてくる。「ふっ、はっ、はあっ、もうぐちゃぐちゃだな、こっちは。こんな顔、あの先輩たちには見せられないよなあ。お前の方がある意味先輩だぞ」

雄大の声は聞こえるが、何を言っているのか理解する思考が働かなかった。ただただ高みを目指して腰を揺らす。

「はっ、かわいくて、かっこよくて、エロいなんて……反則だろっ」

「あ！」

つながったまま、ベッドに転がされた。すぐさま腰を持ち上げられて、背後から雄大に思い切り突き上げられる。

過ぎた快楽に意識が飛びそうになった。雄大の動きが一層激しくなる。野獣のように荒々しい腰使いに攻め立てられて、あっという間に放埒《ほうらつ》の瞬間が訪れる。

「あ――――！」

「うっ！」

一宮が精を吐き出すのと同時に、最奥をどくどくとした雄大の熱い飛沫《ひまつ》で濡らされた。

「……一宮、好きだよ」

どさりと雄大が覆い被さりながら、耳元でくすぐったいほどに甘ったるい声で囁く。

俺もだと、きちんと言葉にできたか自信がない。一宮が覚えているのはそこまでだった。

幸せに満たされながら、いつしか意識を手放してしまった。

□■□

「おーい、お待たせ！　待ったー？」

手を振りながらやって来る美女を認めた瞬間、背後の四人がぎょっと一歩後退ったのを雄大は見逃さなかった。

「おい、稲葉！　お前、俺たちを騙したのか！」

ヒゲが雄大の肩を力任せに摑み、潜めた声で怒鳴った。

雄大はにっこりと笑って、「そんなことするわけないじゃないスか」とかぶりを振る。

「先輩たちにはいろいろとお世話になりましたからね。ほら、ちゃんと見てくださいよ。周りが振り返るくらいの美人ですよ」

「確かに美人かもしれない。しかし」温和な会長が珍しくぶるぶると震えながら、指を差して嘆く。「あれは、君のイトコ様ではないか！」

カツカツとヒールを鳴らし、人込みの中を颯爽と歩いてくる六人の集団。行き交う人々が思わず足を止めて振り返ってしまう、一種独特のオーラを放っている。四人の独身女性の恋愛と性を描いた某有名な米テレビドラマのテーマ曲が聞こえてきそうだ。その先頭にいるのがマリだった。

今日もお気に入りのゆる巻きヘアのウイッグを装着し、品のあるミニスカートから形のいい長い足を惜しげもなく晒《さら》している。背が高いモデル体形。完璧なメイクを施してにっこりと微笑む顔は、どこからどう見ても女性だ。

そしてカノジョが従えている迫力ある派手な五人組――マリと同種のお友達である。雄大もマリ経由で何度か会ったことがあるが、街中で見るとこれがまた物凄い威圧感だった。二人は女性に見えなくもないが、残りの三人はお世辞をいうのも難しい。ムキムキとしたとても立派な上腕二頭筋を惜しげもなく晒している。

「……ほら、先輩たち。約束どおり、とってもキレーなオネエサンたちがいっぱい」

「棒読みじゃないか！」「目が明後日の方角を向いているぞ！」とぶーちゃんとメガネがキレ気味に叫んだ。

「い～な～ば～、俺たちを売ったな！」と般若の顔をしてヒゲ。

「人聞きの悪い。確かにピチピチの男子大学生と遊んでみたいってお願いされましたけど、みんないい人たちなんスよ。少なくとも、貢がせるだけ貢がせてバイバイなんてことは絶対にしないですから」

むしろ貢ぐタイプである。

「バカヤロー、会長のトラウマを抉《えぐ》るんじゃねえよ。ほら見ろ、会長がいじけただろ」

見ると、鬱雲を背負っている会長を一宮が必死に励ましていた。雄大は軽く苛つく。そんなにくっついてんじゃねえよ。内心で舌打ちをしながら、先輩たちに言った。

「せっかくだから、いろいろと教えてもらえばいいんじゃないスか？　あの人たち、男の気持ちも女の気持ちもよくわかってますから。俺なんかよりよっぽど恋愛経験値高いし……その分、内容はエグイけど。ほら、先輩たち前に言ってたでしょ。最初マリに会った時はどうしていいかわからなかったけど、正体を知ったら緊張しなくなったって。まずはあの人たちで慣れましょうよ。この際、何でも訊いたらいいじゃないですか。人生の先輩たちに」

「違う意味で緊張するんだよ！　あのイトコ様は恐ろしい人だ。鬼だ、悪魔だ！」

「んな大袈裟《おおげさ》な」

「このバカチンが！」ヒゲが雄大の頭を容赦なくはたいた。「お前の目は節穴か！　身内の欲目だか何だか知らねえが、お前は何にもわかっちゃいねえんだよ。あのオトコの正体を」

「何がわからないって？」

ヒゲがびくうっ、と文字通り飛び上がった。「久しぶりね」とヒゲの肩に腕を回したマリがにっこりと微笑む。

「お、お久しぶりです……オネエサマ」

「ホントにねえ、ヒゲ。元気だった？」

ジョリジョリとヒゲの顎をさすりながら、マリがにやにやと笑った。冷や汗を流して硬直するヒゲ。ぶーちゃんとメガネがピンッと背筋を伸ばしてマリに敬礼。根性で復活を果たした会長も「その節は大変お世話になりました」とペコペコしだす。一宮だけがぽかんとしていた。雄大は半ば呆れ、半分申し訳ない気分になる。自分の知らないところでマリはこの先輩たちに何をしでかしたのだろうか。

「あ、イチノミヤくーん」とマリがご機嫌に言った。

「今日もお肌ツルツルー。もー、毎日爛《ただ》れた生活を送ってるんじゃないでしょうね」

途端に、一宮が真っ赤になって必死に首を横に振る。「ち、ちが、そんなことないです」

「あらあら、お顔がリンゴみたいに赤いわよ。あらら？　こんなところにムシ刺されが……と思ったら、キスマークだわ！」

「えっ、うそっ」

「ちょっとちゃんと見せてごらんなさい。こんな見えそうで見えないギリギリのところに痕《あと》をつけるなんて、独占欲の塊みたいな恋人ねえ。イチノミヤくん、体大丈夫？」

「おい、セクハラすんな」

「あらやだ、いたの？　ナイト気取りの根暗男」マリがニヤニヤしながら一宮に耳打ちした。

「イチノミヤくん、アレに飽きたらいつでもこっちにいらっしゃい。うーんとかわいがってあげるからアイタタタ！　ちょっと、美容師の腕を乱暴に扱うんじゃないわよ」

「お前がふざけたことぬかすからだろ」雄大は捻り上げたマリの腕をポイッと放って、他の連中を誘導する。「お店はこっちです。予約してあるんで、とりあえずみなさん中に入りましょう」

「はーい」

舌なめずりをしたオネエサマたちが、青褪める先輩たちを引き摺って店に入っていく。いろんな意味で賑やかな飲み会になりそうだ。

「俺たちも行こうぜ」

「う、うん」

雄大は一宮をマリから遠ざけるようにして自分の脇に引き寄せた。後ろからマリの舌打ちが聞こえてくる。イッチョマエに嫉妬なんかしちゃってさ。あームカツク、私も幸せになりたーい。


「稲葉、本当にいいのか？」

一宮がチラチラと後ろを気にしながら、心配そうに訊いてきた。

先ほど二人して店から抜け出してきたばかりである。

「大丈夫だろ、全然気づいてなかったみたいだし。俺たちが消えても気にしないって。先輩たちみんな楽しそうだったじゃねえか」

「うん、まあそうだけど」

「一応、マリには伝えておいたから。あとは適当にやってくれるだろ」

そっか、と一宮が納得したように頷いた。なぜか一宮はマリを必要以上に信頼している節がある。アイツが一番危ないことをわかっていないのだろうか。

飲み会の席はもはやカオスと化していた。酒の入ったオネエサンたちはもうとても手がつけられない。若いオスを捕まえてオサワリしまくりである。個室に響き渡る先輩たちの阿鼻叫喚。

早々に雄大は諦めた。とりあえず、あんなところに一宮を置いておくわけにはいかない。申し訳ないが、先輩たちには犠牲になってもらおう。彼らの勇姿は忘れない。

「それはそうとさ」雄大は一宮と肩を並べて歩きながら訊ねた。「お前、もう実家には帰らないの？」

一宮の大学進学と同時に、彼の両親も再び引っ越しをしていた。つまり、雄大の地元に戻って来たのだ。以前まではアパート暮らしだったが、父親の仕事もこの先移動はなさそうだし、これを機に一戸建てを購入したらしい。

「俺のせいで、八月はずっとこっちにいただろ。本当は帰省する予定があったんじゃないかと思って」

「ああ、うん。そのつもりだったんだけど、別にもういい。元気でやってるからって電話でも話したし」

「でも、大学に入って初めての夏休みだろ。家族は一宮に会いたがってたんじゃないか」

「一緒に合宿に行った友達が怪我をしたって話したら、しっかりお世話をしなさいって言われたから。むしろ、俺に仲のいい友達ができて喜んでいると思う」

一宮が少し気恥ずかしそうに言って、雄大を上目遣いに見上げてきた。はにかむように笑う。ここが人通りの多い繁華街じゃなかったら、間違いなく抱き締めているところだ。

「だったらさ、今月中に一度、一緒に地元に帰らないか」

「え？」

「飲み会の途中で電話がかかってきたんだ。俺、一回抜けただろ。あれ、実家からでさ」

「里沙さん？」

雄大はぎょっとした。「何で、お袋の名前をお前が知ってんだよ」

唖然とすると、一宮が先ほどマリから聞いたのだと教えてくれる。実はマリも同じ母校出身なので、いつの間にか後輩の一宮と地元話で盛り上がっていたらしい。

「実は、マリさんにも今度一緒に地元に帰ろうかって誘われたんだ」

「は？」雄大は焦った。「何であいつが？」

「用があるらしいよ。今月の終わりぐらいに予定してるんだって言ってた。その時に、稲葉の実家にも寄るから、その、里沙さん……稲葉のお母さんが、俺に会いたがってるんだって言われて」

「あのヤロー。まさか俺たちのことで、余計なこと喋ってないだろうな」

「あ、そうじゃない、違う違う」一宮が慌てて首を横に振った。軒を連ねる店の明かりを反射した顔は、少し目元が赤らんでいる。「マリさんはただの友達だって紹介してくれただけだから。ほら、稲葉が怪我をしたことはお母さんも知っているし、その時に身の回りの世話を手伝っていたのが俺だって、マリさんが話したみたいで」

「……あー、そういえば俺も電話でそんな話をしたっけ。一宮の名前も出したかも」

母親が世話をしにそっちへ行こうかと言い出したのだ。雄大は慌てて断った。大学で知り合った友人に頼んだから大丈夫。せっかく一宮と二人きりになれるチャンスを、まさかお袋に潰されては困ると考えたのだった。

「ま、ちょうどいいか。まだ夏休みは残ってることだし、よかったら一緒に帰らないか。お袋がうるさくってさ。もう腕も治ったんだから家の片付けをしに帰って来いって、リフォームするんだってよ。バタバタしてるだろうけど、お前も寄っていけよ。紹介するからさ」

「あ、だったらうちにも来てくれ。俺も稲葉のことを家族にしょうきゃ……紹介するから」

大事なところで噛んでしまう一宮が愛しくて愛しくてしょうがない。人目があるので、脂下がりそうになるのを必死に堪えた。

「いいのか？　俺もお前んちに行って」

「もちろん、いつでも来てくれ。たぶん、すごく歓迎されると思う。母さんとか、張り切りすぎて食べきれないくらいの料理を作りそうだな。兄も巨大なケーキを作るかもしれない」

「お前、兄貴がいたの？」

初耳でびっくりする。一宮が頷いて「地元で小さなケーキ屋さんを経営しているんだ」と言った。てっきり一人っ子か女兄弟がいるのだとばかり思っていた。

「一宮って、お母さん似？」

「うん、よくそう言われる」

ということは、母親も美人に違いない。一宮の家族か――雄大は考える。一宮は完全に雄大を友人として紹介する気満々だ。少々不満だが、まあそれは仕方ない。なにはともあれ恋人の家族との初対面だ。どんな服装をしていけば好印象をもってもらえるだろうか。手土産は？　父親はどういう人物だろう。

「稲葉、いつぐらいにする？」

一宮がわくわくと訊いてきた。

「そうだな、来週末ぐらい？　そうだ。どうせなら、どっか温泉にでも行かないか。一泊してから地元に帰るってのはどう――……えっと、ほら、合宿の時の温泉、入り損ねただろ」

さすがに下心がみえみえか。怪しまれるかなと恐る恐る一宮を見やる。しかし彼は神妙な面持ちで答えたのだった。

「そうだったよな、稲葉は温泉に入りたかったんだもんな。それが俺のせいでダメにしちゃって、本当にごめん。今度こそ一緒に温泉に入ろう」

もう我慢はしなかった。ちょうどひとけのない路地に入ったところだったので、周囲に気を遣わず一宮を抱き締める。この一宮という、世界で一番可愛いイキモノは恐ろしい。雄大の理性を簡単に失わせてしまう。

「ちょ、ちょっと稲葉、こんなところで人に見られたらどうするんだ」

「誰も通らないって」

「ダメだ、ほら離れろよ」

ぐいぐいと押し返されて、雄大はチェッと仕方なく一宮から体を引き剝がした。

「じゃあ、手をつなごうぜ」

「い、稲葉！」

「いいだろこれくらい。一宮、勉強してたじゃん。恋人との手のつなぎ方。あれ、実践してみせてよ」

ほら、と手を差し出すと、一宮が思わずといったふうに押し黙った。しばし悩んでいるふうな間の後、戸惑いがちに素早く辺りを見回す。

わきわきと右手を宙で動かした一宮が、次の瞬間、雄大の手を摑んで握り締めてきた。

「こ、これでいいか？　おかしくない？」

ぎこちなく指を絡めながら、一宮が不安そうに訊いてくる。

さすが優等生、一宮はノートに書き留めた通りの方法で恋人つなぎをしてみせた。あの雑誌の情報を鵜呑《うの》みにするなら、雄大が女役。一宮はさりげなく彼女の手を握ってリードする彼氏役だ。

雄大はかぶりを振って「全然おかしくない」と答えた。にやにやが止まらない。顔が火で炙《あぶ》ったチョコレートみたいにとろけそうだ。

手のひらから伝わってくる子どものような体温が心地いい。いつもとは逆の立場で、手を引かれるのも悪くないと思う。ベッド以外ならこういうのは大歓迎だ。

「すげえ、嬉しい」

雄大は絡めた指にきゅっと軽く力を込めた。半歩先でぴくっとした一宮が、恥ずかしそうに顔を俯ける。

ビルの合間を細長く切り取った頭上に白い三日月が浮かんでいた。

見上げた紺色に、ふと初めて一宮とキスをした日の満天の星空が重なった。いつかまた二人で、あの場所を訪れたいと思う。

「一宮」

つないだ手を軽く引き寄せた。このつなぎ方は、後ろから引き止めるのに便利だと初めて気づく。「わっ、何」その場で足踏みをした一宮が驚いて、ぐいっと首を捻った。なかなかいい角度で雄大を見上げてくる。キスをしてくれといわんばかりの唇の位置。

期待に応えて、雄大は愛しい恋人にちゅっと口づけた。

「好きだよ、一宮」

一瞬、きょとんとした一宮が、ボッと薄闇でもわかるほどに赤面した。

可愛い。

可愛い可愛い可愛い。こんなに可愛いくせに、実は男らしいところもあって、そんな一宮に雄大はどうしようもなく惚れている。メロメロだ。

「今日、うちに泊まっていけよ」

「え、でも」一宮がもじもじとしながら言った。「昨日も泊まったのに」

「駅に置いてある旅行パンフレットを適当に持って帰ろうぜ。家で一緒に見よう」

「あ、そうか。うん、早いうちに決めないとな」

このまま部屋まで一気にワープしたいくらいだ。

可愛くて愛しくて、どうしようもない。

間もなく路地を抜ける。その前にと、雄大はもう一度一宮の手を引いて歩を止めさせた。

一宮が振り返る。

「――俺、お前がいなきゃもうダメかも」雄大は心を込めて告げた。「愛してるよ、一宮」

銀色の月明かりを浴びて艶めいた唇に、自分の唇をそっと重ねる。

この手を絶対に離すものかと、強く思った。

あとがき

このたびは『恋するウサギの育て方』をお手に取って下さってありがとうございます。

ウサギ尽くしとなったこの一冊、いかがでしたでしょうか。

初恋が書きたいなと思い、今回のお話を考えました。甘酸っぱくて、青臭くて、妄想爆発で、一生懸命で、これぞ青春！　という感じが、読んで下さる皆様に少しでも伝わったらいいなと思います。

実は、プロットの段階では一宮にウサギ成分はゼロでした。それがどこからこんなイメージになったのか、自分でもよく覚えていないのですが、しかしそのおかげで素敵なカバーを作っていただきました。かわいくデザインしていただいたタイトルにも、よく見るとウサギが隠れています。ウサギウサギと言っていたら、一宮にもウサギ耳が！　春らしい色合いの中、じゃれ合う二人のイラストに惹かれて、手に取って下さった方も多いかと思います。どうか二人のお話も気に入っていただけますように。

本作にかかわって下さったすべての方々に心よりお礼を申し上げます。

今回、イラストをご担当下さいました、陵クミコ先生。キャララフのウサギ耳バージョンの一宮がもうかわいすぎて、どうにかしてカバーと本文に入れてもらえないだろうかと担当さんと身悶えました。カバーのウサギフードに加え、本文のニパッと笑顔の垂れたウサ耳もかわいすぎです！　そして口絵にはイブケンメンバーまでがまさかのカラーで登場。壁の張り紙に、イチコちゃんまで仲間に入れていただいて、嬉しくて大はしゃぎしてしまいました。素敵なイラストを本当にどうもありがとうございました。

そして担当様。初めて一緒にお仕事をさせていただき、とても丁寧に指導して下さって本当に感謝しております。メールと一緒に送って下さる画像には、思わず噴き出したりほっこり和んだりと、毎回楽しませてもらいました。また、冴えないイブケンメンバーまで気に入っていただけて嬉しかったです。ぽつりと「会長に幸せになってほしい」と零された言葉を聞いて、何だか私がすごく幸せな気分になりました。ご迷惑ばかりおかけして申し訳ない限りですが、今後ともどうぞよろしくお願い致します。

最後に、この本を読んで下さったみなさまへ。一番の感謝を込めて、本当にどうもありがとうございました！

二〇一四年　二月　　　　　　　　　　榛名　悠

✦初出　恋するウサギの育て方……………書き下ろし

榛名 悠先生、陵クミコ先生へのお便り、本作品に関するご意見、ご感想などは
〒151-0051 東京都渋谷区千駄ヶ谷 4-9-7
幻冬舎コミックス　ルチル文庫「恋するウサギの育て方」係まで。

幻冬舎ルチル文庫
恋するウサギの育て方

2014年3月20日　　第1刷発行

✦著者	榛名 悠　はるな ゆう
✦発行人	伊藤嘉彦
✦発行元	株式会社 幻冬舎コミックス 〒151-0051 東京都渋谷区千駄ヶ谷 4-9-7 電話 03(5411)6431［編集］
✦発売元	株式会社 幻冬舎 〒151-0051 東京都渋谷区千駄ヶ谷 4-9-7 電話 03(5411)6222［営業］ 振替 00120-8-767643
✦印刷・製本所	中央精版印刷株式会社

✦検印廃止

ISBN978-4-344-83093-6　C0193　Printed in Japan

幻冬舎ルチル文庫

小説原稿募集

ルチル文庫ではオリジナル作品の原稿を随時募集しています。

募集作品

ルチル文庫の読者を対象にした商業誌未発表のオリジナル作品。
※商業誌未発表のオリジナル作品であれば同人誌・サイト発表作も受付可です。

募集要項

応募資格

年齢、性別、プロ・アマ問いません

原稿枚数

400字詰め原稿用紙換算
100枚～400枚

応募上の注意

✦原稿は全て縦書き。手書きは不可です。感熱紙はご遠慮下さい。

✦原稿の1枚目には作品のタイトル・ペンネーム、住所・氏名・年齢・電話番号・投稿（掲載）歴を添付して下さい。

✦2枚目には作品のあらすじ（400字程度）を添付して下さい。

✦小説原稿にはノンブル（通し番号）を入れ、右端をとめて下さい。

✦規定外のページ数、未完の作品（シリーズものなど）、他誌との二重投稿作品は受付不可です。

✦原稿は返却致しませんので、必要な方はコピー等の控えを取ってからお送り下さい。

応募方法

1作品につきひとつの封筒でご応募下さい。応募する封筒の表側には、あてさきのほかに**「ルチル文庫 小説原稿募集」係**とはっきり書いて下さい。また封筒の裏側には、あなたの住所・氏名を明記して下さい。応募の受け付けは郵送のみになります。持ち込みはご遠慮下さい。

締め切り

締め切りは特にありません。
随時受け付けております。

採用のお知らせ

採用の場合のみ、原稿到着後3ヶ月以内に編集部よりご連絡いたします。選考についての電話でのお問い合わせはご遠慮下さい。なお、原稿の返却は致しません。

✦あてさき

〒151-0051
東京都渋谷区千駄ヶ谷 4-9-7
株式会社 幻冬舎コミックス
「ルチル文庫 小説原稿募集」係